길 잃은 영혼들을 위한 독서클럽

길 잃은 영혼들을 위한 독서클럽

모니카 구티에레스 아르테로 장편소설 · 엄지영 옮김

문학동네

일러두기

1. 주석은 모두 옮긴이주다.
2. 본문 중 고딕체는 원서에서 이탤릭체나 대문자로 강조한 부분이다.
3. 장편소설과 기타 단행본은 『 』, 시와 단편은 「 」, 영화와 곡 등은 〈 〉로 구분했다.
4. 외래어 표기는 국립국어원 외래어표기법에 준했으나, 일부는 현지 발음이나 관용
에 따랐다.

중요한 것은 네게 무슨 일이 일어나는지가 아니라,
그것을 어떻게 받아들이느냐 하는 것이다.
D. E. 스티븐슨, 『비토리아 시골집』

1

바르바라가 트레비예스에 있는 자신의 집 문을 걸어잠가 마을 사람들이 하나뿐이던 도서관을 더이상 이용할 수 없게 되기 얼마 전, 지금은 쥐라기 정글처럼 변해버린 집 정원에서 정확한 연대는 알 수 없지만 오래된 듯 보이는 수상쩍은 도자기 유물 몇 점이 발견됐다. 그녀가 손주들을 돌보며 행복하게 살기 위해 바르셀로나로 이사할 무렵만 해도 도서관이나 도자기는 조금도 마음에 걸리지 않았다. 몇몇 친구들이 보기에 바르셀로나 같은 대도시에서 손주들을 돌보며 동시에 행복하게 산다는 것은 터무니없는 망상에 지나지 않았다. 하지만 바르바라는 워낙 낙천적인데다 향수병을 잘 견디는 남다른 능력을 가진 터라, 아이들이 자라서 변변한 성인이 된 후에도 불안한 그 지중해 도시에서 그 두 가지 목표를 모두 이루었다. 그러던 어느 날, 바르셀로나의 아파트에서 셋째 아들의 외동 딸인 막내 손녀와 함께 간식을 먹으려고 자리에 앉고 나서야 개인 도서관이 갖추어진 트레비예스의 집과 무성하게 자라난 잡초들 사이에 반쯤 묻혀 있던 도자기들이 그녀의 머리에 떠올랐다.

바르바라는 키가 작고 통통한 편이었고, 친구들의 예상과 달리 무척 행복했다. 이는 그녀의 장난기어린 회색 눈동자와 웃을 때마다 볼에 패는 보조개에서 분명하게 드러났다. 손녀 아브릴은 눈 색깔을 제외하면 자신과 전혀 닮은 데가 없어 볼 때마다 조금 서운했다. 아브릴을 보면서 속이 상한 것은 대를 거듭할수록 점점 볼품없어지는 외모에 집착해서가 아니라, 턱을 타고 흘러내리다 재스민차가 담긴 찻잔에 떨어져 짠맛을 더하면서 섬세한 차 향기의 균형을 깨뜨리는 손녀의 눈물이 이름에 담긴 봄날의 즐겁고 상쾌한 분위기와 너무 어긋났기 때문이었다.* 바르바라는 양귀비꽃 색깔의 소파에 앉아 간식을 먹으려는 유약하고 슬픔에 잠긴 손녀에게 왜 아브릴이라는 이름이 주어졌는지 의아했다.

"얘야, 왜 우는 거니?" 바르바라는 제임스 매슈 배리의 소

---

* '아브릴'은 '4월'이라는 뜻이다.

설에서 웬디가 피터 팬을 처음 만났을 때처럼 물었다.

"벌써 이야기했잖아."

"그런데 무슨 말인지 하나도 모르겠구나."

"아, 할머니……"

"이제 그만 눈물 닦고 차 마신 다음에 다시 이야기해보렴."
바르바라가 말했다. 그녀는 그렇게 가르치면 인생의 어떤 상
황에서도 도움이 될 거라고 생각했다.

말을 잘 듣는 손녀는 화장지 세 장으로 눈물을 닦고 김이
모락모락 나는 차를 마지막으로 한 모금 마신 다음, 자신이 그
간 겪은 일련의 불행한 사건을 이야기하기 시작했다. 아브릴
은 유럽에서 가장 유명한 광고회사 중 하나인 올리밴더앤폭
스에서 십 년 동안 일했다. 회사에서 직급과 급여가 점점 올라
가고 책무가 막중해지면서 이제는 화성에 첫발을 내디디려
하는 우주비행사만큼이나 스트레스에 시달렸다. 하지만 아브
릴은 불평 한 마디 하지 않았다. 바르바라는 손녀가 재스민차
를 마셔야 할 정도로 불안감과 피로와 신경과민이 뒤섞인 상
태이리라 생각했지만, 이야기는 그보다 훨씬 더 복잡했다. 모
든 이야기를 복잡하게 만드는 것은 인간의 특성이다. 어쩌면
그렇게 해야만 이야기를 문학으로 승화시킬 수 있는 것인지
도 모른다.

새로운 광고를 완성한 손녀는 가장 중요한 고객사 한 곳에

이를 보내도록 상사의 승인을 받았다. 정해진 기간 내에 광고 작업을 마무리하기 위해 아브릴과 팀원들은 거의 한 달 내내 하루에 네 시간만 자고 깨어 있는 시간에는 대부분 사무실에서 일해야 했다. 아브릴은 의기양양하게 고객사에 보낼 메시지를 작성하고 소중한 파일을 첨부한 다음, 팀원들과 올리밴더앤푹스의 동료들도 공로와 수익을 챙길 수 있도록 이들을 참조란에 넣고 이메일을 발송했다. 불행하게도 그녀는 지칠 대로 지친 나머지 이 다국적기업의 이름을 이메일 주소록에 있던 고객사의 경쟁사 이름과 혼동하고 말았다. 경쟁사도 과거에 올리밴더앤푹스에 광고를 의뢰했던 터라 주소록에 올라와 있었던 것이다. 근 한 달 동안 백여 명의 전문가가 달라붙어 올해 가장 독창적이고 혁신적일 뿐 아니라, 칸 국제광고제 수상 후보에 오를 만한 광고 전략을 기획하고 디자인했건만, 한순간의 실수로 칩스사가 아니라 챱스 유한회사에 메일을 보내버리고 만 것이다. 그리고 그것은 아브릴 브라보가 그간 광고업계에서 쌓은 커리어의 종말을 알리는 신호였다.

"대형 참사였어." 아브릴은 흐느끼며 말했다. "코카콜라의 일 년 치 마케팅 전략을 펩시에 넘긴 거나 마찬가지라고."

"간단히 말하면," 손녀가 비유를 통해 자신이 겪은 불행을 다 털어놓았다는 생각이 들자 바르바라가 입을 열었다. "그 일로 직장도 잃고 집도 잃고, 숨도 제대로 못 쉬는 지경이 되었다는 이야기로구나."

"그래서 아빠 집으로 이사온 거야."

"그래도 그 정도면 나쁘지 않은 것 같은데."

"할머니는 지금 내 말을 흘려들어서 그렇게 속 편한 소리나 하는 거야. 회사에서 나를 고소한다고 했다니까."

"그것 참 이상하구나."

"나를 고소한다는 거?"

"내가 네 말을 흘려들었다는 거. 넌 그 이야기를 벌써 다섯 번이나 했다고."

"할머니, 나 지금 농담하는 거 아니야. 이제 뭘 어떻게 해야 할지 모르겠어."

"네 아버지가 아주 훌륭한 변호사라는 사실을 잊은 모양이구나. 네 아버지라면 그 칩스인지 찹스인지 하는 것들이 지들 마음대로 하도록 내버려두지 않을 거다."

"올리밴더앤푹스야."

"그게 누구지?"

"나를 고소한다는 회사. 그리고 그 회사는 내가 유럽의 어떤 광고회사에도 취업하지 못하게 막을 거라고."

"무슨 회사 이름들이 다 그 모양이니? 메일을 잘못 보낼 만도 하구나."

"나를 위로하려고 하는 말이라면……"

“사실이니까 하는 말이야, 아브릴.” 바르바라는 소파 가장 자리에 걸터앉아 손녀의 떨리는 손을 꼭 잡아주었다. “한두 번 실수한다고 세상이 끝나지 않아. 우리는 넘어졌다가도 벌떡 일어나고, 결과 때문에 속상해 남몰래 눈물을 흘리기도 하지. 하지만 현명한 사람이라면 실수로부터 배워서 앞으로 나아갈 수 있는 거란다.”

“그건 실수로 인해서 얼마나 많은 돈이 날아갔느냐에 달려 있어.”

“사과는 했니?”

“여러 번 했지. 이번 일에 관련된 사람들에게 다 사과했어. 그런데도 아무 소용이 없더라고.”

“그래도 네 마음을 진정시키는 데는 도움이 되었겠지. 이제 어떻게 할 생각이니?”

“잘 모르겠어. 이젠 아무 생각도 할 수가 없어. 머리가 꽁꽁 얼어붙은 것 같아. 내내 울다가 잠들어. 그래서 월셋방을 빼고 아빠랑 살려고 이사한 거야. 휴대전화를 끄고 부엌 쪽 테라스에 있는 커다란 화분에다 묻어버렸어.”

“그렇게까지 할 게 뭐니?”

“난 제라늄이 정말 싫어. 무언가 썩어가는 듯한 불길한 냄새가 코를 찌르잖아. 내 직장생활처럼 말이야.”

“아무래도 휴식이 필요한 것 같구나.” 그래도 손녀가 휴대전화를 바이올렛 화분 속에 묻지 않아 다행이라는 생각을 위안 삼으며 바르바라가 말했다. "그리고 새 휴대전화도."

"뭐하러?"

"트레비예스에서는 신호가 아주 잘 잡힌단다."

"나는 엄청난 실패를 겪고 나서 전혀 다른 곳으로 떠나 새 사람으로 태어나는 소설 속 인물처럼 되기에는 나이가 너무 많아."

바르바라는 처음으로 손녀를 감탄의 눈으로 바라보았다. 어찌 보면 가엾은 아기 고양이처럼 울기만 하는 것 같아도 저 아이는 배짱이 두둑한지도 모른다. 그러니 아무 연줄도 없이 제 힘으로 광고업계에서 자리를 잡았던 거겠지. 아브릴은 생각보다 제 아버지를 더 많이 닮은 것 같았다.

"이제 겨우 스물인데, 나이가 많다니 그게 무슨 소리니?"

"할머니, 나 서른세 살이야." 그녀가 투덜거리듯 말했다.

"나이가 몇이든 상관없어." 막내 손녀가 벌써 서른세 살이라니. 바르바라는 자기 나이가 몇인지 쉬이 떠오르지 않았다. "트레비예스에서 인생을 새로 시작할 건 아니잖니. 거기는 시작하거나 끝낼 것이 아무것도 없는 곳이야. 다만 네게 권하고 싶은 것은 휴식과 영적 수양이란다. 그곳에서 시간에 구애받지 않고 원하는 만큼 책을 읽을 수도 있고, 예전에 네가 인류학과 역사를 얼마나 좋아했는지 다시 떠올려볼 수도 있을 거야.”

“할머니는 어떻게 그런 것까지 다 기억해? 내가 역사학을 전공했다는 사실을 나조차 까맣게 잊고 있었는데.”

“내 손주들은 모두 중요하니까. 내 정원에 있는 화분만큼이나.”

상대방을 당황스럽게 만들기를 즐기던 바르바라는 웃음을 터뜨리며 집안의 막내에게 거래를 제안할 준비를 했다. 지금 이 상황에서 손녀를 어떻게 구해낼 수 있을지 확신은 없었지만, 적어도 얼어붙은 그 아이의 머리라도 녹여주고 싶은 마음뿐이었다.

2

새로운 곳에 온 사람은 모두 무력감에 휩싸인다. 무엇을 피해 도망치든, 어떤 모험을 떠나든, 무엇을 숨기든 간에, 삶의 터전을 옮기는 것에는 항상 많은 상실이 뒤따르기 마련이다. 트레비예스에 하나밖에 없는 광장에 첫발을 내딛는 아브릴역시 예외는 아니었다. 숨을 내쉴 때마다 작은 구름을 피어올리는 추위도, 부츠 아래에서 뽀드득뽀드득 소리를 내며 포근한 느낌을 주는 눈도 낯설고 외로운 기분으로부터 그녀를 구해내지는 못했다. 모든 시작이 그렇듯, 주변의 모든 것이 깨끗하고 순수했다. 수많은 일들을 겪고 난 뒤에 맞이하는 시작일지라도 다르지 않았다.

네 시간에 걸친 긴 여정 동안, 거의 300킬로미터를 달려 끝없이 가파르고 어질어질한 산을 두 번 넘고 난 뒤, 아브릴은 해발 2000미터가 넘는 국경 지역의 골짜기에 도착했다. 그곳은 가로나강과 네레강이 만나는 지점으로, 남쪽에는 아네토산, 투크데몰리에레스산, 베시베리산, 몬타르도산, 투크데콜로메르스산이 있다. 북쪽으로는 프랑스 피레네산맥, 우라디크산, 마우베르메산, 볼라드산 등이 자리잡았다. 산봉우리들은 구불구불 이어지며 파랗고 하얀 지평선을 이루고, 트레비예스에 가까워질수록 숨이 멎을 만큼 아름다운 풍경이 눈앞에 펼쳐졌다. 아브릴은 높은 고도와 길게 이어지는 급커브길 때문에 멀미가 났지만, 구글에서 이 지역의 역사를 읽었다. 1810년까지만 해도 이곳은 아직 프랑스 영토라 나폴레옹 제국의 통치를 받았으며, 오트가론도道에 속해 있었다고 한다. 그리고 스페인내전 중 폭격으로 인해 마을이 심하게 파괴되는 바람에 20세기 중반에 이를 모두 복구해야 했다는 사실도 알게 되었다. 산으로 이루어진 거대한 바다 위의 자그마한 섬이나 다름없는 이곳도 무시무시하고 험난한 역사의 파도를 피하지는 못했던 모양이다.

아브릴은 자신의 등을 빤히 바라보고 있는 아버지의 시선을 느꼈다. 마요르광장 근처에 차를 세운 아버지는 정말로 여기에서 살고 싶은 건지 다섯 번이나 물었다. 그는 딸이 도망치듯 여기로 온 것이 본인의 문제 때문이라기보다 할머니의 영향이라고 의심하는 눈치였다. 두 사람을 너무도 잘 아는 그는 마음을 돌려보려 노력했다. 혹은 모든 것을 내팽개치고 피레네산맥의 외딴 마을에 숨어 지내는 것이 얼마나 현명하지 못한 일인지 딸에게 충분히 일러두었나 돌이켜보는 중인지도 몰랐다.

"아브릴." 고요한 아침 공기 속에 그의 목소리가 너무 크게 울려퍼졌다. "지금이라도 생각을 바꿔 돌아가면 오후 간식 시간 무렵에는 집에 도착할 수 있을 거야."

"그만해, 아빠." 대답하려고 돌아서면서 그녀는 몇 주 만에 처음으로 어렴풋이 미소를 지었다. "난 괜찮아."

그는 차 옆에 서 있었다. 머리는 갈색이라기보다 희끗희끗했고, 눈매를 애티커스 핀치*처럼 보이게 만드는 뿔테 안경을 쓰고 짙은 색 정장을 입고 있었다. 그는 최근 몇 년 사이 체중이 늘었는데, 오히려 그 편이 더 잘 어울렸다. 미겔 브라보는 자신의 직업에 어울리지 않게 여전히 지미니 크리켓**의 목소리를 귀담아듣는 사람이라, 어깨를 으쓱하면서 딸을 놓아주었다.

"알았어." 그는 마침내 딸의 뜻을 따르기로 했다. "하지만

---

* 하퍼 리의 소설 『앵무새 죽이기』 속 주인공의 아버지이자 정의로운 변호사.
** 디즈니 애니메이션 〈피노키오〉에 등장하는, 피노키오의 조언자인 귀뚜라미 캐릭터.

이 세 가지만은 명심해. 적어도 일주일에 한 번은 전화하고, 내가 데리러 올 일이 생기면 곧바로 알려줘. 그리고 할머니와 무슨 약속을 했는지 모르겠지만, 전혀 신경쓸 것 없어."

"그럼 세번째는?"

"세번째라니, 무슨 소리야?"

"내가 명심할 게 세 가지 있다고 했잖아."

"참, 그렇지. 명심해, 나처럼 되지 마."

"바로 그런 문제들 때문에 내가 집을 나온 거야."

아브릴은 아버지가 차에 올라 시동을 걸고 고개를 돌려 수없이 작별인사를 하고 어서 떠나기를 기다렸지만, 아버지는 창문을 내렸다.

"아브릴." 미겔은 작별인사를 건네기 전에 부드럽게 말했다. "이 또한 지나갈 거란다."

아브릴은 울컥하는 감정을 애써 가라앉혔다. 이런 날씨에 울었다가는 눈물이 뺨에서 얼어붙을 것 같았다. 그녀는 장갑 낀 손을 두어 번 흔들고, 차가 보이지 않을 때까지 그 자리에 서서 멍하니 바라보았다. 결국 구름 한 점 없이 맑고 푸른 하늘 아래, 그녀와 여행 가방 두 개만 덩그마니 남았다.

트레비예스는 4개 국어가 통용되지만 인구가 팔십여 명에 불과해 관광객들이 아예 무시해버리는 아주 작은 시골 마을이었다. 마을의 규모에 비해 의외로 넓은 광장 한쪽에는 유서 깊은 시청 건물에서 이어진 주랑 현관이 마치 두 팔을 벌려 포옹하려는 듯 반원 모양으로 펼쳐져 있었다. 건축 양식이나 건축 시기는 물론, 웅장함 면에서도 전혀 닮지 않았지만, 광장은 방돔광장*의 미니어처를 연상시켰다. 건물의 배치 때문일 수도 있고, 아니면 앞으로 한동안 여행을 떠나지 못하리라는 사실에 갑자기 아련한 그리움이 몰려왔기 때문이었는지도 모른다. 갑자기 그녀는 방돔광장의 나폴레옹 기둥 대신, 1월 말인데도 여전히 반짝거리는 조명으로 장식되어 광장 한복판에 우뚝 서 있는 거대한 크리스마스트리만큼이나 때에 어울리지 않는 파란 하늘 아래, 하얗디하얀 눈밭 위에 선 채, 그 장소, 그 순간에 붙박여 있는 듯한 느낌이 들었다.

광장에 있는 건물들은 회색 돌로 지어진 전면 외벽과 군데군데 눈이 덮인 검은색 슬레이트 뾰족지붕이 두드러져 보였다. 마을에 있는 여느 거리와 달리 광장의 어느 건물 굴뚝에서도 연기가 나지 않았지만, 가까운 곳에서 불을 때는 냄새가 났다. 냄새가 나는 곳은 2층짜리 건물 다섯 채였는데, 한가운데에 시청을 중심으로 다른 건물들은 시청의 목재 주랑 현관 뒤쪽에 빙 둘러 곡선을 그리며 자리잡고 있었다. 그리고 닳아 반들반들해진 돌로 잘 포장된 좁은 길과 낮은 건물들이 마을을

---

* 프랑스 파리 1구의 광장.

이루고 있었다.

아브릴은 한쪽 끝에서부터 건물들을 살펴보았다. 카페 겸 제과점, 시청, 의원, 약국, 그러다 그녀가 찾고 있는 것, 마을에서 가장 아름다운 집이 눈에 들어왔다. 할머니는 자기가 그 집을 떠난 뒤로 오랫동안 아무도 살지 않았다고 했지만, 문짝 두 개가 달린 대문과 입구 옆의 창을 보호하는 나무 덧문들은 마치 방금 페인트칠을 하고 니스를 바른 것처럼 반짝거렸다. 그녀는 장갑을 벗지 않은 채, 거기까지 가는 동안 오른손에 내내 부적처럼 꼭 쥐고 있던 커다란 철제 열쇠를 주머니에서 꺼내 자물쇠에 꽂았다. 그러자 시대에 너무 동떨어진 느낌이 들었다. 잠시 타디스*를 열고 있는 듯한 착각에 빠졌고 문을 지나면 1800년대가 될 것 같았다.

집안은 어두컴컴한데다 광장보다 훨씬 더 추웠다. 누군가가 그 집을 꾸준히 관리한 것 같았다. 눅눅한 냄새가 나지 않도록 환기를 시키고, 먼지나 거미줄 하나 없도록 깨끗하게 청소해둔 것이 분명했다. 아브릴은 전등을 켜고 싶은 유혹을 뿌리치고, 라일락꽃이 수놓인 무거운 녹색 커튼을 젖힌 다음 커다란 전면 창의 덧문을 열었다. 1월의 아침햇살이 집안으로 쏟아져들어오면서 나무 들보가 떠받치고 있는 높은 천장과

---

* 영국 드라마 〈닥터 후〉에 등장하는 차원 초월 시공 이동 장치.

돌벽, 끝없이 늘어선 모두 제각각인 가구들이 훤히 드러났고, 그중 몇몇엔 수선한 시트와 식탁보가 덮여 있었다. 그리고 위층의 깊숙한 곳으로 이어지는 계단 가까운 곳에 우뚝 솟아 있는 거대한 벽난로가 눈에 들어왔다. 어마어마하게 크고 무섭게 생긴 떡갈고무나무—식인 괴물 같았지만 자세히 보니 인조 식물이었다. 덕분에 그녀는 조금이나마 마음을 놓을 수 있었다—가 가운데 창문을 지키고 서 있었다. 그러나 그녀가 "아" 하고 낮게 놀라움의 탄성을 지르며 숨을 몰아쉰 것은 알라딘 동굴에서나 나올 법한 진짜 보물 때문이었다. 고급스러우면서도 단단하고 놀랄 만큼 멋진 목재 서가에 책이 빼곡하게 꽂혀 있었던 것이다. 사면의 벽 중 세 면을 차지한 서가는 거의 천장에 닿을 정도로 높았다. 서가에서는 가구용 왁스 냄새가 풍겼고 알파벳 한 글자가 새겨진 작은 금색 판들이 붙어 있었다. 그리고 눈에 보이는 색색의 책등은 마치 놀라운 보물 상자에서 쏟아져나온 보석처럼 빛이 났다. 목재서가에 잘 어울리는 공공 도서관용 바퀴 달린 사다리가 M자가 붙은 서가의 중간쯤 높이에 걸쳐져 있었다.

"실례합니다만," 아브릴은 뒤에서 들려오는 여자 목소리에 깜짝 놀랐다. "혹시 새로 온 사서인가요? 독서클럽에 가입하고 싶은데요."

중년쯤 되어 보이는 여자는 크지도 작지도 않은 키에 몸은 마른 편이지만 강인해 보였다. 편안한 옷을 입고 부츠를 신은 단정한 차림이었고, 화장기 없는 올리브빛 얼굴에 유순한 인상이었다. 다소 의기소침한 듯 보였지만—아브릴은 그녀의 입가에 감도는 서글픈 냉소를 달리 표현할 방법이 없었다—눈동자 속 깊은 곳의 무언가가 이토록 실망스러운 세상에 다시 관심을 가질 이유가 되어달라고 애원하고 있었다.

"그렇다고 해두죠." 아브릴은 여자의 물음에 마침내 대답했다. "방금 도착했어요."

여자는 아브릴의 시선을 따라 입구에 놓인 두 개의 여행 가방을 바라보았다. 여자가 미소를 짓자 그녀의 검은 눈에서 빛이 났다.

"저는 파르바티라고 해요." 여자는 자기를 소개했다. "마을 주민이에요. 근처에 살고 있어요. 하기는 이렇게 작은 마을에서 멀리 떨어져 살 수도 없겠지만요. 저는 도서관이 엉망이 되지 않도록 가끔씩 들러요. 일전에 할머니가 연락하셨어요. 조만간 손녀가 여기 와서 위층에 묵을 거라고요. 그래서 미리 방을 정리해두었어요."

"고맙습니다. 정말 멋진 도서관이에요."

"이리 오세요."

여자는 아브릴의 팔을 잡고 안쪽 벽으로 데리고 갔다. 그리고 『나니아 연대기』에나 나올 법한 옷장 앞에 멈추어 서더니

문을 열었다. 그 순간, 수많은 이야기가 담겨 있을 듯한 나무와 자물쇠가 삐걱거리는 소리가 귓전을 울렸다.

문이 열리자 가구의 내부가 아니라 겨울 햇살이 비치는 푸르른 직사각형 공간이 눈앞에 나타났다. 나니아 왕국은 아니었고, 각종 식물, 풀, 관목, 나무 등 경이로운 식물의 세계가 야생 상태로 어우러져 있는 작은 정글이었다. 아마 먼 옛날—19세기쯤—에는 아름다운 실내 정원이었을 것이다. 무성한 야생의 세계에 매료된 아브릴의 눈에 얼키설키 뒤얽혀 있는 덩굴 사이로 삐죽 모습을 드러낸 철제 의자와 테이블, 줄지어 있는 음산한 모습의 버섯, 그리고 밀물처럼 높이 우거진 가시덤불과 가시덩굴이 들어왔다. 이곳으로 떠나오기 전 할머니는 그녀에게 소일삼아 땅에 묻혀 있는 항아리와 그릇을 발굴해서 연대를 추정해보라고 권했다.

"별 가치는 없는 것들이란다." 할머니는 손녀에게, 최근 몇 년 동안 광고 업무를 아무리 많이 배웠다 할지라도 역사학 학위가 여전히 유용하리라는 점을 상기시키며 말했다. "하지만 어떤 고고학 박물관에서 그것들을 맡아줄 수도 있다는 판단이 든다면 네게 그 일을 맡겨보마."

한 가지 확실한 것은 그 도자기들이 흔적조차 보이지 않는다는 점이었다. 원래의 정원을 삼켜버린 무성한 덤불 사이에서 항아리와 그릇을 찾아내기는 아예 불가능해 보였다. 차가운 바람이 한줄기 불어오자 나무 끝에 달린 가지들이 춤을 추었고, 습기를 머금은 흙냄새와 겨울 냄새가 그녀의 온몸을 휘감았다. 정글을 둘러싼 돌담은 맨 윗부분만 제외하고 모두 덩굴로 뒤덮여 있었다. 아브릴은 책이 있는 집안으로 들어가고 싶었다. 책들이라면 덩굴과 달리 자기를 집어삼키지 않을 것 같았기 때문이다. 하지만 신이 난 파르바티는 문가를 떠나지 않았다.

"저건 밤나무예요." 파르바티가 나무 세 그루를 가리키며 말했다. 나무 아래 그늘에는 에메랄드빛 혼돈이 펼쳐져 있었다. "저기 있는 건 수선화, 진달래, 회양목, 야생 장미, 투구꽃*, 구스베리고요. 봄에는 저기를 감상하는 재미가 쏠쏠하답니다."

"그런데 조금밖에 안 자랐군요." 아브릴은 파르바티의 기분을 맞추기 위해 맞장구쳐주었다. 그녀는 구스베리와 야생 장미라는 이름은 왠지 마음에 들었지만, 투구꽃이 있는 건 혹시 사람들이 늑대인간의 공격을 자주 받았기 때문은 아닌지 물어볼 엄두가 나지 않았다.

"잘 자라려면 사랑과 시간이 필요하죠." 파르바티가 아브

---

* 미나리아재빗과의 여러해살이풀. 뿌리에 강한 독성이 있으며 '늑대의 골칫거리'라고 불리기도 한다. 신화나 전설 속에서 늑대인간의 본성을 억누르는 약초로 알려져 있다.

릴의 말을 인정했다. 그사이 아브릴은 도서관 벽난로에서 장작이 얼마나 잘 탈지 상상하고 있었다. "사람도 그렇잖아요."

"그럼 정원도 관리하세요?"

"예전에는 정원 일 말고도 하는 일이 많았죠. 하지만 지금은 방 서랍장에서 양말이나 찾을 수 있을지 모르겠네요."

놀란 표정으로 파르바티를 바라보던 아브릴은 배꼽 주변이 간질거리는 이상한 느낌이 들었다. 저 낯선 여인이 무슨 말을 하는지 잘 알고 있었지만, 내성적인 성격 닷에 그 말을 할 용기가 나지 않았다. 피로는 트레비예스까지 그녀를 따라왔다. 아브릴은 너무 졸렸고, 야생 덤불 속에서 백설공주의 사과를 찾아 한입 베어물고 몇 년 동안 기절하듯 푹 잠들고 싶었다. 가능하다면, 거대한 운석이 올리밴더앤푹스 위로 떨어져 회사가 지도상에서 사라져버릴 때까지, 심지어 그런 이름을 가진 광고 대행사가 실제로 존재했다는 사실을 아무도 기억하지 못할 때까지 말이다.

"서둘러 정원을 정리하려고 하지 마세요." 파르바티는 그녀의 얼굴에 어린 간절한 표정을 엉뚱하게 이해하고 말했다.

"저는 책부터 정리할 생각이에요." 아브릴은 마음을 굳혔다.

"내 생각에도 그게 가장 좋을 것 같네요."

"할머니가 뭐라고 하셨죠? 제가 여기 오는 것에 대해서요."

아브릴이 물었다. 마지막 말을 덧붙일 때는 왠지 불안한 마음이 들었다.

"여기서 잠시 지낼 거라고, 스트레스가 너무 심하니까 푹 쉴 수 있게 해달라고 당부하셨어요. 그리고 당신이 주말을 제외하고 매일 아침 도서관을 열고, 독서클럽을 다시 시작할 거라고 장담하셨고요."

아브릴은 할머니와 맺은 악마의 계약에서 독서클럽에 대해서는 들은 적이 없었기 때문에, 파르바티가 품은 희망에 근거가 있든 없든 굳이 확인하려 들지 않았다.

"2층에는 간단한 설비를 갖춘 부엌과 방 두 개, 그리고 욕조가 딸린 욕실이 있어요. 난방시설은 없지만, 여기 아래층에 벽난로 하나, 위층에 작은 벽난로 두 개가 있죠. 이왕이면 왼쪽에 있는 침실을 쓰세요. 다른 방에 비해 조금 좁지만, 훨씬 더 따뜻하니까요. 직접 요리를 하고 싶지 않으면, 바로 옆에 있는 카페에 가서 샌드위치를 만들어달라고 하면 돼요." 그녀는 잠시 생각한 후에 덧붙여 말했다. "마리아는 빵, 케이크, 머핀, 쿠키, 패스트리라면 어떤 종류든 아주 잘 굽거든요. 장을 보려거든 큰길 끝에 있는 슈퍼마켓으로 가세요. 슈퍼마켓이라곤 이 동네에 딱 하나밖에 없어요. 그럼 올라가서 짐을 정리하세요. 그리고 기억해두세요." 파르바티는 서쪽 벽 근처에 하얀 시트로 덮여 있는 것을 가리키며 말했다. "저기 책상 첫번째 서랍에 이웃 주민들의 전화번호가 적힌 작은 수첩이 들어 있답니다."

파르바티는 나니아로 향하는 옷장의 문같이 생긴 문을 닫고 신비한 쥐라기 정글을 뒤로한 채, 공간을 가로질러 출구로 향했다. 그러고는 문 앞에서 엄숙하게 돌아서더니 아브릴에게 신비로운 동양식 인사를 하고 밖으로 나갔다. 그 모습을 보자 아브릴은 아득한 옛날로 돌아간 듯한 기분이 들었다.

"아무튼 잘 오셨어요, 음……"

"아브릴이에요."

"잘 오셨어요, 아브릴. 지금은 1월 중순이지만요." 파르바티는 실없는 농담에 대해 사과하려는 듯 웃음을 터뜨리더니, 느닷없이 따뜻하고 다정한 눈길로 그녀를 바라보았다. "도서관 문이 다시 열리기를 우리가 얼마나 학수고대했는지 상상도 못하실 거예요."

아브릴은 파르바티가 문을 닫을 때 나무가 문틀에 맞닿으면서 나는 소리가 듣기 좋았다. 깊은숨을 내쉬자, 납덩이가 가라앉은 듯 무겁던 마음도 한결 가벼워지는 것 같았다. 그녀는 나니아의 문 밖으로 나와 서쪽 벽부터 서가를 따라 천천히 걸으며 작가의 성을 기준으로 나란히 꽂힌 다양한 색상과 크기의 책등을 손끝으로 만져보았다. 제인 오스틴, 바이런 경, 윌키 콜린스, 찰스 디킨스, E. M. 포스터, 베니토 페레스 갈도스, 아나 마리아 마투테…… 그리고 마르셀 프루스트, 윌리엄 셰익스피어, 메리 셸리, 쥘 베른. 몇몇 작가들의 경우, 작품이 너무 많아서 서가의 공간을 최대한 활용하기 위해 책들이 이중으로 꽂혀 있었다.

아브릴은 시모네타 아넬로, 루이자 메이 올컷, 단테 알리기에리 등의 작품이 꽂힌 첫번째 서가로 되돌아가 깊은숨을 내쉬었다. 독서를 하면서 순수한 즐거움을 느낀 것이 언제인지 기억나지 않았다. 올리밴더앤폭스에서 일하기 시작한 후로 각서, 보고서, 강의, 보도 자료, 이메일, 실무 매뉴얼, 강연 및 발표문 등은 수도 없이 보았지만, 소설, 시, 수필은 한 편도 읽지 않았다. 그녀는 생각만 해도 괴로운 광고회사 이름을 떨쳐 버리고, 과외 수업을 하고 번 돈으로 책을 사거나 친구들과 놀러 다니던 고등학생과 대학생 시절을 떠올렸다. 눈을 감고 손끝으로 책등을 스치며 지나가다가 무작위로 아무 책 앞에서 걸음을 멈추었다.

"『보물섬』, 로버트 루이스 스티븐슨." 책 제목을 큰 소리로 읽으며 서가에서 꺼냈다.

아브릴은 짐을 풀어야 한다는 사실은 물론 가방을 어디에 두었는지조차 까맣게 잊은 채, 좁은 참나무 계단을 따라 위층으로 올라가 왼쪽 방으로 들어갔다. 그리고는 신발을 벗고 철제 머리판이 달린 커다란 침대 위 쿠션 사이에 자리를 잡은 다음, 옷을 전부 그대로 입은 채 깃털 이불 속으로 파고들었다. 아무리 꼭꼭 숨어도 바르셀로나에서부터 괴롭히던 어두운 생각들, 죄책감, 두려움이 결국 자신을 찾아내리라는 것을 알기에 그녀는 슬픔과 고통을 잠시나마 가라앉히기 위해 벤보 제독 여관으로 들어갔다.

대지주인 트렐로니 경과 의사인 리브시 박사를 비롯한 신사 여러분은 내게 보물섬에 대한 이야기를 처음부터 끝까지, 아직 발견되지 않은 보물이 거기 고스란히 남아 있으니 섬의 위치만 제외하고 하나도 빠뜨리지 말고 모조리 자세히 써보라고 했다. 그리하여 나는 서기 17xx년, 펜을 집어들고 아버지가 벤보 제독 여관을 운영하던 시절로, 구릿빛 얼굴에 칼자국이 난 그 늙은 뱃사람이 우리 여관에 처음 묵었던 그날로 거슬러올라간다.

3

새로 온 사서를 파르바티가 처음 발견한 것은 우연이었다. 그녀는 보통 정오가 지나고 오후에야 산책삼아 마요르광장으로 향하는데, 이 무렵이면 앙헬이 치과 문을 닫고 약국을 열 시간이기 때문이다. 하지만 아이들이 떠난 후, 일상이 너무 뒤죽박죽되는 바람에 더이상 일상이라고 보기도 어려울 정도였다. 마치 도서관의 정원처럼 삶의 모든 것이 혼란스럽고 무의미했다.

파르바티는 어느덧 예순 살을 코앞에 두고 있었고, 이제는 자기를 절실히 필요로 하는 이가 없다는 것을 깨달았다. 지금은 관절염으로 고생하고 시간이 남아도는 초로의 여인이 되어버렸지만, 그녀도 한때는 젊고 민첩했을 뿐 아니라, 천방지

축인 두 아이의 수호천사였다. 세계에서 세번째로 높은 칸첸중가산 부근, 시킴의 어느 촌마을에서 피레네산맥 기슭의 작은 마을로 건너온 인도 이민자의 딸인 그녀와 동생 다루는 트레비예스에서 태어났다. 부모님은 인도를 떠나 지인들이 살고 있는 바르셀로나로 왔다. 지인들이 따뜻하게 맞아주었지만, 파르바티의 가족은 얼마 지나지 않아 양치기로 일할 곳을 찾아 바르셀로나를 떠나게 되었다. 그후 다루도 부모를 따라 양치기가 되었다. 그들은 트레비예스의 양들을 정성껏 돌보았다. 그런데 마을의 목장 주인이 병에 걸리는 바람에 그의 아내가 양들을 레온*의 사업가에게 팔자, 다루 또한 계약 조건에 따라 양들과 함께 떠났다. 다루는 자신에게 주어진 소명을 따르는 것뿐이며, 설령 마을에 남더라도 딱히 할일이 없어서 떠나는 거라고 말했지만, 파르바티는 동생의 의중을 꿰뚫고 있었다. 그간 자기가 애지중지 키워온 양들을 다른 사람 손에 맡긴다고 생각하니 마음이 쓰리고 아파서 견딜 수 없었던 것이다.

파르바티가 카페에 들어가 주인 마리아에게 인사를 건네고 창가 자리에 앉았을 때, 산 바르토메우 델 그라우 성당 탑에서 종소리가 울렸다. 이 카페는 빵집과 제과점도 겸했는데, 그 시간에는 대부분의 식당이나 트레비예스의 몇 안 되는 사업체

---

*스페인 북서부의 도시.

와 마찬가지로 한산한 편이었다. 얼마 지나지 않아 시장인 로사가 들어오자, 마리아는 그 틈을 이용해 카운터 밖으로 나와 그들에게 전통 식전주를 마실 테이블을 차리는 걸 도와달라고 청했다. 견과류, 절인 올리브, 콜레스테롤 조절을 위한 알트라무세스*와 함께 트라이글리세라이드 수치를 높여줄 화이트 베르무트 한 병 그리고 자우메와 앙헬이 곧 올 테니 잔 다섯 개도 준비해달라고 했다.

"방금 도서관 사서를 만났어." 두 여자가 테이블에 앉아 평소처럼 건배를 하자마자 파르바티는 놀라운 소식을 전해주었다.

"그럼 독서클럽이 다시 생기는 거야?" 로사가 물었다.

"사람은 어때?" 마리아는 조바심을 치며 로사의 말이 채 끝나기도 전에 끼어들었다.

파르바티, 마리아, 로사는 어릴 적부터 절친한 친구 사이였다. 트레비예스에서 태어난 그들은 인구가 너무 줄어드는 바람에 학교에 갈 아이가 거의 없어진 지난 세기 말까지 마을에 있던 초등학교에 함께 다녔고, 그후로는 비에야의 중학교에 다녔다. 졸업 후 부모님은 취업을 하라고 끈질기게 권했지만, 파르바티는 사랑에 빠져 결혼했고, 그녀 특유의 아량과 희생

---

* 콩과 루피너스속 식물의 열매. 스페인에서는 간식으로 먹는다.

정신으로 가족을 돌보았다. 두 자녀가 대학에 간 이후 빈 둥지 증후군에 시달리던 그녀는 종종 넋이 빠진 채 멍하니 앉아 있었다. 어쩌면 직업을 갖는 것이 정말 중요하다면서 잔소리를 늘어놓던 부모님을 떠올리고 있거나, 방학을 해서 아이들이 집으로 돌아오기만을 손꼽아 기다리고 있었는지도 모른다. 그녀는 정원사, 간호사, 요리사, 세탁부, 심리상담사, 교사, 심판, 운전기사, 회계 관리자, 그리고 어머니로서 할 수 있는 수많은 일을 두루 해오는 동안 독서를 유일한 취미로 삼아왔지만, 이제는 집중이 되지 않았다. 딱 하나만 집어 말하기는 어렵겠지만, 그녀가 가장 좋아하는 장르는 고전문학이었다.

마리아는 이혼하고 자녀도 없었지만, 은퇴할 때까지 몇 달이 남았는지 최근 들어 유독 자주 헤아렸다. 덤벙대고 호기심이 강하며 조급한 성격의 그녀는 카페의 문을 닫는 순간부터 자신의 인생이 본격적으로 시작되리라 믿고 있었다. 매일 오후 한시에 마요르광장과 커다란 전나무가 내다보이는 창가 자리에 앉아 식전주를 마시는 것을 유일한 낙으로 삼아온 파르바티는 아쉬운 마음이 앞섰고, 마리아를 볼 때마다 서두르지 말고 천천히 새 인생을 시작하라고 권했다. 하지만 차분함은 마리아의 성격과 거리가 멀었다. 그런 그녀가 차분해 보이는 유일한 순간은—물론 그 순간에도 경련이 이는지 다리를 심하게 떨었지만—책을 읽을 때였다. 그녀가 가장 좋아하는 것은 추리소설이었다.

　로사도 혼자 살았는데, 워낙 오랜 세월 트레비예스의 시장으로 일했기 때문에 그녀의 전임자가 누구였는지 기억하는 주민은 아무도 없었다. 그도 그럴 것이, 현재 라세우두르젤*의 공무원인 전임자는 트레비예스의 시장으로 일하는 동안에도 이곳에 단 한 번도 거주한 적이 없기 때문이었다. 로사는 그 어떤 정당에도 가입하지 않았고, 그렇기에 트레비예스 시민들이 지역공동체에 봉사한다는 진정한 소명의식을 가진 자신을 시장으로 선출했다고 자부할 수도 있었을 것이다. 그녀는 특히 논픽션을 좋아했지만, 가끔씩 친구들이 권하는 책을 읽고 매주 목요일 '뜨개질하는 여자들' 모임에 가서 함께 간식을 먹으며 그 책에 대해 자신의 의견을 말하기도 했다.

　그들 셋은 은하수의 별자리만큼이나 서로 달랐지만, 근본적으로 마음이 잘 맞았다. 피레네산맥 전역에서 그들보다 더 착하고 정직하고 너그러운 사람은 없었으니까. 그들은 모두 예순 살을 코앞에 두고 있었는데, 대화를 나누지 않는 날이 단 하루도 없을 정도였다. 오후 한시의 식전주와 매주 목요일에 열리는 뜨개질 모임 때 먹는 간식은 그들에게 특별한 삶의 안식처였다.

---

* 스페인 카탈루냐 지방 레이다도(道)에 속하는 도시로, 스페인어 지명은 세오데우르헬이다.

"젊어. 그리고 눈 색깔만 빼면 그이 할머니와 닮은 데가 하나도 없는데, 보고 있으면 이상하게 할머니의 모습이 떠오르더라고." 파르바티가 그들에게 말했다. "아무튼 내일 오후 뜨개질 모임에 초대할 수도 있을 것 같아. 온다고 하면 독서클럽 문제에 대해서 이야기해보자고."

"오늘 만나자고 하면 안 될까?"

"오늘은 짐부터 정리하고 좀 쉬게 둬. 도서관 위층에 살 거니까, 우리를 피해 달아나지도 못할 거야."

"누가 우리를 피해 못 달아난다는 거야?" 그 순간 파르바티의 남편 자우메가 앙헬과 함께 카페로 들어오며 물었다.

아몬드나무를 투론* 제조 회사에 팔아버리고 은퇴한 자우메는 자기 텃밭에서 버섯을 캐면서―수확량이 형편없다며 항상 투덜거렸다―하루하루를 보냈고, 손재주가 좋아 이웃들의 집 수리도 선뜻 나서서 도와주었다. 그는 이 세상에서 자기 아내를 가장 사랑했고, 그다음으로는 체크무늬 플란넬 셔츠를 좋아했다. 그리고 그가 언짢아하는 모습을 본 사람은 여기서 아무도 없었다. 앙헬은 무엇보다 트레비예스를 끔찍이도 사랑하는 사람이었다. 속수무책으로 텅 비어가는 트레비예스를 보면서 노심초사하던 앙헬은 정부로부터 최소한의 지원조차

---

* 땅콩, 아몬드 등의 견과류에 끓인 꿀과 설탕을 넣어 굳힌 캐러멜 과자.

받지 못해 주민들이 떠나는 것을 막고 이곳을 지키기 위해 행정 당국에 맞서 결사적으로 투쟁했다. 그는 약학을 공부했지만, 트레비예스의 마지막 치과의사가 병원 문을 닫자마자 다시 학위를 따기 위해 학교로 돌아갔다. 약사이자 치과의사인 앙헬은 마르틴 박사가 매주 수요일 순회 진료를 하러 마을에 오면 그의 보조 노릇을 했고, 시청에서는 로사의 비서로 일했고, 또 성당의 유지 관리도 담당하고 다양한 행정 업무도 능숙하게 처리했다. 이 마을에서는 처리할 수 없는, 노인들로부터 부탁받은 일을 해결하기 위해 자우메와 교대로 운전해서 일주일에 두 번씩 비에야로 갔다. 수많은 재능을 발휘하고 새로운 지식을 얻기 위해 공부하는 것 외에도, 그는 셜록 홈스처럼 틈날 때마다 바이올린을 연주하고 파이프 담배를 피웠다. 그래서 트레비예스 사람들 사이에서는 그가 도대체 언제 잠을 자는지가 가장 큰 미스터리였다.

"새로 온 사서 말이야." 두 남자가 테이블에 자리를 잡고 베르무트를 한 모금 마시는 사이 파르바티가 대답했다.

"누군지는 몰라도, 아마 1월 28일인데 광장 한복판에 아직 크리스마스트리가 있는 걸 보고 엄청 감명을 받았을 거야." 자우메가 아내에게 윙크하며 말했다.

로사는 작은 시청 건물에 얽힌 미스터리에 관해서라면 미신처럼 침묵을 지켰지만, 그 말의 의도를 눈치채고 말했다.

　"1월은 날씨가 우중충하고 추운데다 일이 유독 많은 달이 잖아. 그런데 크리스마스트리는 광장을 환하게 밝혀줄 뿐만 아니라 연말연시의 훈훈한 온정을 느끼게 해주지. 우리 마을 에는 심리상담사가 없으니까 그냥 저대로 두는 거라고. 2월에 철거할 거니까 너무 걱정하지 마."

　"그때쯤이면 사라지고 없을 테지."

　"크리스마스트리 말이야?"

　"아니, 새로 온 사서."

　"무슨 뚱딴지 같은 소리야? 바르바라한테 들었는데, 정원 에 항아리와 그릇이 묻혀 있다고 하더라고. 아무튼 바르바라 의 손녀가 항아리와 그릇을 발굴해 연구하는 동안 도서관을 사람들에게 개방할 거라고 했어. 너희는 그 정원을 못 봐서 잘 모르겠지만, 항아리를 5월이 되기 전에 찾으면 다행이라고."

　"그럼 고고학자야, 아니면 사서야?"

　"바르바라한테 들은 얘긴데, 자기 손녀가 광고회사에서 일 했다고 하더라고. 그런데 칩이랑 찹이라는 다람쥐* 때문에 신 세를 망쳤다더군."

　"하여간 디즈니도 이제 완전히 맛이 갔다니까."

　"그런데 항아리하고 도서관은 무슨 관계지?"

---

* 월트디즈니 애니메이션의 다람쥐 캐릭터 '칩과 데일'을 혼동한 것.

"그건 나도 모르지. 듣자 하니 손녀는 대학에서 역사학을 공부했다던데, 괜히 광고계에 뛰어들었다가 다람쥐들 때문에 낭패를 본 거겠지. 어쩌면 역사학자들이 하는 일을 다시 해보려고 연습을 하는 건지도 몰라."

"땅에서 항아리를 파낸다니……"

"아무튼 우린 예정대로 목요일에 만나고, 금요일에 사서를 만나서 독서클럽을 다시 시작해달라고 부탁할 거야. 하지만 그린치는 절대 모르게 해야 돼."

"누가 몰라야 한다고요?" 그때 그린치라는 별명을 가진 남자가 대화 도중에 불쑥 끼어들었다. 로사를 제외하고 트레비예스의 유일한 공무원인 그는 키가 크고 마른 체격에 과거의 좋은 추억을 모두 잊고 사는 사람 같은 얼굴을 하고 있었다.

"안녕하세요, 살보 씨?" 앙헬이 정중하게 인사했다. 하지만 남자는 눈 하나 까딱하지 않았다. 오히려 날카로운 파란 눈빛으로 모두를 쏘아보더니 마리아에게 시선을 고정했다.

"당신이 아직 이 사업체를 운영하는 주인이라는 점을 상기하셔서 제게 맥주 한 병만 꺼내주신다면……" 그는 무시무시한 위협처럼 들리는 기이한 방식으로 맥주를 주문했다. "그리고 저는 테라스에서 마실 겁니다. 여기만 들어오면 버터 냄새 때문에 견딜 수가 없어요. 냄새만 맡아도 콜레스테롤 수치가 치솟는 것 같다니까요. 저는 독서클럽에서 읽을 만한 도서 목록을 작성해보겠습니다."

"뭐라고요……?" 파르바티가 깜짝 놀라며 말했다.

"독서클럽이 다시 열린다는 소식을 내게 알리고 싶지 않았다면, 그렇게 큰 소리로 수다를 떨지 말았어야죠."

그는 작별인사도 하지 않고 밖으로 나갔다. 그들은 그가 안에 있던 테이블과 의자를 끌고 테라스로 나가 처마 아래 자리 잡는 모습을 멀뚱히 바라보았다.

"저기 있다가는 온몸이 얼어붙을 텐데." 앙헬은 갑작스럽게 벌어진 일에 어안이 벙벙해진 친구들의 침묵을 깨뜨리며 말했다.

"저 친구가 정말 인간이 맞다면 얼어붙겠지."

"저 사람이 도서 목록을 작성한다니까 겁부터 나는군."

"그것보다 더 무서운 건 그를 피할 방법이 없다는 거야."

"새로 온 사서가 저 친구를 만나고 나면 여기서 얼마나 오래 버틸 수 있을지 모르겠네."

4

미국 영화에는 감옥에 간 주인공이 출소하는 날 여자친구나 가장 친한 친구가 교도소 정문 앞에서 자동차에 시동을 걸어둔 채 그가 없는 동안 있었던 일을 농담삼아 이야기하면서 주인공을 기다리는 장면이 자주 나온다. 그런데 오 개월 하고 닷새 세 시간 동안 칸브리안스 교도소에 수용되어 있던 알렉스 솔데빌라를 기다리고 있는 이는 그의 변호사뿐이었다. 변호사는 알렉스와 일부 교도소 관계자들의 서명이 필요한 서류가 가득 든 여행 가방을 들고 있었다. 그는 21세기 들어 가장 악명 높은 사이버 테러 사건을 일으킨 죄를 자백한 뒤 복역했다. 복역하는 동안에는 출소하기만을 손꼽아 기다렸지만, 생활 방식, 해커로서의 정체성, 그리고 더이상의 활동이 위태로워진 지금, 콘크리트 벽 너머에서 어떤 현실과 마주하게 될지 전혀 알지 못했다.

"일주일이나 빨리 오셨네요." 필요한 서류가 모두 준비되자 그가 변호사에게 말했다. 두 사람은 교도관들의 인솔하에 밖으로 나갈 때까지 작은 방에 남아 기다렸다.

"우선 당신의 사생활 보호 권리를 존중할 수 있도록 검찰과 합의를 했어요. 그리고 검찰은 언론이 당신의 석방 소식을 알기 전에 데리고 나갈 수 있도록 신속하게 절차를 밟아주었죠. 어쨌든 시간이 많지 않아요. 당신이 어디에 사는지 다 알려져 있다는 사실을 명심하세요."

그 사건이 세상에 알려지면서 유럽 전역의 언론에 주요 이슈로 떠올랐을 때, 살던 건물 앞, 법원, 심지어 칸브리안스 교도소 정문 앞에 진을 치고 있던 기자들의 모습을 알렉스는 잊을 수 없었다. 당시에는 해커들이 우후죽순으로 등장했고, 구글에 도전하는 무모하고 어리석은 자가 하루가 멀다 하고 나타났다. 그는 카메라로부터 얼굴을 가리기 위해 모자, 선글라스, 스카프를 착용했지만, 이미 디프 웹 여기저기 그의 이름과 성, 심지어 별명까지 드러나 있었다. 교도소에서 복역하는 동안, 그는 컴퓨터에 관련된 어떤 기술이나 장비에도 접근할 수 없었다. 이는 담당 판사가 그에게 디지털 중독자를 대상으로 하는 끝없는 치료 프로그램 이수와 함께 부과한 처분이었다.

책을 읽고 운동을 더 많이 하라는 심리상담사의 조언을 충실히 따른 덕분에 그는 독서하는 습관을 들이고 예전보다 더 건강해진 모습으로 출소했지만, 아직 이메일을 확인하고 싶은 유혹을 뿌리치지는 못했다.

"몇 달 동안만이라도 친구 집에서 머물 수 있겠어요? 만일을 위해서요." 두 사람이 탄 승용차가 끔찍한 교도소 단지를 지나 주차장을 빠르게 가로지를 때 변호사가 물었다.

"이 나라를 떠나고 싶어요."

"이미 말했다시피, 현재로서는 불가능해요. 행정처분 기간이 더 늘어나지는 않겠지만, 가석방 요건에 따라 적어도 두세 달은 영토 내에 머물러야 해요. 게다가 판사는 당신이 치료 프로그램에 계속 참여하는 조건으로 감형해주었고요, 또……"

"나는 이미 중독에서 벗어났어요." 알렉스는 항복의 표시로 두 손을 들었다. "컴퓨터 화면을 안 본 지 벌써 몇 달이 지났다고요."

"그래서 우리가 여기 나와 있는 거잖아요." 변호사는 차를 세우고 저멀리 보이는 빨간색 포드 자동차를 가리켰다. "믿을 만한 사람들에게 당신을 맡길 겁니다."

알렉스는 변호사가 가리키는 쪽을 바라보았다. 그의 가장 친한 친구인 마르셀로와 그의 아내 블랑카였다. 그들을 보자 갑자기 속이 울렁거렸다. 그는 이 모든 것을 차분하게 받아들일 수 있을 거라고 생각했다. 만약 이 상황을 객관적으로 생각한다면, 그리고 다른 사람에게 벌어진 일인 것처럼 거리를 두고 전망할 수만 있다면 말이다. 하지만 그에게 일어난 일이었다. 거의 일 년 동안 법원 명령, 언론 매체, 격리 및 치료의 소용돌이가 그를 휩쓸고 지나갔다.

"가보세요." 변호사는 그와 악수를 하고 고개를 끄덕였다. "오후에 다시 데리러 올게요. 좋은 해결책이 있을 것 같아요."

그는 뒤도 안 돌아보고 빨간색 포드를 향해 걸어갔다. 가장 친한 친구를 껴안으면서 감옥에서 석방된 자신의 모습이 결국 영화 속 장면과 크게 다르지 않다고 생각했다.

한밤중, 넓고 황량한 광장 위 별이 빛나는 어두운 하늘에 처연하게 걸려 있는 하현달, 그 뒤로 어렴풋이 보이는 눈 덮인 산. 크리스마스 조명으로 장식된 채 달력의 날짜와 추위를 견뎌내고 있는 커다란 전나무. 무덤처럼 괴괴한 정적, 낡았지만 니스칠을 해 반들거리는 두꺼운 나무 덧문, 어둠 속 눈 덮인 박공지붕 위로 단단한 굴뚝에서 희미하게 피어오르는 연기. 겨울의 추위 속에 평온하게 잠들어 있는 마을. 알렉스가 노트북과 여러 가지 개인 물건을 들고 광장을 가로질러 주랑 현관이 있는 집을 향해 걸어가는 동안 트레비예스에서 받은 첫인상이었다.

"여기는 우체국도, 지역 언론이나 라디오 방송국도, 신부도 없어요. 더구나 행정기관이라고 해봐야 시청 공무원 두 명이 전부고요." 길을 가면서 변호사가 그에게 설명해주었다.

"그러면 인터넷 연결도 안 됩니까?"

"지방 도시 인구 감소 문제 해결을 위해 국가 차원에서 인터넷 연결망 구축 계획을 세운 덕분에 여기까지도 그 굉장하다는 광케이블이 깔려 있죠."

"그럼 됐어요. 인터넷만 있으면 우선 마음을 가다듬고 어떤 길을 선택할지 결정할 수 있으니까요."

"그 어떤 사이버 범죄와도 거리가 먼 길이어야겠죠."

"앞으로는 오로지 화이트 해커 역할만 할 겁니다. 약속드리죠."

변호사는 몇 시간 전 마르셀로와 블랑카의 집에서 그를 데리고 나와 그의 아파트에 따라가 짐을 챙기게 한 다음, 프랑스 국경 부근의 이 작고 외진 마을까지 그를 데려왔다. 기자들이 이곳까지 그를 추적하기는 어려워 보였다. 오히려 보호 관찰 기간이 끝나기 전에 이 나라를 떠나는 게 훨씬 더 쉬울 듯싶었다.

"저더러 도서관에 살라고요?" 예쁜 석조 주택 안으로 들어와 불을 켜자마자 알렉스는 깜짝 놀라 말했다.

"여기 사는 동안에는 『몬테크리스토 백작』『그린 마일』『젠다성의 포로』『파피용』같은 책들을 실컷 읽을 수 있을 겁니다."

"아주 재미있겠군요."

알렉스는 먼저 인터넷 연결 단자와 공유기를 찾아서, 장비를 설치하는 데 필요한 모든 것의 목록을 머릿속으로 정리했다. 나무 들보가 떠받치고 있는 높은 천장과 널찍한 공간, 그리고 수많은 책들이 있는 1층은 놀라울 정도로 멋있었다. 시트를 몇 장 걷어내자 튼튼한 책상 하나와 안락의자가 드러났다. 세상눈을 피해 숨어 사는 데 꼭 필요한 것들이었다. 현관 테이블에 쌓여 있는 편지를 살펴보던 변호사는 이리저리 서성대는 그를 보고 한마디했다.

"그건 내일 하고, 가서 잠 좀 자요. 벌써 자정이 넘었다고요. 당신은 이제 제때 자고 제때 일어나는 건강한 사람이잖아요. 어서 위층 오른쪽에 있는 침실부터 한번 둘러보고 내려와요. 무척 중요한 이야기가 있어요."

"노트북을 여기에 둬도 될까요?"

"금고에 넣어두는 게 좋을 겁니다. 저 금고는 강철로 만들어진데다, 안면과 지문 인식 기능이 있는 이중 스마트 잠금 장치가 달려 있거든요. 버지니아주 콴티코의 FBI 사무실에 연결되어 있는 경보 센서 시스템과 맞먹을 정도죠."

알렉스가 놀란 눈으로 바라보자, 변호사는 두 손 두 발 다 들었다는 듯이 고개를 절레절레 흔들었다.

"설마 누가 여기 들어와서 당신이 가져온 이 잡동사니들을 훔쳐갈 거라고 생각하는 건 아니죠?"

알렉스는 어깨를 으쓱하고는 배낭 하나를 메고 위층으로 올라갔다. 하지만 계단의 마지막 단에 발을 딛는 순간, 갑자기 왼쪽 방문이 벌컥 열리더니 짙은 파란색 아노락―기장이 너무 길어서 마치 후드가 달린 북유럽 침낭 같아 보였다―차림의 여자가 양말을 신은 채로 머리빗을 쳐들고 그의 앞에 나타났다. 약간 헝클어진 긴 갈색 머리에 슬픔이 가득한 회색 눈동자, 당장 도망갈지 아니면 빗으로 그의 머리를 세게 내려칠지 망설이는 듯한 표정을 지으며 그 자리에 서 있는 여자는 그의 눈에 이 세상에서 가장 특별한 사람으로 보였다.

"한 발짝도 움직이지 마." 아노락 차림의 여자가 빗으로 그를 위협했다. "우리집에 어떻게 들어온 거지? 경찰에 신고할 거야."

"자초지종을 설명할 테니 진정해요." 알렉스는 배낭을 바닥에 내려놓고 두 손을 들었다. "여기는 내 변호사 집이에요." 그 말은 하지 말았어야 했다. 그 말을 듣고 아브릴은 더 겁을 먹었다. "아, 그렇다고 내가 범죄자나 뭐 그런 사람은 아니에요. 전혀 그런 사람 아니에요. 물론 교도소에서 방금 나오기는 했지만, 그렇다고 그런 무서운 사람은 아니라고요. 아, 젠장. 지금 짐을 정리하고 있어요. 우선 그 빗부터 내려놔요. 그런 건 악마나 가지고 노는 물건이라니까요."

"시시껄렁한 이야기는 집어치워요." 그녀는 겁을 먹은 게 아니라 화가 난 것 같았다. "이건 엄연히 주거침입이라고요."

"말투가 내 변호사 같군요."

"변호사라뇨?"

"이 집의 주인 말이에요. 내 변호사가 나한테 여기서 몇 주 동안 지내도 된다고 했어요. 그런데 이 집에 무단거주자가 있다는 사실을 깜박 잊고 안 알려준 모양이네요."

"이보세요, 여기서 무단거주자는 당신이라고요. 지금 당장 나가세요."

"아브릴이니?" 계단 아래에서 들려오는 변호사의 목소리가 알렉스를 위기에서 구해주었다. "깨워서 미안하구나."

"아빠야? 그런데 이게 무슨……?"

"미겔 브라보 씨. 내 변호사예요." 알렉스는 머리빗을 든 여자가 잘 볼 수 있도록 옆으로 비켜서며 그를 소개했다. 그리고 자기 바로 옆을 태연하게 지나쳐 변호사를 향해 계단을 서둘러 내려가는 그녀를 보며 생각했다. '그가 해주겠다던 "무척 중요한 이야기"라는 게 저 여자 이야기였던 모양이야. 그렇다면 이제 손을 내려도 되겠는데.'

5

아브릴은 매일 열네 시간씩 한 번도 깨지 않고 잠을 잤다. 현실과 쓰라린 기억에서 벗어나 아무런 두려움도 느끼지 않고 숙면을 취할 수 있었다. 하지만 깨어 있는 동안에는 자신을 불행의 나락으로 빠뜨린 수치스럽고 절망스러운 장면들이 끊임없이 괴롭혔다. 완성된 광고를 고객에게 보내도 좋다는 상사의 허락을 받았을 때 느낀 어리석은 자만심, 팀원들과 함께 축하하기 위해 점심을 먹으러 나갈 때 온몸을 황홀하게 휩싸던 행복감, 그리고 회사의 변호사들과 그 유명한 푹스 씨가 그녀가 지난 십 년간 사용한 개인 물건이 담긴 상자와 해고 통지서 및 업무상 과실에 대한 향후 법적 대응 방침이 들어 있는 서류철을 들고 회사 건물 문 앞에서 기다리고 있는 모습을 보았을 때 갑자기 속이 울렁거리면서 발아래 땅이 갈라져 그 속으로 떨어지기를 바라던 마음.

아브릴은 행복은 절대적인 것이 아니라 순간들이 모여서 이루어지는 것이기 때문에 끊임없이 불행할 수는 없으리라 생각했다. 그렇지만 실제로는 끊임없이 불행하다 느끼고 있었다. 그녀는 과거의 가장 끔찍하고 수치스러운 순간을 떠올리며 끊임없이 괴로워했고, 가장 즐겁고 행복한 순간은 모래알이 손가락 사이로 빠져나가듯 금세 잊었다.

자신이 얼마나 큰 실수를 저질렀는지를 깨달은 그녀는 대학 졸업 이후 자신의 세계나 마찬가지였던 모든 것을 다 잃게 된 과정을 처음부터 끝까지 하나하나 되짚어보았다. 십 년이나 함께 근무를 했지만, 올리밴더앤폭스에서 같이 일하던 동료 중 누구도 그녀에게 연락하지 않았다. 잠을 자는 동안은 그 어떤 현실도 그녀를 괴롭게 만들지 않았다. 죄책감이나 수치심도, 아무 두려움도 느끼지 않고, 끔찍한 현실에서 멀찌감치 물러나 있는 것만이 유일한 위안거리였다. 적어도 트레비예스에 도착해 『보물섬』을 손에 넣고 멋진 도서관 위층 방에 자리잡기 전까지는 그랬다. 그녀는 잠들 때까지 끔찍한 생각 한 번 하지 않고 집중해서 소설의 절반을 단숨에 읽을 수 있었다. 비록 뼛속까지 스며드는 추위와 밤의 정적 때문에 약간 불안하고 무서웠지만, 그 도서관과 서가에 가득 꽂혀 있는 책들이 안식처가 될 수도 있다는 사실을 깨닫자 그간 마음을 짓누르던 죄책감과 두려움이라는 무거운 짐을 조금이나마 덜어낼 수 있었다. 적어도 톰 하디 같은 헤어스타일에 긴 검은색 코트 차림을 한 가무잡잡한 피부의 남자가 그녀를 까무러칠 정도로 놀라게 만들기 전까지는 말이다.

"아빠, 여기서 뭐하는 거야?" 그녀는 1층으로 내려가 아버지와 포옹한 후 다시 물었다.

"놀라게 해서 미안하구나. 여기로 오는 길에 네게 전화를 했는데, 늘 그렇듯이 전화기가 꺼져 있어서 말이다."

아버지가 비꼬듯 말했지만, 아브릴은 전화기에 대해서만큼은 최근 들어 많이 나아졌다고 생각했다. 자주 꺼놓기는 했지만, 그래도 정원의 투구꽃 아래 묻어버릴 생각은 들지 않았다.

"왜 불을 안 피웠어?" 아버지가 의아하다는 듯이 그녀를 보며 물었다. "밖보다 안이 더 춥구나."

"한 번도 벽난로에 불을 지펴본 적이 없어. 뭐부터 해야 하는지도 모르겠다고."

"그러면요," 계단 꼭대기에서 검은 코트를 입은 남자가 인기척을 냈다. "핫초콜릿을 한 잔 드릴까요? 블랑카와 마르셀로가 생존 배낭을 준비해주었거든요. 이 집은 위층에 부엌이 있네요."

"아빠, 들었어? 초콜릿이래. 이건 모두 디멘터*들 때문이라고." 아브릴이 아버지에게 투덜거렸다. "그놈들은 아즈카반 감옥에서 탈출할 때부터 줄곧 저 사람의 뒤를 쫓아온 거야."

"저 사람이 방금 감옥에서 나온 걸 어떻게 알았니?"

"그러니까 내가…… 그러니까 이걸로 위협했을 때, 저 사람이 그랬어." 머리빗을 여전히 손에 쥐고 있다는 사실을 깨달은 아브릴이 당황하며 말했다.

"부탁인데, 좀 상냥하게 대해주거라." 미겔이 딸에게 당부했다.

"정상적인 부모라면 자기 딸이 범죄자와 함께 살도록 내버려두지는 않겠지."

"그런 의미에서 나는 정상적인 아버지가 아니겠구나. 알렉스, 핫초콜릿을 만들기 전에 먼저 벽난로에 불 지피는 것부터 좀 도와줘야겠어요. 잘못하다가는 오늘밤 다 얼어죽겠어. 여기는 내가 맡을 테니까, 위층에 있는 벽난로 두 군데에 불을 피워줘요. 집안 곳곳에 장작을 쌓아두었으니 찾아봐요. 더 필요하면 정원의 나뭇간에서 꺼내 쓰고요."

"그 문은 열지 않는 게 좋을 거야. 정말이라니까." 아브릴이 벽난로 옆 소파에 덮여 있는 시트를 걷어 접으면서 말했다. "밤에 그 정글에 어떤 생명체들이 사는지 모르잖아."

---

* '해리 포터' 시리즈에 등장하는, 우울증을 형상화하는 마법 괴물. 작중 초콜릿 같은 단 음식을 먹어 부정적인 영향에서 벗어난다.

　마침내 그들은 진한 핫초콜릿이 담긴 잔을 손에 들고, 타닥
타닥 소리를 내며 활활 타오르는 1층 벽난로 불 앞에 둘러앉
았다. 바로 그 순간, 산 바르토메우 델 그라우 성당 종탑에서
새벽 두시를 알리는 종소리가 울려퍼졌다. 아브릴과 미겔은
커다란 초록색 벨벳 소파에 함께 앉아 있었고, 19세기 스타일
의 콧수염을 기르고 파이프 담배만 피우면 영락없는 빅토리
아시대의 귀족처럼 보이는 알렉스는 머리 받침이 달린 큰 안
락의자에 편하게 앉아 의자와 한 세트인 발판 위에 발을 올려
놓았다.

　"혹시 세구르스마트 사건이라고, 들어본 적 있어?" 미겔이
딸에게 물었다.

　"고객들의 사회보장번호를 인신매매 범죄 조직 같은 데 팔
아넘기다 잡혔다는 건 기억나."

　아브릴은 구구절절 설명하고 싶지 않기도 했지만, 사실 다
국적 보험회사인 세구르스마트 스캔들 관련 서구 언론 보도
가 쏟아져나오던 시기에 뉴스를 읽을 시간조차 없어 그 사건
에 대해 잘 알지 못했다. 그녀의 세계라고 해봐야 사무실이 전
부였다. 낮과 밤의 대부분의 시간을 일하면서 보냈고, 잘못된
자세로 컴퓨터 앞에 장시간 앉아 있던 탓에 등과 목과 허리에
무리가 왔다. 그래서 점심시간엔 식사를 간단히 하고, 등과
목, 허리의 통증을 완화시키기 위해 필라테스 수업에 나갔다.

그런 그녀에게는 뉴스에 보도되는 현실은 물론, 그 어떤 현실도 그다지 중요하지 않았다. 모닝커피를 마시면서 뉴스를 읽는다고 광고회사의 임원이 되는 것은 아니니까 말이다.

"뭐, 그런 셈이죠." 알렉스는 잔을 입술에 대고 믿을 수 없다는 표정으로 그녀를 바라보았다. "역사상 가장 유명한 사이버 스파이 사건이었으니까요."

"아르테미스 파울*만큼이나 신중하시군요."

"그 회사를 신고한 사람이 접니다."

"어련하시겠어요, 넬슨 만델라 씨."

"이봐요, 머리빗 아가씨……"

"다들 진정해요." 미겔이 두 사람에게 경고했다. "서로 조금씩 참읍시다."

"피곤하네요." 알렉스가 자리에서 일어나며 말했다. "잠 좀 자야겠어요."

"잠깐만요."

변호사는 계단까지 그를 따라가며, 아브릴에게 들리지 않도록 나지막한 목소리로 무언가를 지시했다. 미겔은 그와 악수를 나누고 소파로 돌아왔다.

"저 사람이랑 여기서 같이 지내라고? 할머니 집에서?"

---

* 아일랜드 작가 오언 콜퍼가 쓴 동명의 SF 판타지 소설 시리즈 주인공.

"할머니가 그렇게 하라고 하셨어. 할머니와 내가 너한테 해가 될 사람하고 이 집에서 함께 지내라고 할 리는 없잖니."

"저 사람은 범죄자잖아."

"전과자야. 죗값을 충분히 치렀고, 담당 판사가 명령한 치료 프로그램에 한 번도 빠진 적 없어. 그래서 심리상담사와 상담한 후에 출소 허가를 받은 거야. 나는 그가 단 하루라도 교도소에 갇혀 있을 만한 죄를 지었는지 모르겠어. 만약 네가 조금이라도 현실 세계에 관심이 있다면, 알렉스의 별명인 헌터 후드라는 이름을 들어본 적이 있을 거야. 그는 삼 년 전에 구글의 알고리즘을 수정한 유일한 해커였고, 유럽과 미국에 이십 분 십이 초 동안 같은 검색 결과를 노출했지. 자세히 말하자면, 전능한 세구르스마트가 마약 밀매와 인신매매를 통해 번 더러운 돈을 유용했을 뿐만 아니라, 온라인상에서 범죄에 적극적으로 협력하고 있다는 사실을 공개한 거란다. 수사에 참여한 일부 국가의 사법 당국이 일정한 성과를 거두었는지는 모르겠지만, 어떤 정부도 이렇게 막강한 기업을 상대로 수사를 벌일 때 큰 성과를 거둘 수 있을지 장담할 수 없어. 설령 그 과정에서 범죄 사실이 드러난다고 해도, 그러한 정보가 시민들에게 알려지는 경우는 거의 없으니까. 그러니 시민들은 자신의 개인 정보가 매매되고 범죄에 이용된다는 사실을 인지하지 못하지."

"아빠 말을 들어보니 알렉스가 영화에 나오는 선량한 사람 같은데."

"하지만 구글은 그렇게 생각하지 않은 모양이야."

"나는 구글이 난공불락의 요새인 줄 알았어. 그건 그렇고, 알렉스가 정말로 좋은 사람이라면, 왜 그를 체포한 거야?"

"그의 소재를 파악하는 데만 이 년이 걸렸지. 그런데 경찰이 정말로 그를 찾은 건지 잘 모르겠어." 미겔은 찻잔을 소파 팔걸이에 내려놓고 목소리를 죽이며 말했다. "알렉스는 가장 친한 친구인 마르셀로를 향한 포위망이 좁혀지자 결국 자수하고 말았으니까. 프록시 서버를 여러 번 우회하고 주소를 숨기고 네트워크 점프를 했지만, 결국 드러난 아이피 주소 하나가 마르셀로의 집 주소를 가리켰거든. 내가 보기에는 두 사람 모두 구글 공격에 가담한 것 같아. 하지만 알렉스가 모든 책임을 떠안았고."

"왜?"

"사건을 수임한 지 몇 달이 지나도록 이유를 알 수 없었어. 그때까지 알렉스는 한 마디도 하지 않더라. 그는 동료들한테서 사이버보안 전문인 우리 로펌을 소개받아 내 사무실을 찾아왔어. 우리는 최소 형량을 받아냈고, 그후 수감 태도가 양호하고 재범의 위험성이 없는데다, 정신적 문제 회복의 실제적인 증거가 있어 오 개월로 감형되었지. 그래서 여기까지 오게 된 거야."

 전능한 구글을 해킹한 그 사건은 언론에 보도되면서 사회적으로 엄청난 반향을 일으켰다. 그래서 미겔은 알렉스의 석방 소식이 잠잠해질 때까지 언론의 눈을 피해 이 집에서 몇 주간 숨어 지낼 수 있도록 어머니에게 허락을 구했다. 알렉스에게는 가까운 친척도 없고, 마르셀로 또한 그와 같은 건물에 살고 있었기 때문에, 그가 블랑카와 마르셀로와 함께 지낸다면 기자들의 쉬운 먹잇감이 될 수밖에 없었다.

 "알렉스는 당장 이 나라를 떠나고 싶다고 했어. 하지만 법원의 결정이 나오려면 통상적으로 시간이 좀 걸리니까 그때까지 조용히 머물 곳이 필요해."

 "하지만 할머니나 아빠는 내가 여기 있다는 걸 알았잖아."

 "할머니도 이 집은 넓어서 두 명이 지내기에 충분하다고 하셨어. 더구나 내 입장에서는 네가 썰렁한 이 집에 혼자 있는 것보다 한결 마음이 놓일 것 같기도 하고."

 "그러니까 아빠 말은, 나 혼자 있는 것보다 범죄자와 같이 지내는 게 낫다는 거네."

 "저 사람을 잘 아는데, 절대로 위험한 인물이 아니야."

 "그런 이야기는 구글한테나 하라고."

 "네가 스무 살이나 됐다는 건 안다만……"

 "서른셋이야." 아브릴은 코웃음을 쳤다.

"……너 혼자서는 아무것도 못하니까 걱정이 돼서 하는 말이야. 추운데 난로도 안 켜고 외투를 껴입고 자고 있었잖니. 보나 마나 냉장고는 텅 비어 있을 게 뻔하고. 그리고 여기 도착한 후로 따뜻한 음식은 한 끼도 먹지 않았겠지. 지금 네가 굳이 세상과 모든 사람들로부터 외따로 떨어져 살 필요가 있는지 모르겠구나."

"나는 지금 온 우주를 내 손안에 쥐고 있어." 그녀는 미소를 지으며 사방에 책으로 가득찬 서가를 가리켰다. "도서관보다 더 좋은 안식처는 없어. 나는 잘살고 있다고. 갈 곳 없는 아이를 돌볼 필요는 없어."

"넌 상상도 못할 거야." 미겔이 그녀의 생각을 바로잡아주었다. "저 갈 곳 없는 아이가 이메일로 일자리 제안을 얼마나 많이 받았는지 말이야. 저 사람은 보호관찰 기간이 종료되기만을 기다리고 있는 거란다. 그때가 되면 가장 마음에 드는 계약서에 서명하고, 이 나라를 떠나 더 나은 삶을 찾아 자취를 감추겠지. 그는 혼자서 잘살아갈 거야."

"저 사람은 고의로 불법행위를 저질렀는데, 그 보상으로 일생일대의 취업 기회를 얻은 셈이네. 그런데 나는 남에게 해를 끼칠 의도는 전혀 없었고 본의 아니게 실수를 저질렀는데, 어떻게 됐지? 그동안 힘들게 노력해서 얻은 것을 하루아침에 모두 잃고 길거리에 나앉은데다, 그것도 모자라 회사로부터 고소당할 날만 기다리고 있잖아."

"저 사람도 자신의 죄에 대한 대가를 이미 치렀잖니. 게다가 벽난로에 불을 지필 줄도 알고, 핫초콜릿을 만들 줄도 알고 말이야." 미겔은 자리에서 일어나 딸의 손을 잡고 일으켜 방으로 데리고 갔다. "자, 아브릴. 이제 그만 괴로워하려무나. 이미 벌어진 일은 되돌릴 수 없지만, 너 자신은 용서할 수 있잖니. 너는 똑똑하고 신중하고 유능한 여자야. 그러니 그동안 네 마음에 무거운 짐처럼 지고 있던 죄책감을 이제 내려놓으렴. 그러면 너를 설레게 하는 또다른 길을 찾을 수 있을 거야."

"뭐가 내 마음을 설레게 했는지 이젠 기억도 안 나."

6

자유를 되찾은 첫날밤, 알렉스는 핫초콜릿, 벽난로에서 이글거리는 장작불, 도시에서 멀리 떨어진 곳에서만 누릴 수 있는 신비한 정적에 마음의 위안을 느끼며 침대에 눕자마자 잠이 들었다. 담요 두 장과 베개를 챙겨 별이 빛나는 하늘 아래에서 자고 싶었지만, 피로가 몰려오는데다 살을 에는 듯한 피레네산맥의 추위 때문에 단념했다. 그는 이제 그 어떤 지붕도 다시 자기를 강제로 가두어놓지 못하리라는 사실을 상기하려고 크리스마스트리 아래에 서 있을 수도 있었다. 그는 새벽에 일어나 아침식사를 차리고, 갓 내린 커피의 향긋한 냄새에 도서관 소파에서 잠들어 있는 미겔이 깰 때까지 조용히 기다렸다.

"당신 친구들이 준 생존 배낭에는 진정한 사랑이 깃들어 있네요." 미겔은 위층에서 잠자는 미녀를 깨우지 않기 위해 도서관에 앉아 아침을 먹으며 알렉스에게 말했다.

"마르셀로와 블랑카는 보물 같은 존재예요. 내가 가진 유일한 보물이죠."

"알렉스……"

변호사는 이야기를 꺼낼까 말까 망설이며 말끝을 흐렸다. 미겔 브라보가 아닌 다른 변호사라면 관심이 없어 무시해버렸을 그 질문을 그에게 하려고 몇 달 동안이나 기다렸다는 느낌이 들었다.

"법정에서 검찰이 아이피 주소를 증거로 제시했을 때, 나는 그게 당신의 아이피가 아니라는 것을 알았어요."

"그 사건은 이미 종결되었어요." 그는 변호사가 본격적으로 의문을 제기하기 전에 말을 가로막았다. "다 잘 해결되었잖아요. 아무튼 당신에게 신세를 갚지 못해서 앞으로도 계속 마음의 빚을 지고 살 것 같아요. 당신만 괜찮다면, 당신을 친구로 생각하고 싶어요. 그동안의 후원과 헌신은 금전적 가치로 환산하기 어려울 겁니다. 하지만 내게 더이상 아무 설명도 요구하지 마세요. 그러면 나도 당신에게 거짓말을 하지 않을 테니까요."

"알겠습니다." 미겔은 결국 단념했다. "다시 연락드리죠."

그는 코트를 입고 서류가방을 들고서 의뢰인에게 작별인사를 건넸다. "그럼 이만 가겠어요. 정오에 사무실에서 약속이 있는데, 그전에 집에 들러서 샤워하고 옷도 갈아입어야 하거든요. 딸애가 일어나거든 먼저 간다고 전해주세요. 그리고 어젯밤에 있었던 불쾌한 일은 더이상 신경쓰지 마시고요. 저 아이도 요즘 힘든 시간을 보내고 있거든요."

"아무도 없는 이 외딴 곳에서 따님이 혼자 뭘 하는 건지 상상이 안 되네요."

"당신과 마찬가지일 겁니다. 세상으로부터 숨어 지내려는 거죠."

"하지만 세상이 머지않아 찾아내고 말 거예요."

변호사는 떠나기 전에 그와 악수를 나누었다.

"정말로 그런 일이 일어날 때쯤이면 아브릴도 마음의 준비가 되어 있기를 바랄 뿐입니다." 그는 말을 마치고 집을 나섰다.

2월의 첫 아침이었다. 날씨는 바람이나 구름 한 점 없이 맑고 쾌청했고, 알렉스가 가장 오래된 노트북 케이스에 보관하고 있던 행운의 돌인 청금석 조각을 떠올릴 만큼 짙푸른 하늘이 펼쳐져 있었다. 그는 세 대의 노트북 중 그 어느 것도 아직 열어보지 않았다. 당장이라도 이메일을 읽고 사이버 세상에서 무슨 일이 일어나고 있는지 알고 싶은 마음이 굴뚝같았지만, 컴퓨터 화면 중독에서 벗어나기 위해 길고 힘든 과정을 거친 터라 전문가답게 절제하면서 본래 삶으로 복귀하고 싶었다. 그는 이것이 비겁함이 아니라 신중함의 문제라고 마음속으로 수도 없이 되뇌었다. 그는 다시 IT 분야에서 일을 하겠지만, 이제는 자신을 절망의 벼랑 끝으로 내몰았던 0과 1의 세계에 집착하지 않고 법의 테두리 안에서—그가 교도소에서 깨달은 것이 있다면, 시스템은 내부에서 바뀐다는 점이었다—살아가기로 했다. 그는 노트북을 떠올리게 만든 청금석 조각에 대한 생각을 떨쳐버리고, 밖으로 나가 달리기 시작했다.

그는 광장을 가로지르지 않고 트레비예스 북쪽으로 달려가다 참나무와 밤나무 숲으로 이어지는 오솔길을 발견했다. 나무들은 저 꼭대기 나뭇가지 사이로 스며드는 햇살을 받아 금색, 적갈색, 갈색 등의 풍부한 색조로 빛나는 두터운 낙엽층 위로 높이 자라 있었다. 걸음을 빨리하자, 차갑고 맑은 공기에 폐와 마음이 정화되는 것 같았다. 그는 자신이 얼마나 자연을 그리워했는지 잊고 살았고, 마지막으로 도시를 떠난 게 언제인지조차 기억나지 않았다. 고개를 구부정하게 숙이고서 컴퓨터 화면을 응시하느라 눈은 항상 피곤하지만, 카페인 과다 섭취로 정신이 또렷해져 잠은 오지 않고 오히려 커져가는 비현실감 속에서 허우적거리면서 인생의 많은 시간을 허비한 듯한 생각이 들었다. 감옥에 있던 지난 몇 달 동안 운동과 치료를 통해 매트릭스에서 현실 세계로 나오는 데 성공했을지는 모르지만, 여전히 뒤에 열려 있는 저 문으로부터 완전히 벗어날 수 있을지 의구심을 떨쳐버릴 수 없었다. 그는 서구에서 활동중인 해커 가운데 손꼽히는 실력자였으며, 그 능력을 어떻게 활용할지는 그의 손에 달려 있었다.

"'큰 힘에는 큰 책임이 따른다.'" 그는 샤워를 할 생각에 걸음을 늦추지 않고 도서관으로 돌아가면서 중얼거렸다.

그는 기운이 넘치고 의기가 솟구쳤지만, 마음은 차분하게 안정되어 있었다. 복잡한 도시를 벗어나 이런 시골구석의 맑고 깨끗한 공기를 마시니 기분이 상쾌했다. 그는 이곳이 지나쳐가는 곳, 아주 멀리 떠나 새로운 삶에 진입하기 전에 잠시 멈춰 가는 곳이라는 것을 알고 있었다. 그렇긴 해도 그는 하루 종일 시계도 보지 않고 홀가분한 마음으로, 머리빗을 든 여자와 함께 기분 내키는 대로 즐거운 나날을 보냈다. 기다란 아노락을 입고 헝클어진 머리를 한 아름다운 사서가 머릿속에 아련히 떠오를 때마다 그의 입가에 미소가 번졌다. 왜 독특한 사람일수록 스스로 얼마나 놀라운 존재인지 생각할 겨를도 없이 세상눈을 피해 숨어 살아야 하는지 그는 궁금했다. 아마도 자신이 얼마나 많은 빛을 발산하는지 알고 있다면, 더이상 그렇게 특별한 존재가 아니게 되는지도 모른다.

그리고 그는 거기, 낯선 숲에 돌연 홀로 남겨져 있었다. 그
곳은 하얀 눈으로 덮인 산에서 워낙 가까워, 돌아서서 손을 뻗
으면 닿을 것만 같았다. 그 순간 그는 자신의 작은 우주를 주
먹에 움켜쥐고 어머니들이 심어준 명예로운 세계관, 즉 약자
에게 힘이 되어주어야 한다는 세계관을 마음에 새겼다. 그의
가족이라고 해야, 마르셀로와 블랑카, 갓 태어난 그들의 아기,
그리고 돌아가신 두 어머니―그가 열네 살 때 교통사고로 돌
아가신 어머니와, 그런 그를 집으로 불러들여 친아들처럼 여
기며 아낌없는 사랑을 베풀어준 마르셀로의 어머니―뿐이었
다. 타인에 대한 동정과 욕망을 넘어 애정의 지평을 넓히지 못
한 것이 못내 부끄러웠지만, 가족에 대한 사랑은 어떤 부재도
견딜 수 있을 만큼 진정하고 진실하다는 것을 알고 있었다. 어
쩌면 그런 이유로 그는 미겔 브라보와 아브릴과 곧바로 마음
이 통했는지도 모른다. 그건 그들의 마음을 하나로 묶어주는
인연의 끈, 어떤 조건을 내세우거나 비난하지 않고 무조건적
인 사랑을 베푸는 사람들, 즉 어떤 일이 있어도 여전히 서로를
위해 존재한다는 사실을 일상적인 몸짓이나 표정 하나만으로
도 떠올릴 수 있는 사람들의 유대감을 그가 알아봤기 때문인
지도 모른다.

아브릴과 안식처를 함께 쓰게 되어 행운이라고 생각한 그

는 샤워를 하고 옷을 갈아입은 다음, 마을을 이리저리 돌아다니다가 로마네스크 양식의 종탑이 있는 산 바르토메우 델 그라우 성당—한때 웅장하던 모습은 온데간데없고, 폐허처럼 변해 있었다—을 방문하고, 식료품을 사며 남은 오전 시간을 보냈다. 산책을 하고 성당을 둘러보는 데는 십 분도 채 걸리지 않았지만, 장을 보는 데는 삼십 분이나 걸렸다. 여태껏 먹을 것을 사는 데 그렇게 오랜 시간이 걸린 적은 한 번도 없었다. 그가 찾은 유일한 슈퍼마켓은 롤라 부인의 가게였다. 인상적인 핑크색 머리에 알이 두꺼운 안경을 쓴 그녀는 인내심을 잃게 만드는 재주가 뛰어난 여자였다.

"뉘 집 아들이에요?" 그가 가득찬 바구니를 들고 계산대로 가자 롤라 부인이 불쑥 물었다. "내가 한번 맞혀볼게요." 그녀는 한 번도 작동한 적이 없는 듯한 컨베이어벨트 반대편에 선 채로 웃으며 그의 얼굴 쪽으로 몸을 최대한 가까이 기울였다. "아이고! 무서워하지 마요. 물지 않을 테니까. 보아하니 아구스티나의 손자 같은데. 경쟁자들을 쫓아 마드리드에 갔던 그 손자 말이에요. 아니면 꿈을 좇아 공무원 시험을 보려고 공부했던가? 음, 지금은 기억이 잘 안 나지만, 내가 보기에 당신은 공무원 시험 준비보다 사업가가 더 어울릴 것 같은데. 아니, 혹시 다루의 친척 아니에요? 양치기 말이에요. 다들 그이를 얼마나 보고 싶어하는지 몰라요…… 그렇다면 설마 양들이 돌아온다는 거예요? 솔직히 말하면, 우리는 다루보다 양들이 더 보고 싶다고요. 그런데 당신은 다루네 식구라고 하기에는 낯빛이 너무 창백한 것 같은데. 그동안 어디 처박혀 있다가 이제 나타난 거죠? 여기 오래 있을 거예요? 여기는 살기 좋은 곳이라 조금만 있으면 다시 혈색이 좋아질 테니까, 궁금해서 이것저것 물어보는 거예요. 그렇다고 내가 남의 험담이나 하고, 주제넘게 남의 일에 간섭이나 하는 사람이라고 오해하진 마요. 내가 늘 하는 말이 하나 있는데……"

그 여자와 함께 있는 시간이 영원처럼 길게 느껴졌다. 한참 후에야 재생지 봉투를 안고 슈퍼마켓을 나온 그는 머리가 지끈지끈 아프고 미친듯이 소리를 지르고 싶었다.

"진짜 재생지로 만든 봉투예요." 여자는 물건을 그에게 건네주면서 말했다. "이곳 사람들은 모두 그레타*를 열렬히 지지하니까요. 그것 말고 다른 관심사는 없어요……"

"가령 새로 온 사람들을 향한 동정심 같은 것 말이죠."

"……하지만 지구에 대한 사랑은 차고 넘치죠."

"그리고 말하고 싶은 욕구도요."

"아, 그거야 어렵지 않죠, 젊은이. 원할 때 언제든지 여기 와서 나랑 이야기하면 되니까. 지금 가져가는 토마토소스 맛

---

* 스웨덴 환경운동가 그레타 툰베리.

이 어떤지 나중에 알려줘요. 나는 아직 안 먹어봤거든. 토마토 라면 물론 프란체스코 수도회 것이 가장 좋기는 한데, 협동조합 사람들 말마따나 죽은 이들도 여기를 안 지나다닌다니까…… 심지어 산타 콤파냐* 때도 말이에요."

그는 롤라 부인의 지옥에 다시 들어가느니 차라리 굶어죽는 게 낫겠다고 생각하며 서둘러 도서관으로 돌아왔다. 장을 본 물건들을 냉장고와 부엌 찬장에 나누어 넣고, 아브릴이 아직 자고 있다는 것을 확인하고 맥주를 마시러 나갔다. 그가 마리아의 카페에 들어갔을 때는 한시 십분이었다. 파르바티와 로사, 마리아는 건배하려던 화이트 베르무트 잔을 손에 든 채 그를 멍하니 바라보았다.

"뭘 드릴까요?" 로사가 팔꿈치로 쿡 찌르자 마리아는 그제야 정신을 차리고 그에게 물었다.

"맥주 한 병 주세요. 밖에서 마실게요."

"그냥 안에서 드시는 게 좋을 것 같은데요." 로사가 가만히 있으라고 눈짓을 보냈지만 파르바티는 이를 무시하고 말했다. "그린치라는 사람이 곧 올 텐데, 보통 테라스에 앉거든요."

"위험한 인물인가요?" 알렉스는 적어도 롤라 부인의 수다

---

* 죽은 자들이 매년 10월 31일이 되면 마을을 돌아다닌다는 스페인 전설에 기반한 믿음으로 이날 사람들이 두건 달린 하얀 망토를 뒤집어쓰고 행렬을 벌인다.

가 이 마을의 고질적인 병폐가 아니라는 것을 확인할 때까지는 그들의 말을 따르는 것이 최선이라고 생각했다.

"트레비예스 시청에서 일하는 유일한 직원인데, 일은 반나절만 하지만 하루 온종일 골치를 썩여요."

"혹시 아직 광장에 크리스마스트리가 세워져 있어서 기분이 언짢은 게 아닐까?" 시장은 그린치가 인간 자체를 혐오하는지, 아니면 크리스마스를 싫어하는 건지 기억나지 않았지만, 차라리 크리스마스 탓으로 돌리는 편이 덜 위험하다고 생각했다.

"그는 항상 뾰로통해 있다니까."

"그 사람은요," 마리아는 검지로 관자놀이를 가볍게 두드리며 설명했다. "불평불만이 끝이 없어요. 그래서 누구든 가까이 다가오면 붙잡고 불만을 늘어놓죠." 그녀가 옆 테이블에 시원한 모리츠 맥주 한 병과 절인 올리브 한 접시를 내려놓자, 알렉스는 감사를 표하고 앉았다.

"크리스마스트리는 그린치 때문이 아니라, 명절 연휴 이후 우울감을 극복하는 데 조금이나마 도움이 되라고 여태 세워놓은 거예요." 로사가 설명했다. "하지만 곧 치워야 해요. 밤에 서리가 내려 조명이 망가지면 안 되니까요."

"당신은 여기 사람이 아니군요."

알렉스는 방금 자기를 이방인이라고 부른 여인의 가무잡잡

한 피부, 검은 눈, 이국적인 이목구비, 그리고 길게 기른 검은
생머리를 눈여겨보았다. 그는 억지웃음을 지어 보였다.

"파르바티!" 친구들이 그녀를 나무랐다.

"왜? 원래 이맘때는 관광객이 별로 없잖아."

"그건 다른 곳도 마찬가지야." 시장은 한숨을 지었다.

"당분간 친구 집에서 묵을 거예요. 바로 옆이에요."

"도서관에서 지낼 거라고요? 그럼 새로 온 사서예요?" 마
리아가 신이 나서 말했다.

"오랫동안 아무도 없더니, 이제 두 명이나 왔네." 파르바티
의 눈이 반짝거렸다. "브랜던 샌더슨*의 사서들 스타일만 아
니면 좋겠는데." 친구들은 무슨 소리인지 몰라 어리둥절한 표
정으로 그녀를 바라보았다. "『앨커트래즈 대 악당 사서들』에
나오는 이야기야." 그녀가 설명했다.

"아뇨, 전 사서는 아니고요." 인구가 절반으로 줄어든 피레
네산맥의 어느 외딴 마을에 피신하는 것이 좋을 것 같다고 생
각한 순간부터 자신이 어떤 곤경에 빠졌는지 그는 하나씩 되
짚어보았다. "저는 그러니까…… 음…… 도서관의 컴퓨터
시스템을 담당하는 사람이에요. 도서 대출 같은 걸 관리하기
위해서 말이죠."

---

* 미국 SF 판타지 소설가.

“그런데 우리는 당신에게 급여를 줄 수가 없어요.” 시정 예산이 없다는 사실을 항상 신경쓰는 로사가 미리 다짐을 받아 두었다.

“이건 자원봉사로 하는 일이에요.”

“당신에게 우리의 고마운 마음을 어떻게 표현해야 할지 알겠어요.” 그 순간 파르바티의 얼굴은 미소로 환하게 빛났다. “당신을 뜨개질하는 여자들 모임에 넣어줄게요. 새로 온 사서도요.”

알렉스는 그것이 무엇을 의미하든, 롤라 부인의 슈퍼마켓으로 돌아가는 것보다 더 끔찍할 리는 없을 거라고 생각했다.

7

"변호사는 두 부류가 있지." 아브릴이 아버지 때문에 전과자와 함께 지내게 되었다고 전화로 투덜거리자 할머니가 말했다. "생각이 지나치게 많고 루소의 책을 읽는 변호사가 있는가 하면, '에스크루풀로스'*를 러시아 보드카 상표로 알고 있는 변호사도 있지. 첫번째 부류의 사람들은 결국 편집자나 출판업자가 되었고, 두번째 부류의 변호사들에 대해 셰익스피어는, 런던 브리지에 매달려서도 자기 자랑을 떠벌리는 자들이라고 말했단다. 네 아빠는 탐정으로서의 소명과 만인이 구원받을 수 있다는 터무니없는 신념을 가지고 있는 사람이

---

* 스페인어 '에스크루풀로스(escrúpulos)'는 '도덕관념'이나 '신중함'을 뜻한다.

라 이 두 부류에서 벗어난 거야."

"그래서 오늘 아침 외동딸 혼자 사는 집에 아무렇지도 않게 유죄판결을 받은 의뢰인을 남겨두고 조용히 떠난 모양이네. 아빠는 그가 몇 달간 수감생활을 하면서 치료 프로그램에 참여했으니 정직한 사람으로 변했다고 믿고 있어."

"그 사람을 집에 들이기 전에 네 아빠가 내게 허락을 구했단다. 그가 연쇄살인범처럼 보이지는 않더구나."

"그게 문제야, 할머니. 나쁜 사람일수록 절대 그렇게 보이지 않는다고."

"넌 그것들이 어느 시대 건지 아니?"

"연쇄살인범들? 빅토리아시대였지."

"내 항아리들 말이다. 애야, 딴 데 정신 팔지 말고 집중해. 아서 코넌 도일의 소설을 읽는 것처럼 집중하라고. 너 혹시 분노한 시민들이 당장 잭 더 리퍼의 범죄 사건을 셜록 홈스에게 맡기라고 런던경찰국에 편지를 보냈다는 일화를 아니?"

"나는 지금 로버트 루이스 스티븐슨의 책을 읽고 있어." 아브릴은 집중력을 잃은 것은 할머니라고 생각하며 말했다. "『보물섬』. 근데 할머니의 항아리는 아직 흔적도 못 찾았어."

"네가 어렸을 적에 여름방학 동안 로버트 루이스 스티븐슨, 쥘 베른, 마크 트웨인, 로알드 달의 책을 읽던 게 기억나는구나. 너는 리치멀 크럼프턴의 『윌리엄』, 로버트 아서 주니어의

『앨프리드 히치콕과 세 명의 탐정』, 이니드 블라이턴의 작품들을 정말 좋아했지, 그 기숙학교에 관한 시리즈들…… 제목이 뭐였더라?"

"'맬러리 타워스'하고 '세인트클레어 학교의 여름 학기'야. 그런데 할머니, 왜 우리 가족 모두 여기서 다 같이 여름을 보내지 않았어? 도서관도 이렇게 근사한데."

"방이 두 개밖에 없는데다 집도 그리 크지 않아서 그랬지. 여름방학 동안 네 사촌들까지 모두 돌봐야 했는데, 그러면 편하게 지낼 수 없었을 거야. 게다가 네 숙모 숙부는 이상한 죄책감에 사로잡혀서 아이들을 항상 가까이 두고 싶어했단다. 그러고 나면 우리 집안의 막내인 너만 남았지. 우리는 여름, 특히 8월의 바르셀로나를 정말 좋아했어. 도시 전체가 우리 것이 된 것 같았으니까. 함께 영화관에 가고 전시회도 갔다가 아이스크림을 먹으면서 식물원을 돌아다니기도 했지."

"오래된 자연과학 박물관에 가면 오싹 소름이 끼쳤어." 아브릴은 그 시절을 회상하며 말했다. "19세기 나무 바닥, 19세기 진품실珍品室*에 있는 것 같은 유리병에 담긴 표본들, 그 멋들어진 모더니즘 건물에 달린 쓸쓸한 느낌을 주는 조명……"

"건물의 원래 이름은 '세 마리 용의 성'이었지." 바르바라

---

* 진귀한 물건들을 모아놓은 공간.

가 말했다. "네가 대학에서 역사학을 공부하기로 결심한 것도 따지고 보면 그 박물관 영향이 컸던 것 같구나. 너는 특히 그 건물이 1888년 만국박람회 당시 카페 겸 레스토랑으로 개장 했을 무렵에 대한 글을 즐겨 읽었잖니."

실제로 아브릴은 19세기 말 바르셀로나의 매력에 푹 빠져 있었다. 그 무렵 바르셀로나는 만국박람회를 계기로 고딕 양식의 유산과, 새롭게 등장해 도시 정체성의 핵심이 될 모더니즘 예술을 마법의 손길로 부드럽게 연결했다. 루이스 도메네크 이 몬타네르, 안토니 가우디, 에우세비 구엘, 주제프 리모나, 모센 신토 베르다게르, 나르시스 몬투리올, 이집트학자인 에두아르 토다 같은 건축가, 예술가, 과학자, 사상가 들…… 어릴 적에 이집트학자가 되고 싶었던 그녀는 역사학부에 들어 갔지만—할머니가 예상했던 것처럼 세 마리 용의 성 때문은 아니었다—그 과정에서 방향을 잃고 방황했다. 그녀는 자신이 언제부터 실망감에 사로잡혔는지, 다시 말해 21세기에 구글 지도가 지구상의 숨겨진 모든 미스터리를 표시하고, 과거의 위대한 탐험가들이 펼친 모험적인 낭만주의를 모두 단숨에 지워버렸다는 확신을 가지게 된 것이 언제부터였는지 자문했다. 그녀는 이집트학자가 되어 실컷 여행하고 새로운 것을 발견하며 야외에서 일하고 싶었지만, 결국 석고보드 천장의 끔찍한 형광등 불빛 아래에서, 끊임없이 윙윙거리는 에어컨 소리를 들으며 유리와 강철, 콘크리트로 이루어진 사무실에 갇힌, 뿌리도 역사도 없는 무자비한 현재에 갇힌 노예 신세가 되고 말았다.

"왜 아직 내 항아리의 연대를 측정하지 않았지?" 바르바라는 고고학을 배신하려는 손녀의 마음을 읽기라도 한 듯이 물었다.

유쾌하면서도 다정한 할머니의 목소리를 듣자, 그녀는 몽상에서 깨어나 현재로 돌아왔다.

"할머니는 여기 와본 지 얼마나 됐어? 할머니가 이 정원에 간직하고 있는 추억은 그저 추억일 뿐이야. 할머니의 정원은 이제 이케아에서 만들어진 집기들을 모두 집어삼킨 덤불로 변해버렸다니까."

"서두를 필요 없어." 아브릴은 할머니의 말에서 따뜻한 미소를 느낄 수 있었다. "도서관 일은 시작했니?"

"조금." 그녀는 거짓말을 했다. "그런데 할머니, 금요일 독서클럽은 뭐야?"

"지난날의 아름다운 추억이지! 너도 마음에 들 거야. 사라토가 트렁크를 열어보면 그 안에 책들이 들어 있을 거야. 모두 훌륭한 책들이니까 원하는 대로 골라 읽어보렴. 그런데 애야, 이제 그만 전화를 끊어야겠구나. 친구들이 카드 게임을 하자고 성화야. 하여간 몸조심하고, 내 항아리를 찾으면 곧장 연락해줘. 잘 지내렴."

"할머니, 사라토가 트렁크가 뭐야?" 하지만 전화기 너머에서는 더이상 아무 소리도 들리지 않았다.

아브릴이 잠에서 깬 건 정오가 지난 후였다. 하나밖에 없는 창문으로 햇살이 쏟아져들어오고, 다 타고 난 장작의 은은한 향기가 방안 가득 감돌았다. 다시 현실로 돌아온 그녀는 잔뜩 움츠린 채 슬픔, 죄책감, 수치심이 밀려오기를 기다리고 있었다. 그런데 그 순간 전화벨이 울렸고, 할머니가 특유의 수다로 그녀의 울적한 기분을 잠시 달래준 것이다. 아브릴은 혹시라도 그런 고통이 뒤늦게 엄습할지 몰라 불안한 마음으로 자리에서 일어났다. 하룻밤 사이에 쉰 살이 되어버린 듯 고통에 빠진 영혼과 낯선 육신이 되어 침대에서 일어나는 것이 어떤 건지 그녀는 잘 알고 있었다. 그래서 곧장 창문을 열어 맑고 상쾌한 공기에 잠의 흔적을 모두 날려보냈다. 위에서 내려다보니 한때 정원이었던 쥐라기 정글이 더욱더 인상적이었다. 아브릴은 하루를 어떻게 보낼지 오랜만에 생각해보았다. 이곳의 고요함, 집의 평온한 분위기, 그리고 아래층에서 자기를 기다리고 있는 수천 권의 책을 떠올리자, 침대로 돌아가고 싶은 마음이 들지 않았다. 어쩌면 용서와 망각의 첫걸음은 바로 거기, 손닿는 곳에 있는지도 몰랐다.

아브릴은 시트와 수건 등을 넣어두는 수납장 바닥에서 작은 라디에이터를 발견하고 욕실에 설치한 다음, 한참 동안 샤워를 했다. 머리를 감으면서 자신의 정기를 깨끗하게 씻고 샴푸 거품과 함께 고통과 슬픔을 물에 다 흘려보내면 공포와 나쁜 생각이 모두 하수구로 사라질 거라고 상상하며 웃었다. 스스로를 영적인 사람이라고 여기진 않았지만, 샤워 후에 온몸이 가볍게 느껴지고, 깨끗한 옷이 살결을 부드럽게 스치며 헤어드라이어로 말린 머리가 부드럽게 반짝거릴 때마다 기분이 편안해졌다.

2월 초의 어느 날 저녁놀이 산 너머의 지평선을 분홍색과 보라색으로 물들이고, 허기진 배에서 꼬르륵 소리가 나던 늦은 오후 무렵 아브릴은 『보물섬』을 다 읽었다. 침대에 있으면 손바닥만한 하늘만 보일 뿐이었지만, 그녀의 눈앞엔 여전히 주인공이 히스파니올라호를 타고 서인도제도의 바다를 항해하는 모습이 어른거렸다. 스티븐슨은 스코틀랜드 고원에서 가족과 함께 휴가를 보내는 동안 이 이야기를 쓰기 시작했다. 비가 자주 내리는 오후 시간을 즐겁게 보내려고 그의 의붓아들은 수채화 물감으로 그림을 그리곤 했다. 침몰한 배 한 척, 어느 섬의 지도, 보물의 위치를 표시한 빨간색 십자가……그 그림에서 영감을 받은 스티븐슨은 다음날 아침, 자신의 첫 번째 성공작이 될 해적 이야기의 서두를 가족들에게 큰 소리로 읽어주었다.

　『보물섬』이 구명조끼라도 되는 양 품에 꼭 안고 부엌으로 내려가던 아브릴은 나직하게 이야기를 주고받는 소리와 따뜻한 빵과 버터 냄새에 놀라 층계참에 멈춰 섰다. 자세히 보니, 장작불이 이글거리는 1층 벽난로 앞에 한 무리의 사람들이 도서관의 편안한 안락의자에 앉아 색색의 털실로 뜨개질을 하고 있었다.

　이미 반쯤 비어버린 작은 시골 마을에서 이루어지는 이례적인 활동이 대부분 그렇듯이, 목요일마다 뜨개질 모임이 생긴 것은 파르바티 때문이었다. 정확히 말하면, 그녀가 아무 할 일도 없이 멍하니 앉아 있을 때마다 명치 부분에 통증이 심해진 탓이었다. 그럴 때면 그녀는 도시로 떠난 아들이 너무 보고 싶어서 그런 거라고 핑계를 댔다. 그래서 뭐든 떠오르는 일을 하면서 시간을 때웠지만, 아무리 노력해도 삶은 장난꾸러기 두 아들을 키우느라 쉴새없이 분주하던 때와는 달랐다. 이제는 음식을 만들 때 재료의 양을 가늠하기조차 힘들었고, 이상한 마법이라도 부린 것처럼 양을 줄일수록 남편인 자우메와 함께 앉은 식탁에 더 많은 음식이 올라왔다. 그렇게 해서 생겨난 것이 매주 목요일 남은 음식을 간식으로 먹으며 뜨개질을 하는 사교 모임인 뜨개질하는 여자들이었다. 마리아는 자기 카페에서 거의 상하기 직전의 빵을, 파르바티는 너무 많이 만들어 선택받지 못하고 남은 음식을, 앙헬은 이웃들이 약국에 남기고 간 양털을 가져왔고, 로사는 차를 담당했다. 이왕이면 도서관에서 모임을 갖자는 아이디어를 낸 것은 바로 로사였다. 언제 올지도 모르는 사서를 막연히 기다리면서 시간을 때우기보다 빈집을 청소하면서 환기도 시키고 굴뚝 상태를 주기적으로 점검하는 편이 아마 바르바라 입장에서 훨씬 더 좋을 거라고 생각했기 때문이리라.

아브릴이 계단을 내려올 때 두툼한 양말을 신고 있었던 탓에 발소리가 거의 나지 않았다. 자우메와 로사는 래번클로*를 상징하는 파란색과 은색 실로 긴 목도리를 뜨고 있었고, 앙헬은 벽난로 가까이 놓인 19세기 스타일의 안락의자에 앉아 반쯤 풀린 실타래를 무릎에 올려놓은 채 잠들어 있었다. 그리고 파르바티는 마리아와 알렉스에게 방금 가르쳐준 안뜨기가 얼마나 중요한지 설명하는 중이었다.

"인생과 마찬가지로, 완벽한 결과를 얻으려면 때때로 발걸음을 돌려야 할 필요가 있어. 보이지? 앞으로 한 번 나아가고, 뒤로 한 번 가면, 이렇게 그림이 드러나기 시작하잖아."

"애거사 크리스티는 인생이 오로지 앞으로만 나아가는 거

---

* '해리 포터' 시리즈에 나오는 호그와트 마법학교의 기숙사 중 하나.

라고 했는데." 춤추듯 움직이는 바늘에서 눈을 떼지 않고 로사가 끼어들었다. "일방통행로라는 거지."

"애거사는 다른 인간들과 달리 절대로 실수를 하지 않는 사람이었어. 그래서 힘들게 왔던 길을 되돌아갈 필요가 없었던 거지."

"그래서 그렇게 많은 사람을 살해했나봐요." 그 순간 알렉스가 끼어들었다. "하지만 결국 애거사의 작품 속 살인범들은 항상 붙잡혔죠."

"그거야 푸아로와 미스 마플이 애거사만큼이나 똑똑하고, 결국에는 정의가 실현된다는 점이 그녀가 쓴 추리소설의 묘미니까요."

"하지만 인생은 그렇지 않아요." 1층으로 내려온 아브릴이 앞으로 나서며 말했다.

"안녕하세요? 뜨개질 모임에 오신 것을 환영해요." 파르바티는 재빨리 자리에서 일어나 아브릴이 영문을 깨닫기도 전에 그녀를 자신이 앉았던 의자에 앉히고 부드러운 라벤더색 양모 실타래와 대바늘 한 쌍을 손에 쥐여주었다. 파르바티는 어디를 가든 친구를 사귀는 데 능숙한 사람답게 매력적인 눈웃음을 지으며 사근사근한 말투로 모임의 참석자들을 하나하나 소개하고, 무엇을 하고 있는지 자세히 설명해주었다. "우리 모임은 애거사 크리스티 소설만큼이나 코지하죠."

"여기서 코지한 것은 내가 가져온 영국산 얼그레이뿐이에요." 로사는 새로 온 손님에게 김이 모락모락 나는 머그잔을 건네고, 미니 샌드위치와 파르바티가 만든 맛있는 사모사*를 접시에 담아 아브릴의 무릎 위에 올려놓았다. 아브릴의 배에서 다시 꼬르륵 소리가 났지만, 모두 못 들은 척했다. "내 월급의 절반을 들여 포트넘앤메이슨에서 사온 거랍니다."

"요즘 들어 코지니 필굿이니, 핸드메이드니 하는 말을 쓰는 게 왜 이렇게 유행하는지 모르겠어." 마리아는 에메랄드색 실타래를 풀면서 투덜거렸다. "편안한, 따뜻한, 기분좋은, 아늑한 분위기, 수제라는 말을 써도 되잖아."

"그럴 수도 있겠네." 로사가 맞장구쳤다. "하지만 내일까지 스페인어 학자가 여기 오지 않는 이상, 새로 온 사서에게 우리 마을의 특징인 코즈모폴리터니즘의 분위기를 보여주는 것도 나쁘지 않을 것 같아."

야채 사모사를 한입 가득 물고 따뜻한 얼그레이에 우유 거품을 얹은 잔을 손에 든 아브릴은 몹시 행복해 보였다. 대바늘과 실타래는 잠시 의자 옆에 옮겨놓았다. 한편 파르바티는 마리아 옆의 커다란 소파에 편안하게 자리잡고 앉더니, 만면에 미소를 가득 머금고 다시 리듬에 맞춰 뜨개질을 하기 시작

---

* 얇은 밀가루 반죽에 다양한 재료를 넣고 삼각형으로 빚어 튀긴 인도 요리.

했다.

"내일 오후 여섯시에 우리 독서클럽의 첫번째 모임을 열려고 하는데, 다들 괜찮아?" 그녀는 무심한 표정으로 물었다. "어떤 책을 읽는 게 좋을까?"

"이토록 많은 분이 한자리에 모여 계시다니 놀랍네요." 아브릴이 음식을 한입 베어물고 말했다.

"지금 우리가 뭘 하고 있는지 전혀 모르죠, 안 그런가요?" 옆자리에 앉아 있던 알렉스가 그녀에게 속삭였다.

"당신은 여기서 뭐하는 거죠?" 그녀도 빈정거리는 그의 옆구리를 팔꿈치로 쿡 찌르며 속삭였다.

"뜨개질하고 있잖아요."

"평소에 주로 무슨 책을 읽나요?" 불쑥 말을 걸어온 해커와 귓속말을 주고받던 아브릴은 관심을 돌리려고 사람들에게 일부러 큰 소리로 물었다.

"로사는 주로 에세이를 읽어요." 파르바티가 설명했다. 그녀는 자기가 좋아하는 사람들에게 둘러싸여 있어서 그런지 마음이 편안했다. "그리고 마리아는 추리소설을 읽고, 나는 고전문학을 좋아하죠. 자우메와 앙헬은 뭐든지 다 좋아하고요."

"나는 은퇴한 이후로 책 읽을 시간이 부족해요." 자우메는 긴 목도리를 들어올려 아브릴에게 보여주며 말했다. "아이들이 떠난 후로는 집에서 대화가 부족해졌어요."

"우리는 같은 책을 읽어요." 그의 아내가 나서며 말했다. "남편은 밤에 읽고, 나는 주로 오전에 읽는답니다. 심리상담사가 우리더러 부부 심리치료를 받으러 오래요. 너무 오랫동안 부모 노릇만 하다보니까 부부 관계가 소원해졌다고 말이죠. 그런데 한 달에 한 번씩 상담실에 가서 서로를 헐뜯는 것보다, 책을 읽고 함께 토론하는 것이 더 효과적이라는 것을 알게 됐어요."

"문학으로 치료하는 셈이죠." 로사가 말했다.

"심리상담 프로그램보다 책이 훨씬 더 저렴하기도 하고요." 파르바티가 진지한 얼굴로 말했다. "그리고 책은 덮고 나면 더이상 말을 늘어놓지도 않아요."

"롤라 부인하고는 다르죠." 알렉스가 중얼거렸다.

"그러면 뜨개질은요?" 아브릴이 물었다.

"이거야 그냥 수다나 떨려고 하는 거예요." 파르바티가 웃음을 터뜨리며 말했다.

"그리고 뜨개질을 하다보면 긴장이 풀리고 편히 쉴 수도 있어요." 알렉스가 의자에 앉은 채로 잠든 남자를 고갯짓으로 가리키며 말했다.

"앙헬은 약사예요." 파르바티가 설명했다. "그리고 매주 수요일에는 치과의사이자 마르틴 박사의 보조, 월요일과 목요일에는 운전기사로 일하고요, 시장 비서와 사회 조정관 역할은 일주일 내내 하고 있죠. 그래서 우리는 그의 공동체의식을 존중한답니다.”

“그리고 그의 휴식도요.”

파르바티는 식사를 마친 아브릴이 얼그레이를 마저 다 마실 때까지 기다리다가 대바늘로 뜨개질을 해보라고 권했다. 벽난로에서는 불꽃이 활활 타오르고 있고, 바닥에 놓인 램프의 은은한 불빛이 뜨개질하는 이들의 분주한 손길을 비추자, 어둠에 잠긴 도서관의 윤곽이 어렴풋이 드러났다. 그리고 잠든 앙헬의 고른 숨소리가 평온한 분위기를 더해주었다. 파르바티는 새로 온 사서가 라벤더 색상의 털실을 챙겨 바늘을 움직이는 모습을 지켜보았다. 아직 익숙하지 않은 탓에 처음에는 서툴렀지만, 손가락이 뜨개질의 리듬을 기억해가면서 점점 속도가 붙었다. 그녀는 그 모습에 감탄이 절로 나왔다. 어깨 위로 길게 늘어뜨린 갈색 머리, 그리고 서로 교차하는 전등과 벽난로의 불빛 아래 드러나는 창백하고 섬세하고 옆얼굴. 아브릴은 고요한 슬픔이 어린 인내심 강한 페넬로페* 같아 보였다. 파르바티는 고등학교에서 『일리아스』와 『오디세이』를 배웠는데, 그리스신화의 세계로 들어가는 그 멋진 관문에 깊은 인상을 받아 저녁을 먹고 나면 항상 부모님에게 몇 구절을

____

* 그리스신화 속 오디세우스의 아내. 트로이 원정에 나선 남편이 귀환하기까지 이십여 년 동안 천을 짜며 기다렸다.

읽어드리곤 했다. 칸첸중가산으로부터 아득히 멀리 떨어진 곳의 문화에 대해 전혀 모르던 파르바티의 부모님은 새로운 문화를 발견하기 위해, 그리고 장녀를 향한 애정 때문에 그 이야기에 감탄하면서 귀를 기울였다.

"할머니가 뜨개질하는 법을 가르쳐주셨어요." 아브릴이 말하며 고개를 든 순간, 파르바티의 자애로운 시선과 마주쳤다. "하지만 몇 년 동안 바늘을 잡아본 적이 없어요."

"그런데 무엇을 뜰 건가요?"

"독서용 숄을 뜰 생각이에요."

"그게 뭐죠?" 자우메가 물었다.

"코지한 거야." 파르바티가 그에게 눈을 찡긋해 보이며 말했다.

"한 달에 한 번 모여 이야기를 나누던 멕시코 친구들을 만난 적이 있어요." 아브릴이 설명했다. "그 친구들은 세계 여러 도시에 흩어져 살고 있어서 화면을 통해 만났죠. 그런데 그들은 잠깐이라도 실컷 '숄을 걸치는'* 게 너무 좋다고 하더군요. 그게 무슨 뜻이냐고 물었더니, 친구 간의 우정과 대화, 그리고 즐거운 재회에서 우러나는 따뜻한 분위기에 휩싸여 편안함과 안락함을 느끼는 것을 의미한다고 하더라고요."

---

* 스페인어로 '숄을 걸치다'라는 뜻의 'echarse el chal'은 멕시코에서 '잡담을 나누다' 또는 '험담을 하다'라는 의미로 쓰인다.

"안식처가 되는 소설을 읽을 때랑 비슷한 거군요." 파르바티가 고개를 끄덕이며 말했다.

"전 그냥 책을 읽는 동안 따뜻하게 덮으려고 뜨는 거예요."

"여기 얼마나 오래 있을 생각이죠?" 알렉스가 물었다. 자기는 목도리를 뜬답시고 오후 내내 자리에 앉아 겨우 1센티미터밖에 못 만들었는데, 숄을 뜨려면 대체 얼마나 걸릴지 생각만 해도 진절머리가 난다는 표정이었다.

"글쎄요. 상황에 따라 달라지겠죠."

"오디세우스가 언제 귀환하느냐에 달려 있나요?" 파르바티는 생각나는 대로 불쑥 말했다.

"소송에 언제 걸리느냐에 달려 있겠죠."

결국 파르바티가 아브릴을 페넬로페에 비유한 것이 그리 틀리지는 않았는지도 몰랐다. 그녀가 어떤 남자의 귀환을 기다리고 있기 때문이 아니라, 그녀의 삶을 멈춰버린 기묘한 주술이 그녀 주변의 모든 것을 시간 속에 얼어붙게 만드는 듯 보였기 때문이다. 스파르타 이카리오스왕의 딸 페넬로페처럼, 아브릴은 불운인지 행운인지 신만이 알 수 있는 운명의 결정을 기다리며 뜨개질을 하고 있었다.

8

끄물끄물하던 벽난로의 불씨는 결국 꺼졌고, 창문 너머에
는 칠흑 같은 어둠과 정적만이 가득했다. 뜨개질 모임이 끝난
후 알렉스가 가구에 덮여 있던 시트를 모두 걷어내고 소파를
정리해놓은데다, 독서용 전등에서 비치는 따스하고 희미한
불빛 덕분에 도서관은 덜 을씨년스러워 보였다. 산 바르토메
우 델 그라우 성당의 시계가 밤 열한시를 알리며 가장 힘든
시간이 다가오고 있음을 상기시켰다. 앙헬을 깨우지 않으려
고 조용조용 즐거운 대화를 나누면서 맛있는 음식도 먹고 뜨
개질도 배우느라 좀 바빴던 덕에 알렉스는 0과 1로 이루어진
다른 세계로부터 어느 정도 벗어날 수 있었다. 하지만 이제는
2월의 어둠이 산에서 내려와 음침한 손가락으로 주위의 모든

것을, 심지어 환한 햇빛 아래서 그렇게 굳건하던 그의 의지마저 건드리고 있었다. 그의 시선은 노트북 세 대를 놓아둔 책상으로 향했다. 그는 결심한 듯 첫번째 서가 옆의 붙박이 옷장에 넣어둔 코트를 꺼내 입고 부츠를 신고서 문 쪽으로 돌아서다 B 서가 중간쯤에 놓인 이동식 사다리에 걸터앉아 있는 아브릴을 발견했다. 머리를 길게 늘어뜨리고 줄무늬 양말을 신고 체서 고양이 같은 파자마를 입은 그녀는 그가 나타나자 마치 흰 토끼의 굴로 떨어지기라도 한 듯 깜짝 놀란 표정을 지었다.

"책 찾으러 내려왔어요." 그녀는 진한 보라색 표지에 금박 글씨가 새겨진 책 한 권을 그에게 보여주며 말했다.

그녀가 바닥에 내려와 가까이 다가오자 책 제목이 보였다. 그는 제목을 큰 소리로 읽었다.

"에밀리 브론테의 『폭풍의 언덕』."

"책을 많이 읽던 시절에 가장 좋아하던 소설 중 하나였어요."

"그런데 왜 책을 더이상 읽지 않았어요?"

"느긋하게 사는 방법을 아예 잊어버렸던 거죠. 책을 읽으려면 우선 마음이 평온해야 하고, 삶의 속도를 줄이면서 시간을 할애해야 하니까요."

"맞아요. 속도는 중독성이 있죠." 그는 고개를 끄덕이며 말했다. "다른 이들이 거북이처럼 느릿느릿하게 움직이는 동안,

아드레날린이 솟구치고 성취감에 도취된 나머지 속도를 조금
더 내서 모든 것을 이루고, 가장 빠르고 가장 효율적으로 일하
는 최고의 인물이 될 수 있다는 것을 스스로 증명하려고 하니
까요."

"그 덕분에 회사에서 가장 젊은 시니어 카피라이터이자 가
장 성공적인 커리어를 가진 광고인, 가장 유망한 파트너 후보
가 되었죠."

"그러다 하루아침에 모든 것이 물거품이 되었군요."

"맞아요. 저글링 묘기를 할 때 땅에 떨어뜨리지 않고 공중에
던지고 받을 수 있는 공의 개수는 한정되어 있어요."

"그래서 당신이 여기 있는 거죠."

"나는 『폭풍의 언덕』을 읽고 정원에 묻혀 있는 항아리들의
연대를 측정하려고 여기 온 거예요."

"내일 독서클럽이 있는데, 그 책을 고른 건가요?"

"아뇨." 그녀는 알쏭달쏭하게 대답했다. "어디 가는 거죠?"

"광장의 커다란 전나무에 달린 크리스마스 장식 조명을 수
거하려요. 로사가 서리 때문에 전구가 망가지지 않게 빨리 치우
고 싶다고 했거든요. 시청 정문 앞에 이미 사다리를 갖다놓았다
고 하더라고요. 아무튼 로사를 깜짝 놀라게 해주고 싶어요."

"자정이 다 되어가는데요."

"더 좋은 할일이 있나요? 여기서 기다릴 테니까, 올라가서

따뜻하게 입고 오세요. 오늘 사모사를 몇 개나 먹었죠?" 그는
자신의 제안에 망설이는 아브릴을 보고 물었다. "소화를 시키
지 않으면 잠도 못 잘 거예요. 게다가 차가운 공기를 마시면
기분도 좋아질 거고요."

어쩌면 자신을 이곳으로 이끈 사고로 인해 블랙아웃되었던
뇌가 계속 다시 돌아가기 시작한 덕분인지, 아브릴은 그의 말
대로 북유럽 스타일 침낭처럼 보이는 아노락을 입고 털 달린
부츠에 장갑 차림으로 돌아왔다. 그들은 추운 겨울밤에 밖으
로 나와 시청 건물 전면에 기대어 놓인 높은 사다리를 들고 광
장을 가로질러 문제의 나무, 즉 화려한 금빛 크리스마스 장식
으로 빛나는 거대한 전나무로 향했다. 알렉스는 조명을 가로
등 전기 설비에 연결하는 멀티탭의 플러그를 뽑고, 사다리 꼭
대기로 올라갔다. 마요르광장에 가로등이 없는 터라, 그는 바
닥 가까이에 설치된 작은 스포트라이트의 희미한 불빛을 받
으며 작업해야 했다. 근처에서 울부짖는 소리가 나면서 산의
적막을 깨뜨렸다.

"사다리를 꼭 잡고 있어야 돼요." 그는 사다리 아래의 야간
돌격대 동료에게 부탁했다.

"아까 사모사를 몇 개나 먹었죠?" 아브릴은 그가 전선을 감
으려고 움직일 때마다 사다리가 심하게 삐걱거리는 통에 겁
이 덜컥 났다.

"전구가 엄청나게 많네요. 그건 그렇고, 아까 한 항아리 얘기는 뭐죠?"

"혹시 도서관 정원에 들어가봤나요?"

"정원이 있는 줄은 몰랐어요. 내일 한번 가볼게요."

알렉스는 전구를 걷어내면서 전선을 계속 왼쪽 어깨에 느슨하게 감았다.

"그럼 정글 탐험용 모자와 칼을 꼭 챙겨요. 할머니가 그 정글 어딘가에 아주 오래된 항아리들이 있으니 찾아서 고고학적 가치가 있는지 확인해달라고 하셨어요. 내가 역사학 전공자라는 것을 기억하셨던 모양이에요. 혹시 들었어요?" 그녀는 점점 더 가까이에서 들리는 짐승 울부짖는 소리에 촉각을 곤두세우며 말했다.

"역사학을 전공했다는 이야기요?"

"울부짖는 소리요."

"지금 내가 데이비드 애튼버러*한테 관심 없어 보인다면 사과할게요. 사다리에서 미끄러지지 않으려고 조심하면서 전선을 어깨에 감아 정리하느라 좀 바쁘거든요."

"알렉스?" 아브릴의 목소리는 공포에 질려 있었다. "울부짖는 소리가 점점 가까워지고 있어요. 뭔가가 이쪽으로 달려

---

* BBC 자연 다큐멘터리 내레이터로 유명한 영국 동물학자이자 방송인.

오고 있는데, 유니콘은 아닌 것 같아요."

알렉스가 아브릴을 진정시키기 위해 대답할 틈도 없이 갑자기 사다리가 흔들리면서 그녀의 숨죽인 비명소리가 들렸다.

"젠장! 늑대예요! 거대한 늑대라고요! 우리 쪽으로 오고 있어요!"

"뭐라고요……? 어, 어!" 아브릴이 놀라 동요하는 바람에 사다리가 심하게 흔들리자, 알렉스는 사다리 양쪽을 두 손으로 꽉 붙잡았다. 그녀는 유배중인 역사학자치고는 놀라울 정도로 민첩하게 사다리를 타고 올라왔다.

"늑대라고요! 저 아래 늑대가 있어요!" 공포에 질린 아브릴은 사색이 되어 소리쳤다. "늑대들이 사다리를 올라올 수 있을까요?"

알렉스가 높은 곳에서 떨어지지 않고 균형을 잡으려고 애쓰는 동안 그녀는 순식간에 그에게 다가가 허리를 꼭 껴안았다. 몇 초가 지나 사다리가 더이상 흔들리지 않자, 그는 균형감각과 유머 감각을 되찾았다.

"진정해요." 그는 터져나오려는 웃음을 꾹 참으며 그녀를 안심시키려고 애썼다. 그리고 둥글게 감아놓은 전선을 사다리 옆쪽 고리에 걸어두고는 아래를 흘끗 내려다보았다.

"진정하라고요? '저 아래에 거대한 늑대가 있다'는 말의 어느 부분이 이해가 안 가나요?"

"당신까지 여기 올라오면 사다리는 대체 누가 잡고 있는 거죠? 움직이지 마요. 안 그러면 우리 둘 다 떨어져서 불쌍한 저 개를 납작하게 뭉개버리고 말 테니까요."

"늑대라니까요."

"피레네산맥에는 이제 늑대가 없어요."

"정원에 있는 투구꽃을 못 봐서 그런 말을 하는 거예요."

"이봐요, 아브릴, 진정하고 움직이지 마요. 내가 내려가볼 테니까요."

"여태까지 올리밴더앤푹스에 고소당하는 게 최악의 상황이라고 생각했는데, 이제 늑대한테 물려 온몸이 갈기갈기 찢겨 처참하게 죽을 모양이에요."

"아무래도 『폭풍의 언덕』 같은 책은 안 읽는 게 좋을 것 같네요."

"히스클리프였다면 여기서 이렇게 크리스마스 전등을 들고 어설프게 웃는 대신, 맨손으로 늑대를 때려죽여 캐서린에게 어울리는 코트와 머프*를 만들어주고도 남았을 거예요."

"그 머프라는 게 뭔지 모르겠지만, 알았더라도 늑대를 죽여 그런 걸 만들 생각은 하지 않았을 거예요. 늑대는 멸종 위기종 이라고요."

---

* 원통형 모피 양쪽으로 손을 넣도록 만든 방한 용구.

"용처럼 말이죠. 그렇다고 저들의 먹잇감이 되고 싶지는 않다고요."

"아브릴, 저건 개예요. 꼬리를 흔들고 있잖아요. 우리를 보고 반가워서 저러는 거라니까요."

"배가 고파서 저러는 거예요. 『흰 송곳니』* 안 읽어봤어요?"

알렉스는 5미터 높이에서 사서를 껴안은 채 떨어질지도 모르는 아찔한 상황에서도 그녀가 여전히 자신의 독서 지식에 관심을 보인다는 것이 여러 잘된 일 가운데 하나라고 생각했다.

"당신은 뭐가 가장 무서워요?" 알렉스가 그녀의 긴장을 조금이라도 풀어주려고 부드러운 목소리로 물었다.

"거대한 익룡하고 우리를 잡아먹는 야생 짐승이요."

"실생활에 존재하는 것 중에서 말이에요."

"세금 신고서나 정원의 난쟁이 요정 같은 거 말인가요?"

"그런 셈이죠."

"뭐가 그렇게 재미있다고 웃는지 모르겠네요."

"여기서 밤새도록 있을 수는 없어요. 잘못하다가는 얼어죽을 거라고요." 하지만 알렉스는 자신의 허리를 끌어안고 있는 그녀의 손길이 점점 더 기분좋게 느껴졌다. "나는 천천히 내

------

* 미국 작가 잭 런던의 1906년 소설로, 인간과의 교류를 통해 점점 길들어가는 야생 늑대의 이야기를 담고 있다.

려갈 테니까 당신은 한 단 올라와요. 그러면 나는 이쪽으로 갈 게요." 그는 조심스럽게 그녀의 팔을 놓아주고, 균형을 유지하면서 사다리를 한 단씩 내려가기 시작했다. 사다리는 그가 한 발 한 발 내디딜 때마다 삐걱거리면서 불안하게 흔들렸지만, 그는 아마추어 곡예사처럼 계속 자신의 운명을 시험하느니 차라리 빠르게 움직이고 싶었다. "아무튼 내가 저 아래 내려갈 때까지 여기서 꼼짝 말고 기다려요. 그리고 늑대가 나를 잡아먹기 시작하면, 뒤도 돌아보지 말고 도서관으로 달려가서 몸을 숨겨요."

"정말 영웅 나셨네요."

"얼마 안 남았어요. 거의 다…… 이제 다 내려왔어요! 진정하라고, 이 녀석아. 봐요, 정말 귀여운 강아지라니까요." 발이 땅에 닿고 얼마 지나지 않아 알렉스가 아브릴에게 알려주었다. "목줄이 없는데, 시베리아허스키 같아요."

"보통 어떤 동물이 목줄을 안 차는지 알아요? 네, 맞아요. 거대한 익룡과 늑대죠."

"내가 데려가서 먹이도 주고 물도 줘야겠어요. 집에서 도망쳤나봐요. 다리를 절뚝거리는데다 배가 몹시 고픈 모양이에요. 혹시 누가 키우던 개인지도 모르니까, 내일 이웃들에게 물어보죠."

"그 짐승을 도서관에 데려갈 생각이라면 꿈도 꾸지 마요."

“부엌에서 재우면 되잖아요. 오늘 점심에 먹다 남은 치즈 마카로니랑 치즈도 조금 있고, 복도 벽장에 있는 담요 쉰 장 중 하나 정도는 꺼내 써도 괜찮을 테니까요. 어때, 울피, 괜찮겠니? 가서 마카로니 좀 먹을래? 그래, 착하지.”

“치즈 마카로니요?”

“내가 만들 줄 아는 건 그것밖에 없거든요.”

“세상에, 자다가 잡아먹힐지도 모른다고요.”

“자, 착하지? 울피, 사다리에 있는 저 사서는 무시해도 돼. 저 사람은 내가 만든 마카로니가 얼마나 맛있는지 전혀 모르거든.”

“벌써 이름을 지었어요?” 아브릴이 사다리 꼭대기에서 소리질렀다. “괴물한테 이름을 붙여준다고 덜 위험해지지는 않아요. 스페인 종교재판을 기억해보라고요!”

아브릴은 알렉스의 웃음소리와 짐승이 기뻐서 짖는 소리가 어서 잦아들기만을 기다렸다. 하지만 밤의 적막 속에 혼자뿐이라는 것을 잘 알면서도 아래를 내려다볼 엄두가 나지 않았다. 마침내 깊은 숨을 내쉬고 심장박동이 안정되었는지 확인한 다음, 천천히 사다리를 내려갔다. 하지만 그 끔찍한 사다리가 너무 심하게 흔들릴 때마다 잠시 멈춰 섰다. 광장의 눈 덮인 바닥에 다시 발을 딛고 나서야 한밤중에 아무것도 없는 이곳에서 도대체 무엇을 하고 있는지 잠시나마 생각할 여유를 갖게 되었다. 그러자 갑자기 웃음이 터져나왔다.

그녀 자신, 사다리, 두려움, 그리고 마침내 다모클레스의 검*이 떨어져 자기 목을 베기만을 기다리던 순간. 이 모든 것이 너무나 어리석고 무의미하게 느껴졌다. 그 무엇도, 심지어 그녀 스스로 지어낸 '빨간 모자' 이야기조차 지긋지긋한 그 기다림보다 나을 것 같았다. 아브릴은 갈비뼈가 아파오고 기침이 시작될 때까지, 또 눈에 눈물이 가득 고여 모든 것이 뿌옇게 보일 때까지 멈추지 않고 웃었다. 그러다 어느 순간 갑자기 기이하고 불가사의한 정적이 찾아오더니 산에서부터 벨벳 망토처럼 퍼져나가기 시작했다. 그러자 모든 것이 정지된 듯했고, 조금 전까지 전나무 우듬지를 흔들던 바람조차 잠잠해졌다. 별과 달이 돌연 자취를 감춘 밤하늘을 쳐다보려고 고개를 드는 순간, 밤새 온 마을을 하얗게 뒤덮을 첫 눈송이가 아브릴의 얼굴에 살포시 내려앉았다.

알렉스는 개를 데리고 도서관 위층으로 올라갔다. 녀석에게 마카로니 한 접시, 닭 가슴살 두 조각, 쌀밥, 물 한 그릇을

---

* 고대 그리스 디오니시우스왕의 권력을 부러워하며 왕좌에 대신 앉아본 다모클레스가 발견한, 왕좌 위에 위태롭게 매달린 칼로, 권력의 무상함과 위험이나 위태로운 상황을 이른다.

주었다. 개가 진수성찬을 즐기는 동안, 그는 복도 벽장을 뒤져 너덜너덜하게 해진 이불과 여기저기 구멍이 난 두툼한 담요를 꺼내 부엌에 임시로 거처를 만들었다. 녀석의 발에 난 상처를 요오드로 소독해주었고, 잠이 들 때까지 곁에 있어주었다. 녀석은 지칠 대로 지쳐 있었던데다 이제 안전하다는 생각에 곧장 곯아떨어졌다. 개가 그의 도움을 받아들일 때 보여준 믿음과 기쁨은 감탄할 만했다. 물론 사람들은 전혀 달랐다. 특유의 자만심, 곡해된 자존심, 권력 다툼, 그리고 유사流沙 속으로 빨려들어가 앞머리 몇 가닥 외에 완전히 사라져버릴 만큼 급박한 상황이라도 남에게 도움을 청하지 못하는 무기력한 처지.

두번째로 고아가 되었을 때, 알렉스는 이미 성인이었을 뿐만 아니라 마르셀로도 곁에 있었다. 그때까지 알렉스와 마르셀로는 비교적 합법적인 활동을 해왔지만, 둘이 동시에 고아가 되자 그들과 해킹 공격 사이에 가로놓인 마지막 장애물을 과감하게 제거해버렸다. 두 사람은 수상쩍은 기업들의 약점을 찾아내고 이를 이용하기 위해 손을 잡았다. 비윤리적인 기업들은 대부분 털린 정보를 수습하고 해킹 공격으로 인해 노출된 보안 문제를 해결하기 위해 기꺼이 돈을 지불할 가능성이 높았다. 그러면 불법적으로 쉽게 돈을 벌 수 있었지만, 마르셀로는 블랑카를 만나고 나서 반대로 그런 기업들의 컴퓨터 시스템을 보호하는 사무직에 취직하면서 손을 씻었다. 하지만 마르셀로는 모험과 낭만이라는 유혹을 떨쳐버리지 못하고 이따금 알렉스가 가상공간에서 벌이는 로빈 후드 공격에 동참했다. 그렇더라도 마르셀로는 무한한 가상의 세계에서 벼랑 끝으로 몰릴 것 같으면 곧장 발을 뺐다. 알렉스가 하루 온종일 디프 웹에 빠져 지내고, 며칠씩 밖에 나가지도 않고 화면에 둘러싸여 현실 세계를 잊은 채 슈퍼마켓에서 파는 샐러드와 시리얼바를 먹으며 억지로 깨어 있기 위해 카페인을 섭취하기 시작했을 때도, 마르셀로는 어두운 세계에 계속 남기로 한 그의 결정에 대해 더이상 왈가왈부하지 않았다.

알렉스는 도움을 청하지 않았고, 블랑카도 그를 구해주러 오지 않았으며, 감옥에 갇힐 때까지 자신이 그런 세계에서 벗어나야 한다는 사실조차 깨닫지 못했다. 그런 그가 이제 트레비에스에 머물며 화면 중독에서 완전히 벗어나, 인간은 "일어나는 법을 배우기 위해" 넘어진다는 브루스 웨인*의 충실한 집사인 알프레드의 말처럼, 두번째 기회를 최대한 잘 활용할 수 있다는 것을 스스로에게 증명하고 싶어했다.

그는 광장 눈밭에서 아브릴을 발견했다. 눈을 감고 누운 채 그동안 까맣게 잊고 있던 천사의 날개인 양 두 팔을 뻗어 위아

---

* 낮에는 기업인, 밤에는 배트맨으로 활동하는 DC 코믹스 만화 '배트맨 시리즈'의 주인공.

래로 움직이고 있었다. 그러자 그는 저 높은 곳, 흔들리는 사다리 위에서 그녀와 포옹을 나누던 장면과 두 사람의 입김이 구름처럼 피어오르며 서로 뒤섞이던 모습을 떠올렸다. 산으로 둘러싸인 외로운 국경 지대 한가운데에서 자기만이 그녀를 안을 수 있는 특권을 누렸다고 생각하니 마음이 뿌듯했다. 알렉스는 차가운 공기를 깊이 들이마시며 자신이 걸어온 가시밭길에 대한 생각을 모두 떨쳐버리고, 헛기침을 해 인기척을 냈다.

"내가 다시 돌아와서 망정이지, 오 분만 늦었더라면 당신은 저 하늘로 가버렸을 거예요."

알렉스는 아브릴이 갑자기 거북해하는 기색을 전혀 눈치채지 못한 듯이, 그녀를 일으켜세우고 두툼한 아노락에 쌓인 눈을 털어주었다. 어쩌면 그녀는 저 높은 곳에서 그와 포옹을 나누었던 일에 대해 생각하고 있었거나, 아니면 자신을 방금 일으켜세운 이 멍청이에게 밖에서 혼자 있고 싶으니 제발 귀찮게 하지 말아달라고 말할 방법을 궁리하고 있었는지도 모른다.

"울피가 밤새 잘 잘지 모르겠네요. 계속 지켜봐야 할 것 같아요." 그는 재빨리 사다리 중간까지 올라가 크리스마스 조명을 마저 챙겨 땅으로 내려왔다. "지금 좀 도와주면 시청 정문 옆 현관 아래 두고 올 수 있을 거예요."

그들은 혹시라도 하얀 겨울의 마법을 깨뜨릴세라, 아니 하얀 겨울 산과 푸르른 골짜기로 둘러싸인 채 편히 잠들어 있는 마을을 깨울세라 소음을 일으키지 않도록 조심조심하며 트레비예스에 마지막으로 남은 크리스마스의 흔적을 한데 모았다. 가파른 지평선을 배경으로 눈 덮인 검은 슬레이트 지붕들과 굴뚝에서 긴 꼬리를 끌며 피어오르는 연기가 보였다.

"저기요, 아브릴." 두 사람은 사다리와 크리스마스 조명을 시청 정문 옆에 놓아두고 눈 덮인 광장의 고요한 풍경을 감상하기 위해 도서관 앞에서 걸음을 멈추었다. 그때 알렉스가 목을 가다듬고 나서 말했다. "저 조명이나 갖다놓으려고 밖으로 나온 게 아니에요." 그는 맞은편에 벌거벗은 채 우뚝 서 있는 전나무를 빤히 쳐다보며 나직한 목소리로 말을 이었다. "당신을 집안으로 데리고 들어가는 게 좋을 것 같아서 나온 거예요. 난데없이 거대한 익룡이 나타날지도 모르니까요."

"나를 구하러 나왔다는 거예요?" 아브릴이 깜짝 놀라며 물었다.

그들은 지붕 밑에 서서 서로를 바라보았다. 사흘 동안이나 한집에서 지냈으면서도, 서로의 눈을 바라본 것은 그때가 처음이었다. 사람들의 눈을 피해 숨어 살지만 이 세상에서 혼자가 아니라는 것을 깨달은 사람처럼 평온하게 말이다.

"당신이 내게 도움을 청하지 않았다는 건 알아요." 알렉스가 대답했다. "하지만 능력이 아무리 강하고 뛰어난 사람이라

도 그 누구도, 절대 그 누구도 혼자만의 힘으로 스스로를 구원
할 수는 없어요."

9

내가 세상에서 겪은 가장 큰 고통은 히스클리프가 겪은 고통이야. 나는 그 고통을 처음부터 지켜보았고 그대로 느꼈어. 내가 살면서 무엇보다 많이 생각한 것은 바로 히스클리프였어. 모든 것이 사라진다 해도 그만 살아남는다면 나는 계속 존재하겠지만, 모든 것이 그대로라 해도 그가 사라진다면 온 세상이 완전히 낯선 곳이 되어버릴 거야. 내가 이 세상의 일부라는 느낌이 없을 것 같아. 린턴을 향한 내 사랑은……*

---

* 에밀리 브론테, 『폭풍의 언덕』.

부릉, 부릉! 부르릉!

아브릴은 어디선가 나는 끔찍한 소리에 깜짝 놀라 스산하고 황량한 요크셔의 벌판에서 자신의 방으로 돌아왔다. 꼭 캐서린의 고백 때문이라고 할 수는 없겠지만, 그녀는 가슴이 두근거려 침대에서 벌떡 일어나 정원이 내려다보이는 창문을 열었다. 군데군데 눈이 쌓인 정글은 폭풍우가 몰아치는 가운데 포말로 뒤덮인 푸른 바다처럼 물결치고 있었다. 이런 상황에서 『폭풍의 언덕』을 계속 읽는 것은 그다지 좋은 생각이 아니었다.

"알렉스!" 너무나 오랜 세월 동안 나직한 목소리로 말하며 살았던 터라, 목청껏 소리를 지르자 아브릴은 비로소 답답하던 가슴이 후련하게 뚫리는 것 같았다. 그래서 그녀는 다시 외쳤다. "알렉스!"

전기톱, 작업용 장갑, 보호 안경을 착용한 컴퓨터 엔지니어는 밤나무 가지 아래에서 빼죽이 고개를 내밀며 장비를 들지 않은 나머지 한쪽 손으로 그녀에게 인사를 건넸다. 창가에서 내려다보니, 그는 강박적으로 가지치기 작업을 하는 베르사유궁전의 정원사들처럼 행복해 보였다.

"대체 뭘 하는 거죠? 시끄러워서 책을 읽을 수가 없어요."

"지금 오후 네시예요. 잘 시간도 아니고요."

"나는 책을 읽고 있다고요."

"어디를 가고 있다고요?"

"제임스 조이스의 『율리시스』로 당신의 머리를 때리러 간다고요. 그 시끄러운 기계만 좀 꺼주면 문명인답게 대화를 나눌 수 있을 텐데요."

"미안해요. 잘 안 들려요. 전기톱 소리 때문이에요. 참, 아직 식사 안 했으면 마카로니 한 접시 남겨놓았으니까 어서 들어요."

"그런데 늑대는요?"

"네, 내가 좀 둔하기는 해도 마카로니 하나는 정말 잘 만들거든요."

계속되는 알렉스의 동문서답에 아브릴은 더이상 대화가 불가능하다고 판단했다. 어쨌든 머릿속에서 스산한 요크셔의 벌판을 돌아다니다보니 식욕이 당겼다. 혹시나 짐승과 마주칠까봐 아브릴은 아주 조심스럽게 부엌으로 들어갔다. 그리고 아무 기척도 없는 것을 확인한 다음 가벼운 마음으로 의자에 앉아 마카로니를 맛있게 먹기 시작했다. 샤워를 마치고 청바지와 포근한 분홍색 울 스웨터로 갈아입고서, 전날 밤의 기억으로 인해 방금 밥을 먹어 든든한 뱃속이 기분좋게 일렁이는 느낌을 받으며 임시 정원사를 찾아 아래층으로 내려갔다. 마카로니는 그녀가 트레비예스에 도착한 후로 처음 먹은 따뜻한 음식이었고, 사다리 꼭대기에서 그와 나눈 포옹은—비록 그로 인해 밤새 공포와 피로, 죄책감에 사로잡혀 있었지만—가족이 아닌 다른 인간과 처음으로 나눈 신체 접촉이었다. 그녀가 그런 생각을 하며 자그마한 쥐라기 정글로 내려가고 있을 때, 파르바티가 문을 열고서 커다란 도시락 통을 들고 들어왔다.

"이따 우리 독서클럽 사람들이랑 나눠 먹으려고 오늘 아침에 구운 초콜릿 오트밀 쿠키를 좀 가져왔어요." 그녀는 환하게 웃으며 인사를 건넸다. "쿠키는 어떤 소설과도, 심지어 탐정소설과도 잘 어울리죠. 하지만 그런 이야기를 읽을 때면 누군가가 차에 독을 타지나 않을지 솔직히 걱정이 된다고요."

도시락 통을 받아든 아브릴은 그녀에게 감사의 인사를 하고, 불이 꺼진 벽난로 위에 올려놓았다. 파르바티는 첫 독서 모임 때 먹을 쿠키를 가져왔다고 했지만 모임은 몇 시간 후에나 열릴 터이니 그건 핑계일 뿐, 분명히 여기 온 다른 이유가 있을 것 같았다.

"어쩌면 사서님이 어떤 책을 준비했는지 맞힐 수 있을 것 같아요." 파르바티는 노련한 독서가일 뿐만 아니라, 사서의 마음을 읽는 데도 전문가인 것처럼 말했다. "우선 로맨스 소설은 아닐 거예요!"

"혹시 로맨스 소설에 편견이 있나요?" 평소 아브릴은 특정 문학 장르를 하찮게 여기고 멸시하는 이들을 경계했고, 서점의 신간 코너에서 조금이라도 로맨스 분위기가 나는 책 제목이 눈에 띄면 불안 발작이 일어난다고 대놓고 말하는 수염 난 학자들을 불신의 눈초리로 보았다. 그래서 이번에도 눈살을 찌푸리며 의심 가득한 시선으로 파르바티를 바라보았다.

"막내아들이 이번 화학 시험에서 낙제할 것 같다고 방금 전화가 왔어요. 얼마 전에 아들 녀석이 완전 꽂혔다는 여자아이와 잠깐 사귄 모양인데, 아무래도 그게 녀석한테 영향을 크게 미친 것 같아요. 그 아이랑 썸 탄다고 잔뜩 들떠가지고 동네방네 광고를 해대더니만…… 결국 둘이 꿀케미가 아니었던 거죠."

"놀랍네요."

"뭐가요? 케미가 안 맞는다는 거요, 아니면 낙제를 했다는 거요?"

"아드님이 하는 말을 다 알아듣는다는 사실이요."

"큰애는 더 단순한 편이죠. 지난 학기에 통계학 교수한테 푹 빠져서 잘 보이려고 머리를 싸매고 공부하더니 결국 에이 플러스를 받더라고요."

"글쎄요. 제가 보기에 통계학은 전혀 단순하지 않은 것 같은데요. 아드님들은 전공이 뭐죠?"

"학기 내내 나를 짜증나게 하는 거요! 아무리 그래도 아이들이 방학 때 트레비예스에 오면 그런 나쁜 감정은 말끔히 풀어져요. 마치 책을 읽을 때처럼요."

"어떤 책인지 알려면 앞으로 한 시간은 더 기다리셔야 할 것 같은데요."

"그럼 쿠키는 돌려주셔야겠어요. 그건 뇌물이었거든요."

파르바티와 작별인사를 나누고 나니아의 문 앞—배트맨 캐릭터 양말이 아무리 두껍고 푹신푹신하더라도 문턱을 넘지 않으려고 조심했다—에 서서 정글을 내다보자, 아브릴은 기분이 아주 좋아졌다. 그녀가 알렉스의 이름을 여섯 번 정도 부르니 그제야 그는 전기톱을 끄고 뒤돌아 그녀가 있는 쪽으로 걸어왔다. 정원을 뒤덮고 있던 덤불은 이미 상당 부분 정리되어 있었다. 오후 들어 쌀쌀해진 날씨에 검은색 긴팔 면 티셔츠와 카고 바지만 입고 있었는데도 그는 땀에 흠뻑 젖은 모습이었다. 회양목 덤불은 절반으로 줄어 있었다. 그래서인지 여전히 야생 상태나 다름없는 개장미 덤불과 구스베리 사이에서 상당히 문명화된 듯 보였다. 투구꽃은 밤나무 밑에서 반듯이 자라고 있었고, 가엾게도 알렉스가 아직 치우지 않은 눈에 반쯤 묻힌 파란 꽃을 질식시키던 가시덤불은 더이상 남아 있지 않았다.

"아침부터 바빴군요." 아브릴이 그의 수고에 감탄하며 말했다.

"그런데 당신이 말한 항아리는 흔적도 안 보이네요. 대신 덤불 속에서 테이블과 의자 두 개를 찾아냈는데, 페인트칠만 잘하면 나쁘지 않을 거예요. 날씨가 좋아지면 여기 나와서 식사를 해도 좋을 것 같아요."

"개미는 어쩌고요? 아직 〈네이키드 정글〉*도 안 봤어요?" 알렉스가 그 질문에 어깨를 으쓱하자, 아브릴은 다른 질문을 던졌다. "자연에 사는 위험한 맹수 얘기가 나와서 말인데, 모글리**의 형제는 어디 있죠?"

"오늘 아침에 산책삼아 함께 뛰러 나갔다가 돌아오는 길에 앙헬의 약국에 들러 물어봤는데, 이 마을에서 울피를 키우는 사람은 아무도 없다고 하더군요. 앙헬이 녀석의 상태를 빠르게 살펴보더니, 왼쪽 앞다리에 긁힌 상처 말고도 진드기가 있다고 했어요. 그리고 곧장 자우메한테 연락해 울피를 비에야에 있는 동물병원에 데려가고, 오는 길에 내게 전기톱을 빌려주라고 대신 부탁해주었어요. 아까 자우메가 왔었는데, 동물병원에서 상처를 치료하고, 예방접종과 구충을 하면서 상태를 관찰하고 있답니다. 그리고 주인에 대해 뭔가 알아낼 수 있는지 살펴보고 있다고 하더라고요. 녀석의 상태가 안 좋은데, 몸에 칩이 없다고 하네요."

---

* 바이런 허스킨 감독의 영화로, 아마존강 유역의 농장에서 마라분타 개미떼와 목숨을 걸고 싸우는 부부의 이야기를 그렸다.
** 러디어드 키플링의 소설 『정글북』의 주인공 늑대 소년.

"버려졌거나 길을 잃은 모양이군요."

아브릴은 그의 이야기를 듣고 나니 마음이 더욱 착잡해졌다. 그녀는 집에서 동물이나 식물을 기른 적이 한 번도 없었다. 반려동물과 식물을 기르려면 헌신과 책임감이 필요한데, 도저히 자신이 없었기 때문이다. 자신이 돌보는 생물에게 규칙적으로 먹이와 물을 공급하지 못하면 언제든 죽을지도 몰랐다. 하지만 기르던 생명체를 배신하고 잔인하게 버리는 것은 그녀가 보기에 도저히 이해할 수 없는, 인간 말종이나 하는 짓이었다.

"안녕하세요, 여러분." 그 순간 로사가 아브릴의 말을 가로막고 나니아 문 앞에 서 있는 그녀 곁으로 다가왔다. 그러고는 포트넘앤메이슨 로고와 둘레에 보라색 띠가 새겨진 연초록색 상자를 건네주었다. "지난밤에 크리스마스트리 조명을 철거해주셔서 공식적으로 감사드리려고 들렀어요. 저와 트레비예스의 이름으로 약소하지만 선물을 준비했으니 받아주세요. 얼그레이예요." 그녀는 아브릴에게 윙크를 했다. "오늘 오후에 책 읽을 때 아주 잘 어울릴 것 같아요. 책은 정했어요?"

"아뇨." 알렉스가 말했다.

"그럼요." 사서가 그의 말을 정정했다. "한 시간 후에 우리 독서클럽의 친구들과 함께 알게 될 거예요."

"당신은 너무 융통성이 없어요."

“가족 내력인가봐요.” 아마추어 정원사가 끼어들었다.

“가족이 어떤 일을 하시는데요?”

“어머니는 제가 아주 어렸을 때 어느 연극배우와 도망쳤고요, 아버지는 변호사예요.”

“오, 유감이에요.”

“저희 아버지는 그런 변호사가 아니에요.”

“어머니 일 말이에요.”

아브릴은 거의 무관심했다고 할 만큼 데면데면했던 이의 부고를 접한 사람이 애써 애도를 표하며 지을 법한 엄숙한 표정으로 로사를 문 앞까지 배웅하면서, 독서클럽의 간식 시간에 포트넘앤메이슨의 얼그레이를 준비하겠다고 약속하고는 인내심이 부족한 다른 이웃이 나타나기 전에 재빨리 문을 닫았다. 그 순간 독서클럽을 시작하는 데 필요한 것을 찾으려면 사라토가 트렁크를 열어보라던 할머니의 말이 떠올랐다. 아무래도 그 트렁크를 열어볼 때가 온 것 같았다.

낮에는 눈이 내릴 듯 날이 흐렸지만, 오후가 되자 창문으로 쏟아지는 햇살에 도서관의 분위기가 한결 부드러워졌다. 책이 무수히 꽂혀 있는 그곳은 그녀를 훔끔거리는 듯한 볼썽사나운 인조 떡갈고무나무만 제외하면 고요하고 신비한 분위기를 풍겼다. 그 며칠 동안 도서관에 찾아온 사람들이 가구에 덮여 있던 시트를 걷어내고 각자 편한 대로 가구의 자리를 옮겨놓은 덕분에 이제 긴 하루의 일과를 마치고 돌아올 대가족이 살고 있는 집처럼 보였다. 아브릴은 낡은 가죽끈과 금속 장식이 달린 거무죽죽하고 커다란 나무상자를 찾아냈다. 히스파니올라호에서 떨어진 것이라 해도 과언이 아닐 만큼 낡은 듯했지만, 그것이 바로 할머니가 말한 트렁크라는 것을 운 좋게도 금세 알아차렸다. 할머니가 언급했던 것처럼 책들을 여러 권 보관할 만한 트렁크는 그것밖에 없었으니까. 아브릴은 트렁크 앞에 무릎을 꿇고 앉아, 차가운 금속 열쇠를 자물쇠에 넣고 돌려 보물 상자를 열었다. 책이 너무 어렵거나 낯설지 않을까 걱정하며 불안한 눈빛으로 제목을 훑어보았다. 그녀는 기억을 상실한 역사학자이자 파멸의 구덩이에 내던져진 광고 담당자에서 운명의 지팡이의 힘 덕분에 갑자기 신입 사서로 변신한 서툰 독자에 지나지 않았다. 그녀는 자신의 뻔뻔함에 대해 정식 자격을 갖춘 전 세계의 사서들에게 마음속으로 조용히 사과하고, 제아무리 머리가 좋다 해도 역사학과 건물에는 한 번도 발을 디뎌본 적이 없는 사람과 템플기사단, 피라미드, 또는 제2차세계대전에 대해 논쟁할 때마다 분노했던 모든 순간을 떠올렸다.

"내가 무슨 수로 도서관과 독서클럽을 운영하겠어?" 아브릴은 자신에게 문학적 능력이 없다고 하소연했다. "열심히 책을 읽는다고 저절로 사서가 되는 건 아니잖아."

"너는 원래 똑똑했잖니." 바르바라는 회색 눈동자에 장난기 가득한 빛을 띠며 말했다. 아브릴이 닮고 싶어하던 그 눈빛이었다. "조금 더 생각해보렴. 네가 편안한 방향으로 이끌면 되니까."

아브릴은 우선 브램 스토커의 『드라큘라』를 골랐는데, 펭귄 클래식 출판사에서 나온 페이퍼백으로 모두 여섯 권이었다. 그녀는 약간 곤혹스러워하며 다시 열쇠로 트렁크를 잠갔다. 자신의 사서 자격에 대해 너무 많이 생각하지 않는 편이 좋을 듯싶었다. 모임이 시작되면 우선 빅토리아시대에 대해 간략히 소개한 다음, 뱀파이어 소설에 대해 이야기할 생각이었다. 오늘날 알려진 바와 다르게 스토커의 작품은 뱀파이어를 소재로 한 최초의 소설은 아니고, 다만 블라드 체페슈, 즉 왈라키아의 공작 블라드 드러쿨레아라는 역사적 인물과 서양 문화에서 가장 유명한 뱀파이어를 결합시킨 최초의 작품이었다. 오랜 세월이 흘렀지만, 역사에 대한 사랑은 열렬한 독자들이 자신의 뒤를 바짝 쫓고 있는 지금도 여전했다.

여섯 권 중 한 권을 집어든 아브릴은 나머지 책을 가장 가까운 곳에 있는 의자 팔걸이에 올려놓고, 여기저기 몇 구절을 읽었다. 그러다 2장 초반, 주인공 조너선 하커가 성에 도착해 성문을 두어 차례 두드리자 육중한 문이 요란한 소리를 내며 열리면서 성주와 마주치는 장면("내 집에 오신 것을 환영하

오. 여기 들어오시는 건 자유요. 부디 갈 때는 아무 일 없이 안전하게 가시기를…… 다만 당신이 가져온 행복을 조금은 남겨놓고 가시오!")에서 독서를 멈추었다.

문앞에 키가 크고 근육질에 눈빛이 엑스칼리버처럼 냉혹한 갈색 머리 남자가 음산한 그림자를 드리우고 있었다. 그런데 아무리 봐도 그는 자신이 가져온 행복을 조금이라도 남겨놓을 것 같지 않았다. 행복을 가져오는 것을 잊었을 뿐만 아니라, 행복에 대해 한 번도 들어본 적조차 없을 것 같았기 때문이다. 그 대신 그는 지역 경찰 조끼를 입고 있었다.

"알렉스, 누가 당신을 찾아왔어요."

몇 분 전부터 전기톱 소리가 들리지 않았다. 이미 보호 장구를 벗은 임시 정원사는 도서관의 멋진 나무 바닥을 더럽히지 않으려고 나니아의 문 옆에서 진흙투성이가 된 장화를 벗느라 안간힘을 쓰고 있었다. 그는 맨발로 의문의 방문객을 맞이하러 갔다가, 아브릴이 자기에게 장난을 쳤다는 사실을 알고 코웃음을 쳤다.

"사서 아가씨가 새로 오셨다던데 누구시죠?" 방문객은 더 인상을 찌푸리며 물었다.

아브릴과 알렉스는 서로를 가리켰다. 그러자 방문객은 극적으로 잠시 말을 멈추고 주머니를 뒤적거렸고, 그러자 근엄한 분위기도 누그러졌다. 마침내 그가 구깃구깃 접은 종이쪽지를 그들 앞에 내밀었다.

"달걀, 상추, 토마토, 통밀빵." 알렉스가 종이쪽지를 읽었다.

"그거 아니에요." 방문객은 화를 버럭 내며 종이쪽지를 도로 가져가더니 다시 주머니를 뒤져 다른 종이쪽지를 꺼냈고, 이번에는 내용이 맞는지 확인한 후에 아브릴에게 건네주었다. "독서클럽에서 앞으로 우리가 읽어야 할 책 목록이에요."

목록에 적힌 책들이 얼마나 방대한지 헤아릴수록 더 혼란스러워진 아브릴은 어깨를 으쓱했다.

"이 책들이라면 모두 우리 서가에 있어요." 한동안 뜸을 들이던 아브릴이 마침내 입을 열었다. "하지만 우리 독서클럽에서 선정한 도서들은 아니에요."

"왜 아니죠?"

"이 책들이 어떤 내용인지 아세요?" 아브릴은 상대의 파란 눈동자에서 번뜩이는 강철같이 강렬한 빛의 의미를 이해하려고 애쓰며 물었다.

"아, 그러니까 당신은 가슴 찢어지는 러시아 낭만주의 비극 작품만 좋은 문학이라고 생각하는 속물이군요."

아브릴은 물론 자신이 러시아 사람은 아니지만, 그렇다고 가슴 찢어지는 한 편의 드라마 같은 삶을 살지 않았다고는 자신 있게 말할 수 없었고, 그래서 차라리 대학에서 문학을 전공하지도 않았다는 사실을 그에게 털어놓고 싶은 충동이 일었다.

"당신이 제안한 도서 목록은 정말 훌륭해요." 아브릴은 그와 타협하기로 결심했다. "하지만 목록이 너무 기네요. 그리고 지금으로서는 우리 클럽에서 단 한 작가의 작품만 집중해서 읽고 싶지는 않아요. 그런 거라면 특별 행사로 제안할 수도 있을 거예요. 가령 휴가 때 말이죠."

남자는 불쾌한 감정을 억누르려고 어찌나 애를 쓰는지 미간을 잔뜩 찌푸렸고, 신경성 경련으로 왼쪽 눈이 파르르 떨리기 시작했다. 잠시 후 그는 부드러운 표정을 지어 보이려고 노력했지만 절반만 성공했다. 이제는 엄청나게 고통스러워하는 벨로키랍토르* 같아 보였다.

"도서관은 열려 있나요?" 남자가 물었다.

만약 아브릴과 알렉스가 대답을 동시에 하기만 한 게 아니라 같은 대답을 했더라면, 숙련된 2인무를 선보이듯 멋졌을 것이다.

"네."

"아뇨."

"혹시 빌려가실 책이 있나요?" 아브릴이 틈을 주지 않고 서

---

* 백악기 후기에 동아시아 지역에서 서식했던 민첩하고 빠른 육식공룡.

둘러 물었다.

"이 목록에 있는 책 전부요."

"그런데 아직 도서 대출 시스템을 설치하지도, 만들지도 못했어요. 게다가 도서관 출입증도 아직 없고요." 알렉스가 푸념하듯이 말했다.

"당신의 동료에게 좀 전해주세요." 지역 경찰 조끼를 입은 벨로키랍토르가 볼멘소리를 했다. "내가 신청한 것은 책이지, 도서관 출입증이 아니라고요."

아브릴은 P자가 새겨진 금색 표지판 쪽으로 걸어가 목록에 있는 책 열여섯 권을 빠르게 찾았다. 그리고 그 책들을 알렉스에게 건네주면서 카운터로 가져가라고 했다.

"그런데 당신은 내가 왜 그 사서 아가씨라고 생각하죠?" 알렉스가 방문객에게 나지막이 물었다.

"여기는 도서관이니까요."

"내 말은 그게 아니라, 나는 보통 아침에 면도를 하는 사람이라는 뜻이었어요."

"책을 담아갈 봉투가 필요하신가요?" 하지만 봉투가 하나도 없었기 때문에, 아브릴은 자신의 질문이 조금 전 알렉스의 말처럼 무시당하게 해달라고 올림포스에 기도를 올렸다.

다행히 방문객은 손가락에 피가 통하지 않아 하얗게 변하도록 무거운 책 더미를 양손으로 꽉 움켜쥐고 몸에 밀착시킨

후, 입가에 떨떠름한 미소를 지으며 작별인사도 없이 자리를 떠났다. 분노에 가득찬 남자가 떠나고 시간이 얼마 지나고서 야 아브릴은 충격에서 벗어났다.

"저 사람이 〈뱀파이어에 관한 아주 특별한 다큐멘터리〉* 출 연자라면 당신은 어느 대목에서 달아났겠어요?"

"이제 보니 저 남자가 바로 그린치인 것 같은데요." 알렉스 는 그제야 남자의 정체를 눈치챈 모양이었다.

"하지만 그린치가 증오하는 것은 크리스마스지, 도서관 사 서가 아니라고요."

"파르바티는 그가 인간 자체를 싫어한다고 했어요."

"그렇다고 사서들까지 싫어하는 건 아니겠죠."

아브릴은 그린치 때문에 무시무시하게 텅 비어버린 P구역 서가를 바라보며, 저 소시오패스가 어쩌다 로자문드 필처**의 열렬한 팬이 되었는지 궁금해졌다.

그녀는 창가로 다가가 유리창 너머 눈 덮인 풍경을 바라보 며, 그동안 수없이 되풀이하던 생각에 잠겼다. 언젠가는 트레 비예스 도서관에 숨어 지내던 시절을 되돌아보면서, 지난날 의 두려움, 우울함, 슬픔, 피곤한 삶을 그리워하며 미소 짓게

---

* 한집에 사는 뱀파이어들의 에피소드를 그린 모큐멘터리.
** 한 여성의 가족사를 그린 『조개 줍는 아이들』로 알려진 영국 소설가.

되리라는 생각 말이다. 가장 찬란한 불사조는 자기 자신의 잿더미에서 솟아난다는 아버지의 말이 떠올랐다. 그녀가 보기에 자신의 삶은 다시 어느 정도 성공적으로 이어 붙이기는 했어도 이음새와 접착제가 그대로 드러난 깨진 꽃병 같았다.

그녀는 신화 속 동물, 잿더미, 깨진 꽃병 같은 은유를 모조리 떨쳐버렸다. 그리고 초콜릿 오트밀 쿠키를 가까운 곳에 놓아두고 소파에 편안히 앉았다. 그러고는 처음부터 다시 『드라큘라』를 읽기 시작했다. 함께 불행한 겨울을 보내야 하는 그녀의 동료는 차를 끓여 가지고 오겠다는 약속을 남기고 계단 위로 사라졌다. 잠시 후 그는 약속한 대로 김이 모락모락 나는 찻잔을 그녀에게 건넸다. 그는 돌벽에 기댄 채 그녀 앞에 서 있었다. 금방 눈이라도 내릴 듯 차가운 석양빛이 창문으로 스며들어 그의 온몸을 휘감았고, 그가 훗날 트레비예스를 떠나기 전까지는 그토록 그리워하게 될 줄 몰랐던 고요함이 축복처럼 그의 머리 위로 내려앉았다.

"아브릴." 알렉스는 잠시 머뭇거리다가 겨우 입을 열어 말했다. 찻잔을 책상 위에 내려놓았지만, 마치 빨간 도자기 찻잔에서 다리가 자라나 언제든지 도망칠까 두려운 듯, 찻잔에서 잠시도 눈을 떼지 못했다. "부탁 하나만 들어줘요."

아브릴은 뜨개질 모임과 독서클럽에 들어오고, 늑대개를 구하는가 하면, 다들 잠든 새벽에 광장에 나가 크리스마스트리 조명을 모두 걷어오고, 엄청나게 많은 양의 치즈 마카로니를 요리할 뿐만 아니라, 쥐라기 정글 같던 정원에 뒤덮여 있던 덤불을 하루아침에 베어낼 만큼 용감하고 대담한 사람이 왜 갑자기 이렇게 소심해졌는지 궁금했다.

"인터넷에 접속하고 싶어서요. 마르셀로와 블랑카가 방금 부모가 되었답니다. 그래서 오 분 후에 그들과 영상통화를 하기로 했거든요."

"정말 축하할 일이네요." 아브릴은 스토커의 책을 옆에 내려놓고 미소를 지으며 말했다. "아들이에요, 딸이에요?"

"딸이래요."

"그런데 그런 부탁을 왜 나한테 하죠? 나는 와이파이 비밀번호도 모르는데."

"정원의난쟁이요정123."

"안 돼요!"

"농담이에요. 누가 비밀번호에 123이라는 숫자를 쓰겠어요. 내가 노트북 앞에 한 시간 이상 앉아 있지 않는지 확인만 해줘요."

"엄마가 아이들을 감시하듯이 말이죠?" 아브릴은 파르바티 역시 자녀들과 매일 사소한 말다툼을 벌이는 것은 물론, 인터넷 사용 시간과 더러운 옷 때문에 실랑이를 하고, 학교 버스를 놓치지 않게 하려고 재촉하던 시절이 그리운지 궁금해졌다.

파르바티가 아이들 이야기를 할 때 검은 눈동자에서 반짝이던 빛을 떠올리며 아브릴은 자신이 이미 오래전에 잃어버린 것, 즉 열정과 소망을 그리워했다.

알렉스는 아브릴이 무슨 생각을 하는지 전혀 모른 채 소파 위 그녀의 옆자리에 앉아 벽난로를 응시하면서, 그간 치료가 얼마나 도움이 되었는지, 그리고 이전의 삶으로 너무나도 빠르게 돌아가게 될지 몰라 얼마나 두려운지 털어놓았다.

"아빠는 당신 앞으로 온 일자리 제안 편지가 편지함에 잔뜩 쌓여 있으니까, 법원 명령이 해제되는 대로 해외에서 일자리를 구할 수 있을 거라고 하더군요."

"시간문제일 뿐이죠." 알렉스는 아브릴의 회색 눈동자를 빤히 바라보며 고개를 끄덕였다. "물론 앞으로도 컴퓨터 보안 분야에서 일하게 되겠죠. 내가 잘할 수 있는 일은 그것밖에 없으니까요. 하지만 이제 다시는 균형을 잃고 싶지 않아요. 하루 스무 시간씩 어두운 인터넷 속을 헤매고 싶지 않다고요."

"그럼 당신이 여태 한 일을 후회하나요?"

"그렇지는 않아요. 세구르스마트와 그 일당이 저지른 사이버 범죄 같은 경우라면, 설령 내가 불법을 저지르는 한이 있더라도 천 번이라도 고발하고, 또 조금도 숨김없이 폭로할 테니까요."

"차악을 선택하겠다는 거군요."

알렉스는 고개를 끄덕이며 자리에서 일어났다.

"여기 머무르는 동안은 어떤 일이든 차분하게 대처해나갈 생각이에요. 게다가 아직 어디로 갈지 모르니 스릴이 있잖아요. 아무튼 모험이 나를 기다리고 있으니까요."

"알았어요, 네오*, 난 위층에 올라가 있을 테니까, 그사이 친구들과 모처럼 즐거운 시간을 가져요. 그리고 삼십 분 후에 내가 내려오면 컴퓨터를 끄세요."

"그러면서 기억하겠어요?" 알렉스는 계단을 올라가는 아브릴이 들고 있는 책을 가리키며 말했다. "책을 읽다보면, 자신이 아직 현실 세계에 속해 있다는 사실조차 잊어버리게 되잖아요."

"휴대전화에 알람을 설정해놓을게요."

"배터리도 없이 저기 놓아둔 저것 말인가요?"

"충전하면 되죠."

"이봐요, 아브릴, 지금은 시끄러운 세상을 피해 이렇게 숨어 살지만, 나중에는 어디로 갈 건가요?"

"아무데도 가지 않을 거예요. 모아둔 돈이 있으니까요. 하루에 열여덟 시간씩 일하다보면 번 돈을 쓸 시간도 없다고요. 나는 여기, 트레비예스에서 세상이 끝날 때까지 지낼 수 있어

---

* 영화 〈매트릭스〉의 주인공. 소프트웨어회사의 프로그래머이자 해커.

요. 아니면 여기서 그 신비한 항아리를 발굴하고, 혹시 그것들이 엄청나게 귀중한 것으로 밝혀질 수도 있겠죠. 소더비 경매에 아주 비싼 값으로 팔면 억만장자가 될 테니까, 적어도 그때까지는 머물 수 있어요."

"그렇게 되면 당연히 그 돈을 정원사와 반반씩 나누겠죠."

"물론이죠. 쥐라기 정글에 꿀꺽 삼켜지지만 않는다면요."

창문 너머로 어둠을 배경삼아 탐스러운 눈송이들이 부드럽게 내리기 시작했다. 활활 타오르는 벽난로 주위에 놓인 스탠드 세 개가 도서관 이곳저곳을 밝혔고, 다른 나머지 공간은 아늑한 어둠 속에 잠겨 있었다. 현관문 옆에는 다양한 크기와 색상의 튼튼하고 따뜻한 부츠가 닳아 해진 카펫—멋진 나무 바닥을 보호하기 위해 알렉스가 벽장에서 찾아낸 것이다—위에 가지런히 놓여 있었다. 독서클럽의 첫번째 모임에 참석한 이들 중 선견지명이 있는 이들은 따뜻한 슬리퍼를 신고 있는 반면, 나머지는 양말만 신고 있었다. 옷걸이에는 코트, 목도리, 모자 등이 한꺼번에 덧걸려 있었고, 벽난로 옆 낮은 테이블에는 쿠키와 레몬 스펀지케이크, 그리고 서로 짝이 맞지 않는 찻잔, 커피잔, 핫초콜릿 잔 일곱 개가 놓여 있었다. 도서관 안에 캐러멜, 바닐라, 나무, 그리고 안식처의 향기가 가득 감돌았다. 이곳이 천국일 수도 있었다.

"자, 그럼 뱀파이어 소설을 읽을까요?"

"뱀파이어들이 햇빛 아래 서 있으면, 반짝이는 빛이 눈에 보일까요?"

"이 소설은 왜 편지 형식으로 되어 있죠?"

"뱀파이어들이 편지를 이렇게나 많이 주고받는 줄 몰랐어요. 자그마치 오백삼십육 쪽이나 된다고요!"

"심지어 신문기사와 일기도 실려 있어요."

"무서워요."

"드라큘라가요?"

"아뇨, 오백삼십육 쪽이나 되는 빅토리아시대 서간체epistolar 소설이라는 것이요."

"왠지 유혈이 낭자하고 마구잡이로 총pistola을 쏘아대는 장면이 나올 것 같은 예감이 들어요."

"서간체 소설은 총과 아무 상관도 없어요."

"총 이야기는 은탄환 때문에 꺼낸 거예요."

"그건 늑대인간을 죽이는 데 쓰는 거잖아요."

"드라큘라의 경우에는 심장에 말뚝을 박고 입에 마늘을 가득 채운 다음 목을 베어야 한다고요."

"참, 별꼴이네. 요즘 마늘이 얼마나 비싼데."

"은이 훨씬 더 싸다고요. 두말하면 잔소리지."

할머니가 예고한 대로 사람들이 저마다 한마디씩 떠들어대
면서 상황이 걷잡을 수 없는 지경에 이르렀다. 아브릴이 손가
락을 입술 사이에 넣고 크고 길게 휘파람을 불자 모두 아연실
색하여 아무 말도 하지 않았다. 파르바티와 마리아, 로사는 각
자 『드라큘라』를 한 권씩 손에 들고 가장 큰 소파를 차지하고
있었고, 앙헬은 발받침이 있는 안락의자에 앉아 책장을 넘겼
다. 계단에 가장 가까이 있는 진홍색 안락의자 세 개에는 자우
메와, 사서의 기이한 선택에 놀라움을 금치 못하는 그린치, 그
리고 문학 모임의 기묘한 분위기 때문에 터져나오려는 웃음
을 꾹 참고 있는 알렉스가 앉아 서로 이런저런 대화를 나누고
있었다.

"브램 스토커는 1897년에 『드라큘라』를 처음 펴냈어요."
사서가 말을 시작했다. "사실 뱀파이어는 문학에서 결코 새로
운 것이 아니었죠. 고대 그리스나 로마시대의 글은 괴물에 관
한 대중적인 공포 이야기를 경멸하던 지식인이나 사회적 지
위가 높은 사람들이 쓴 것이었어요. 그 시기에 쓰인 뱀파이어
이야기가 없는 건 바로 그 때문이죠. 하지만 그 시절 귀족들이
쓴 조롱 섞인 글을 통해, 보통 사람들은 이곳처럼 아늑한 벽난
로 주위에 빙 둘러앉아 뱀파이어, 늑대인간, 하르피이아, 고르
곤, 마녀와 유령에 대한 이야기를 나누었다는 것을 알 수 있어
요. 오늘날 우리가 알고 있는 현대 뱀파이어, 그러니까 매혹적

이면서도 막강한 노스페라투* 역시 스토커의 『드라큘라』가 출간되기 전에 나온, 이미 다른 책에 묘사된 인물이에요.

여름이 없던 해인 1816년, 메리 셸리가 레만 호숫가의 디오다티 별장에서 『프랑켄슈타인』을 쓰고 있을 때, 바이런 경과 함께 온 젊은 의사 존 윌리엄 폴리도리는 『뱀파이어』를 쓰고 있었어요. 이 작품은 런던에 도착하여 상류 사회를 정복한 한 남자, 불가사의하고 매력적일 뿐 아니라 카리스마 넘치고 누구에게나 최면을 거는 듯한 이방인의 이야기죠. 폴리도리는 1819년에 이 단편소설을 출간했어요. 또한 1845년, 1846년, 1847년에 걸쳐 영국 독자들은 페니 드레드풀**로 『뱀파이어 바니』***의 모험을 즐겼죠. 그리고 1872년, 셰리든 레 퍼뉴는 아름다운 뱀파이어 소녀가 주인공으로 나오는 공포소설 『카르밀라』를 출간했죠. 하지만 블라드 체페슈라는 역사적 인물을 모든 뱀파이어 가운데 으뜸으로 처음 규명한 것은 브램 스토커였어요."

아브릴은 15세기 전반 오스만제국과 트란실바니아의 블라드 체페슈가 다스리는 왈라키아공국이 국경을 맞대고 있던

---

* 뱀파이어를 달리 이르는 말.
** 1페니짜리 공포소설이라는 뜻으로, 값싼 종이에 짧은 분량의 대중 연재소설을 발행하는 19세기 영국에서 유행한 출판 형태를 일컫는다.
*** 제임스 맬컴 라이머와 토머스 페킷 프레스트의 소설.

유럽의 지정학적 상황을 설명하면서 괴물의 전설을 낳은 관통*과 공포정치에 대해 자세히 설명하는 것도 잊지 않았다. 추방되었다가 돌아온 역사학자의 목소리와 벽난로의 불꽃이 유쾌하게 탁탁 튀는 소리 외에는 도서관에 아무 소리도 들리지 않았다. 그것은 바로 아주 오래된 마법, 재밌는 이야기에 귀기울이며 벽난로 주위에 옹기종기 모인 사람들의 마법이었다. 문학의 마법.

"이 소설은," 아브릴의 설명이 계속 이어졌다. "저널리즘 문체가 뚜렷할 뿐만 아니라, 빅토리아시대 과학과 기술의 발전상을 잘 담아내고 있어요. 예를 들어, 축음기, 최초의 수혈, 휴대용 타자기, 전보, 속기, 뇌와 행동에 대한 연구 같은 것 말이죠. 빅토리아시대에 사회는 변화와 혁신이 빠르게 이루어졌다는 점에서 우리 사회와 아주 유사하다고 볼 수 있어요. 하지만 제가 이 책을 처음 읽었을 때 가장 인상 깊었던 것은 무시무시한 괴물 드라큘라가 주인공이자 책 제목인데도 불구하고 소설에 거의 등장하지 않는다는 점이었어요. 혹시 그 이유를 설명해주실 분 있나요?"

모두들 아브릴이 그 수수께끼를 풀어주기를 기다리며 멀뚱멀뚱 그녀만 쳐다보고 있었다. 마침내 알렉스가 마법에서 깨

---

* '블라드 체페슈'는 가시나 꼬챙이로 무언가를 '꿰뚫는 자'라는 뜻이다. 이는 말년에 꼬챙이형을 자주 집행해 얻은 별명이라고 전해진다.

어난 듯 나서며 말했다.

"굳이 말하자면, 가장 무서운 괴물은 숨어 있는 괴물이니까요. 우리 눈에는 보이지는 않지만, 우리를 집어삼키려고 어둠 속에 숨어 기다리고 있는 괴물 말이에요. 침대 밑의 괴물처럼 말이죠."

10

　도서관은 2월 첫째 주에 일반에 문을 열었다. 월요일부터 목요일까지 오전 열시부터 오후 한시까지만 운영됐는데, 덕분에 아브릴은 그동안 과했던 수면 시간을 효과적으로 줄일 수 있었다. 물론 꼭 도서관 때문에 매일 아침 일찍 일어나야 했던 것은 아니지만, 이불 밖에 자기를 기다리는 무언가가 있다는 사실만으로도 외로움과 무기력함에서 어느 정도 벗어날 수 있었다. 실패라는 난파선에 여전히 발이 묶인 채였지만 그녀는 더이상 불운과 불행의 습격을 기다리며 걱정 때문에 몸을 잔뜩 움츠린 채 잠에서 깨어나지 않았다. 광고 분야에서 뛰어난 능력을 발휘하던 아브릴이 한 번의 치명적인 실수 때문에 지도상에서 사라져버렸으니, 그녀는 재가 흩어지고 나면 자신에게 무엇이 남을지 확실히 알 수가 없었다. 실패와 수치심의 무게에 짓눌려 있던 그녀는 책이 물속에서 숨을 쉬는 데 도움된다는 것을 알게 되었다.

마치 구조 작전 펼치듯 아브릴을 방에서 나오게 하는 것이 목요일부터 알렉스에게 일과가 되었다. 알렉스는 매일 문을 세 번 두드려 그녀를 깨우고, 화장실이 비었다고 알려주려고 좋은 아침이라고 외쳤다. 그는 눈이 오고 추운 날씨에도 매일 아침 조깅을 하러 나갔고, 집에 돌아와서 샤워를 하고는 로사의 카페에 가서 프루스트를 떠올리지 않으려고 일부러 마들렌 대신 크루아상과 커다란 카페라떼 한 잔을 테이블에 놓고 아브릴을 기다렸다. 두 사람은 거기서 함께 아침을 먹고, 점심 메뉴와 세탁에 대해 의논한 후, 오랫동안 함께 일해온 사람들처럼 끈끈한 동료애를 느끼며 도서관으로 돌아갔다. 알렉스와 함께 있으면 아브릴은 사무실에서 긴 하루를 마치고 집에 돌아와 신발을 벗을 때처럼 모든 것이 편안하게 느껴졌다. 알렉스의 열정, 에너지, 유머 감각 덕분에 모든 것이 수월해졌고, 모든 것이 알렉스를 중심으로 흘러갔다.

아브릴은 분주히 움직이는 알렉스를 지켜보았다. 그는 도서관의 사다리를 오르내리며 책을 분류하고, 도서 대출 시스템 소프트웨어를 설치하고, 도서관 회원 출입증과 ISBN 바코드를 찍을 스캐너와 프린터를 구입하고, 이리저리 뛰어다니고,

책을 읽고, 한쪽 눈으로 시계를 흘끔거리며 찌푸린 표정으로 이메일을 확인하고, 일주일 내내 눈이 내리는 바람에 정원 일을 계속할 수 없다고 볼멘소리를 하고, 영상통화로 친구들과 잡담을 나누기도 했다. 아브릴이 트레비예스의 아늑하고 따뜻한 안식처에서 꼼짝도 않고 있는 동안, 그는 자신의 삶을 계속 이어가면서 소리와 분노 속으로 돌아갈 준비를 하고 있었다.

"눈이 그치면 당신의 항아리를 찾아볼게요. 물론 나는 덤불 속보다 구글에서 뭘 더 잘 찾지만, 일단 도전을 받아들이죠." 알렉스는 마치 아브릴의 마음을 훤히 읽을 수 있다는 듯이 자신 있게 말했다. "그렇지만 설상화를 신고 둘이 같이 숲길을 산책할 수도 있어요."

그들은 커다란 체리나무 책상을 공유했고, 각자의 노트북 앞에 앉았다. 벽난로에 불이 타오르고 거실은 따뜻했고, 먹구름이 잔뜩 낀 오후의 창문 너머로는 눈송이들이 느릿느릿 흩날리고 있었다. 『드라큘라』와 『폭풍의 언덕』을 다 읽은 아브릴은 다음에 어떤 책을 읽을지 아직 결정하지 않은 채 여유를 맘껏 즐기고 있었다. 아직 결정된 것은 없으니 모든 게 가능했다. 그린 게이블스*에서 자다가 깨어나 미친 모자장수**와 생일이 아

---

* 루시 모드 몽고메리의 『빨간머리 앤』 주인공 앤이 살던 집.
** 루이스 캐럴의 『이상한 나라의 앨리스』에 나오는 등장인물.

닌 날을 기념하며 차 마시기부터, 무인도에 좌초되기, 로체스터 씨*를 구하기, 아라키스**에서 온 세상을 붉게 물들이는 일출 광경을 조용히 바라보기, 또는 마법약 수업***에 늦기까지 모든 일이 말이다.

"난 따뜻한 이곳에 남아 이 책들을 마저 정리하는 게 좋을 것 같아요." 아브릴은 김이 모락모락 나는 얼그레이를 한 모금 마시고 말했다.

"와." 알렉스는 짐짓 놀란 척하며 그녀를 바라보았다. "당신은 시간을 따분하게 보내는 놀라운 능력을 가지고 있군요."

"목도리를 짜면서 목요일 오후를 보내는 남자가 말했습니다."

"비웃지 마요, 아브릴. 나는 감옥에서 나온 지 얼마 안 돼서 밖에서 보내는 시간이 필요하다고요."

"어땠어요?"

"오 개월 닷새 세 시간 동안 갇혀 있었던 일 말인가요?" 고개를 끄덕이는 아브릴을 보고 그는 어깨를 으쓱했다. "몇 주가 지나고 마음이 진정되면서, 복잡하게 뒤엉켜 있던 감정의 실타래도 하나씩 풀어졌죠. 조사와 재판 때문에 스트레스를

---

* 샬럿 브론테의 『제인 에어』 속 등장인물 에드워드 페어팩스 로체스터.
** 프랭크 허버트의 '듄' 시리즈에 등장하는 사막 행성.
*** '해리 포터' 시리즈의 마법학교에서 행해지는 수업.

많이 받았는데, 그후로 혼자 남게 되면서 마음을 어지럽히는
그 모든 감정을 어떻게 감당해야 할지 모르겠더군요. 다행히
심리상담 프로그램 도움을 받고 내 삶을 되찾을 수 있었죠."

"나로선 상상이 안 돼요."

"영화 때문에 미국 교도소와 불량한 수감자들의 이미지가
고착되어 있지만 사실 다 그렇지는 않아요. 감옥에서 나왔을
때 사회의 어두운 면을 마주하니 서글프고 절망스럽더군요.
내가 있던 곳처럼 보안 수준이 낮은 교도소 수감자들은 대부
분 가난과 교육 부족으로 인해 와 있는 것 같았어요."

"찰스 디킨스는 19세기에 이미 이러한 운명을 내다보고 있
었어요. 런던의 가장 가난한 사람들, 그러니까 가장 더러운 빈
민가에서 태어나 교육과 지원, 지도와 보호의 기회를 전혀 받
지 못한 사람들이 정직한 삶을 살 가능성이 거의 없다는 점을
지적하면서 말이죠."

"결국 변하는 건 없어요."

"하지만 영원한 것도 없어요." 아브릴은 자신이 몸담고 있
던 광고업계를 생각하며 한숨을 지었다.

"우리 둘이 여기까지 오게 된 이유를 비교해서 당신의 기분
을 상하게 하고 싶지는 않지만……"

"비교가 안 돼요." 아브릴은 조금 감정이 격해져서 그의 말
을 가로막았다. "어쨌든 당신은 세계에서 가장 유망한 IT 기업

입사 시험에서 일등으로 합격한 거나 마찬가지라고요. 이제 당신은 영역과 시야를 넓힐 수 있는 놀라운 기회를 얻은 거예요. 회사들이 모두 당신을 원하고 있다고요. 내 커리어는 이미 끝장났어요."

"잠시 멈추었을 뿐이에요."

"그렇지 않아요."

"그럼 진로를 바꾸려고 모색해봐요. 광고 말고도 하고 싶은 일이 많잖아요."

"숄 뜨는 거요? 당신이 만든 마카로니에 대해 불평하는 거요? 연기에 질식하지 않고 벽난로에 불을 지피는 거요? 아니면 도서관 무자격 운영 및 업무 태만으로 고소당하지 않도록 문헌정보학을 공부하는 거 말인가요?"

"나는 겁쟁이가 아니에요." 알렉스는 미소를 지으며 항복의 표시로 두 손을 들었다.

"마음에 드는 메일이 왔나요?" 아브릴이 그의 노트북을 가리키며 물었다. 그녀는 괜히 소송 이야기를 꺼낸 것이 못내 후회스러웠다. 더이상 불평을 늘어놓지 말고 어서 화제를 바꾸어야 했다.

알렉스는 일주일 내내 인터넷에 접속했지만, 갈수록 더 평온하면서도 확신에 차 있는 듯했다. 그건 아마 컴퓨터가 그의 삶 전부가 되어서는 안 되고 업무의 일부여야 한다는 것을 스스로 잘 알고 있기 때문이었을 것이다. 그는 모니터 앞에서 시간을 잘 관리했으며, 도서관 대출 시스템을 디지털화하는 데 큰 역할을 했다.

"나는 스카우트 제안을 무시하기 시작했어요. 대신 세 군데에만 답장을 보내 추가 정보를 요구했죠. 솔직히 아직 채용 절차에 응할 엄두가 나지 않네요. 지금 당장 수많은 적성 평가 질문에 응답하거나, 인재 관리 부서의 그 엉뚱한 사람들과 면접을 보려고 서두를 생각도 없어요. 그 사람들은 아무래도 내 사이버 범죄 전과가 아주 마음에 드는 모양이에요."

"서두를 것 없어요. 당신 앞에 밝은 미래가 펼쳐져 있다는 건 당신도 잘 알잖아요."

아브릴의 말끝에 진한 슬픔이 묻어나는 듯해 알렉스는 적잖이 놀랐다. 아브릴은 볼썽사나운 떡갈고무나무에서 시선을 돌려 창문 쪽으로 돌아선 채 유리창 너머 내리는 눈과 하얗게 변한 텅 빈 광장의 풍경을 바라보며 터져나오려는 눈물을 참으려고 애를 썼다. 다른 건 몰라도, 알렉스와 저 떡갈고무나무에게 동정을 받는 것은 도저히 견딜 수 없었다.

"지금 이 상황을 극복하기 쉽지 않을 거예요." 잠시 침묵을 지키던 알렉스가 무겁게 입을 열었다. "그러니 너무 애쓰지 마요. 상실감은 결코 완전히 극복되지 않아요. 대신 상실감을 안고 살아가는 방법을 터득해야 해요. 그러다보면, 어느 날 잠에서 깨어나 상실감이 더이상 당신의 내면에서 그다지 많은 공간을 차지하지 않고, 더이상 당신의 마음을 아프게 하지도 않을뿐더러, 다른 추억들과 다를 바 없는 그저 한 가지 추억일 뿐이라는 걸 깨닫게 될 테니까요. 당신은 언젠가 당신이 저지른 실수에 대한 대가는 이미 치렀다는 사실을 똑똑히 인식하게 될 거예요. 하지만 당신이 엘리자베스 2세 여왕 폐하를 위해 얼그레이를 시음하는 사람으로서 멋있고 새로운 삶을 누리며 미소 띤 얼굴로 편안하고 행복하게 살게 되더라도 과거의 일이 기억에서 사라질 거라는 뜻은 아니에요."

아브릴이 그런 일은 절대 일어나지 않을 거라고 대답하려는 찰나, 도서관 문이 트란실바니아의 성문처럼 삐걱거리며 열리더니 핑크빛 머리에 두꺼운 안경을 쓴 여자가 세상에서 가장 환한 미소를 지으며 인사했다. "들어가도 되나요?" 여자가 쩌렁쩌렁한 목소리로 마지막 음절을 다 발음하기도 전에 알렉스는 재빨리 책상 아래로 숨었다.

"음……" 아브릴은 너무 당황한 나머지 잠시 머뭇거렸다. "그건 상황에 따라 다르죠."

"무슨 상황에 따라 다르다는 거죠, 아가씨?" 여자가 웃으며 말했다. "다른 사람의 말만 듣고서는 이상해 보이고 속이 뒤집어질 것 같아 내 눈으로 직접 확인하러 왔어요. 여기서 무슨 일을 하시는지 보고 싶네요. 로사 말로는 새 사서가 왔다고 하던데, 도무지 믿어지지 않아서 말이죠. '일이야 어렵지 않겠지.' 나는 로사에게 이렇게 대답했어요. 여기는 사서가 별로 필요하지 않거든요. 새 트랙터 두 대, 우편물이 보름마다 도착하는 대신 일주일에 두 번씩 배달되는 것, 아니면 거리에 있는 공용 수도관과 분수, 사실 그건 공용 수도관이라고 하기도, 분수라고 하기도 웃기는 거지만요, 아무튼 그걸 고치는 것이 더 시급하다고요. 아무튼 그걸 고치는 것이 더 시급하다고요. 하지만 물론 외지인들에게 겁을 주면 안 되겠죠. 그들이 다 떠나면 여기는 텅 비어버릴 테니까요. 그럼 이곳은 찬바람만 쌩쌩 불겠죠. 이봐요, 젊은이, 그 아래에서 숨쉬기 괜찮아요? 당신 발밑을 좀 봐요, 사서 아가씨. 저러는 게 유행인가보죠? 아니면 도서 목록을 떨어뜨렸나? 사실 예전에……"

핑크빛 머리 여자가 쉬지 않고 말을 쏟아내는 바람에 아브릴은 약간 어질어질해졌고, 그 순간 불안에 휩싸인 알렉스와 눈이 마주쳤다.

"롤라 부인이에요." 책상 아래에서 그가 작은 목소리로 속삭였다. "슈퍼마켓 주인 말예요."

"왜 나더러 물건을 사다달라고 그렇게 졸랐는지 이제야 이해가 되네요."

"대신 요리는 내가 하잖아요." 그는 거칠게 숨을 내쉬며 변명했다.

롤라 부인은 아브릴에게서 눈을 떼지 않고도 알렉스의 참담한 은신처를 발견했지만, 여전히 만족스러운 미소를 지으면서 능숙하게 호흡을 조절하는 장거리달리기 선수처럼 일정한 간격으로 숨을 쉬어가며 계속 수다를 이어갔다.

"……2007년 겨울처럼 폭풍이 몰아쳐서 밀알들이, 프랑스 사람들이 사용하는 그 뭐더라, 아, 삼지창 사이로 다 빠져나간 적이 있어요. 그렇다고 프랑스에 오믈렛처럼 칭찬할 만한 것이 없다는 말은 아니지만, 아무튼 프랑스 사람들이 삼지창은 제대로 못 만드는 것 같더라고요."

"그런데 말씀하신 오믈렛이 정말 프랑스에서 유래한 음식인지는 확실치 않아요." 아브릴은 여전히 머리가 어수선하고 혼란스러운 가운데 말했다. "제 생각에 나폴레옹전쟁 때문에 그런 이름이 붙은 것 같아요. 1810년 보나파르트의 군대에 의해 스페인의 카디스와 산페르난도가 포위되었을 때 식량이 부족해지자 주민들은 결국……"

"파파루차스*를 만들어 먹었죠. 그건 러시안 샐러드 같은 거예요. 한마디로 터무니없는 국적 불명의 음식이라고요. 물론 스페인이 전 세계에서 다섯번째로 미슐랭 스타 식당이 많은 나라라는 민감한 문제는 지금 다루지 않겠어요. 다섯번째

---

* 둥글넓적한 밀가루 반죽을 튀겨 설탕을 뿌린 음식.

나라라니, 말도 안 되는 소리죠! 그럼 여기보다 더 좋은 음식을 먹을 수 있는 곳이 전 세계에 네 군데나 있다는 말인가요? 그건 유기농 농업 때문이에요."

"저 여자의 말을 어떻게 멈추죠?" 사서가 겁에 질린 표정으로 중얼거렸다.

"절대 멈추지 않아요. 내가 슈퍼마켓을 나설 때도 계속 혼자서 말하고 있더라고요."

아브릴은 도저히 닿지 않을 듯한 도서관 문을 간절한 눈빛으로 바라보았다.

"……수확기에는 엄청나죠. 내가 늘 말하지만, 수확기에는 아무 영향도 미치지 않아요……"

"페트리피쿠스 토탈루스."* 그녀는 용기를 내 주문을 외웠다.

"……까마귀들이 보조금을 받으러 오더라도요. 내가 이 문제를 시의회 본회의에서 언급했는데 아무도 내 이야기에 귀 기울이지 않더군요. 남의 말을 안 듣는 전염병도 있는 모양이에요."

"왜 그런지 궁금하네요."

"먹거리 때문이에요. 꽃양배추에 호르몬이 주입돼 있어서 사람들이 정신을 집중할 수가 없다니까요."

---

* 상대의 몸을 마비시키는, '해리 포터' 시리즈 속 마법 주문.

“그래도 저는 들으려고 노력하고 있어요.” 알렉스가 엄숙한 음성으로 말했다. “정말로 그러려고 애쓰고 있다고요. 그런데 당신이 하는 말은 제 귀에 하나도 안 들어와요.”

“책을 빌리실 건가요? 혹시 제가 도와드릴 게 있다면 뭐든 말씀하세요.” 아브릴이 절박한 심정으로 말했다. “이사벨 아옌데의 책이라면 거의 다 있는데, 혹시 『영혼의 집』을 읽고 싶지 않으세요?”

“글쎄요, 나는 워낙 책을 안 읽는 편이라.” 독백이 중단되었지만, 롤라는 유머 감각을 조금도 잃지 않고 대답했다. 하기야 그녀는 마음만 내키면 언제든지 다른 이야기를 꺼낼 수 있으니 여유를 부릴 만도 했다. “독서는 매우 고독한 활동인 반면, 나는 사교적인 사람이에요. 친구들과 이야기를 나누는 것보다 더 좋은 것은 거의 없답니다. 단, 목이 쉬지 않는다면 말이죠.”

“그럴 일은 없겠죠!” 아브릴이 입속말로 투덜거렸다.

“롤라 부인한테 왜 그 책을 권했죠?” 알렉스가 바닥에 앉은 채 물었다. “일주일 내내 책을 붙들고 있게 하려고 일부러 긴 책을 고른 거예요?”

“내 기억에 주인공 중 한 명이 오랫동안 말을 하지 못하거든요.”

“롤라 부인 아니세요? 여기서 만나다니, 정말 반가워요.”

그때 앙헬이 문틈으로 고개를 내밀며 대화에 끼어들었다.

아브릴은 크리스마스트리 조명을 걷어내던 밤에 자신을 잡아먹으려고 한 늑대를 앙헬이 데리고 들어오자 기겁을 했다. 더구나 녀석은 식품 저장실에 있던 식량 절반을 먹어치우고, 부엌이 불편했는지 알렉스의 방에 가서 태평스럽게 자지 않았던가. 앙헬이 목줄과 리드줄을 붙들고는 있었지만, 녀석은 자기를 구해준 이를 발견하자마자 앙헬의 손에서 단숨에 벗어나 책상 아래로 달려갔다.

"울피!"

알렉스와 늑대개는 한데 뒤엉켜 나무 바닥을 데굴데굴 굴렀다. 녀석은 발로 장난을 치고 알렉스를 핥느라 정신이 없었다. 아브릴은 그들과 부딪히지 않도록 발을 오므렸다. 그런데 앙헬이 난데없이 나타난 것도 모자라 야생동물까지 난입해 알렉스와 소동을 벌이고 있는데도 롤라 부인은 여전히 장광설을 늘어놓고 있었다. 아브릴은 그 장면을 보면서 경악했다. 그 무엇도 롤라를 막을 수는 없었다. 아브릴은 하마터면 화를 버럭 낼 뻔했지만, 그 순간 약사와 눈이 마주쳤고 그에게 소리 없이 구조 요청을 보냈다.

"저랑 잠깐 약국에 가지 않으실래요?" 앙헬은 아브릴에게 눈을 찡끗해 보이고는 임기응변으로 말했다. "평소 복용하시는 혈압약이 마침 어제 들어왔거든요."

"어쩜, 친절하기도 하셔라. 하지만 좀 기다려도 괜찮을 것 같은데요. 약은 아직 남아 있거든요. 제가 월말하고 보름을 착각하는 바람에 말이죠. 그래서……"

"그러지 말고 같이 가요, 롤라. 약국에 도착하자마자 약을 드릴게요. 그러면 또 약을 타려고 기다릴 필요도 없잖아요." 앙헬은 불사신 같은 여자의 팔짱을 끼고 데리고 나가면서 말했다. 사서의 시야를 벗어나기 직전 그는 돌아서서 아브릴에게 환한 미소를 지어 보였다. "나중에 알렉스한테 좀 전해주세요. 개와 다 놀고 나면 오후 한시에 베르무트라도 한 잔 마실 겸, 개를 데리고 나한테 오라고요. 그리고 유기견 보호소에서 새 주인을 찾는 동안 내가 울피를 임시로 맡아 기를 거라는 말도요."

"당신은 정말 천사* 같은 분이군요." 롤라 부인의 목소리가 점점 더 아득히 멀어져가자 아브릴은 한숨을 내쉬었다.

알렉스는 늑대개가 너무 기뻐하며 날뛰는 통에 의자를 책상 옆으로 밀어놓는 게 좋겠다고 생각했다. 잠시라도 앙헬이 천사가 아닐까 하던 아브릴의 생각은 일순에 사라졌다. 어쨌든 천사 같다는 사람이 지옥의 짐승을 다시 여기로 데려온 셈이었다.

---

* 스페인어로 '앙헬(Ángel)'은 '천사' '수호신'을 뜻한다.

파르바티는 목요일 뜨개질 모임에 가져가기 위해 닭고기, 자두, 설탕에 절인 토마토와 양파, 시금치를 넣은 파이를 만들었다.

"『애거사 레이즌과 죽음의 키슈*』에 나오는 키슈랑 비슷하네." 추리소설의 팬인 마리아가 말했다.

"〈카다시안 패밀리〉의 인스타그램 팔로워들을 전부 먹이고도 남을 만큼 큰 키슈예요." 자우메가 놀리듯 말했다.

"정말 맛있네요." 발아래에서 울퍼가 졸고 있는 가운데, 알렉스는 키슈를 입안 가득 넣고 우물우물 씹으며 말했다.

파르바티는 알렉스에게 레드와인 한 잔을 건네며 미소 지었다. 밖에는 비가 내리기 시작했지만, 그들은 안전하고 따뜻한 도서관 안에서 책과 양모 실타래, 그리고 좋은 친구들에 둘러싸인 채 저마다 뜨개질에 몰두하고 있었다. 앙헬은 안락의자에 등을 기대고 편하게 앉아 있었는데, 무릎에 놓여 있는 편물이 당장이라도 떨어질 것처럼 아슬아슬해 보였다. 자우메와 로사는 거의 다 완성된 래번클로 파란색 목도리 길이를 비교하며, 끝을 은색 방울술이나 프린지 중 하나로 마무리할지, 아니면 아무 장식 없이 마무리할지 의논하고 있었다. 마리아

---

* 달걀, 치즈, 생크림에 채소와 베이컨 등을 넣어 만든 파이의 일종.

는 평소와 마찬가지로 안절부절못하며 자주 자리에서 일어나 자기 의자의 쿠션을 이리저리 흩어놓거나, 집에서 가져온 짭짤한 미니 크루아상을 쟁반에 올려 냅킨과 함께 다른 이에게 건네주기도 하고, 벽난로를 뒤적여 삐져나온 장작의 위치를 옮기곤 했다. 파르바티는 곁눈질로 도서관의 정경을 흘끔거리며 기쁨에 겨운 나머지 한숨을 지었다. 이렇게 마음이 편안한 건 정말 오랜만이었다. 그녀는 잔에 술을 따르고, 사서 옆의 자리로 돌아가 대화를 이어나갔다.

"이건 시금치 파이인데……"

"엄청 크네!" 마리아가 웃으며 말했다.

"……나눠 먹으려고. 우리 아이들이 가장 좋아하는 거야."

"자녀들이 이런 맛있는 음식을 두고 어떻게 떠날 수 있었는지 모르겠네요, 파르바티." 알렉스가 말했다. "지금도 당신을 무척 그리워하고 있을 거예요. 아, 단지 음식 솜씨 때문에 그리워할 거라는 뜻은 아니에요." 그가 서둘러 덧붙였다.

"그게 인생의 법칙인데 어쩌겠어요. 물론 부당한 법칙이기는 하지만요. 요즘 세상에서 우리 같은 부모는 아이들에게 방해만 될 뿐이죠. 가까이 있으면 아이들의 날개를 꺾고, 사랑과 보호라는 명목으로 그들을 못살게 굴 뿐일걸요. 하지만 나는 우리 부모님이 돌아가실 때까지 함께 살았는데, 그분들의 사랑과 조언 덕분에 힘들었던 적은 단 하루도 없었죠."

"여보, 당신은 부모님 말씀을 잘 안 들었잖아." 자우메가 뜨고 있던 목도리에서 눈을 떼지 않고 그녀의 말을 가로막았다.

"그랬을 수도 있지." 파르바티가 인정했다. "하지만 나는 아이들에게 아무런 조언이나 충고도 하지 않겠다고 마음먹을 만큼 현명하다고."

자우메가 장난스럽게 헛기침을 하자 울피가 잠에서 깼다. 녀석은 기지개를 켜고 하품을 하더니 고개를 들어 아브릴을 쳐다보았다. 본능에 가까운 충직함을 보이는 개들답게 녀석은 조심스럽게 사서에게 다가가 커다란 털북숭이 머리를 그녀의 무릎 위에 올려놓았다. 충격에 휩싸인 아브릴은 온몸이 굳어버린 듯 꼼짝도 하지 않았다.

"저 개를 보니까 내 동생이 데리고 다니던 양치기 개가 생각나네." 파르바티가 말했다. "부모님이 몇 달 간격으로 돌아가셨을 때 다루는 정말 힘들어했어. 어찌나 슬퍼하던지, 음식을 만들 때는 아무 핑계를 대서라도 그 아이를 밖으로 내보내야 했다고. 안 그러면 음식을 제대로 만들 수가 없었으니까. 어쩌면 그건 나 자신의 슬픔, 아니, 우리 모두의 슬픔이었는지도 몰라. 그 개도 저렇게 그 아이의 마음을 달래주곤 했지. 고아가 된 내 동생의 무릎 위에 자기 머리를 올려놓고 말이야."

"슬픔과 상실감에 대처하는 개 치료법." 앙헬은 눈을 지그시 감은 채 중얼거렸다. 그는 와인잔을 안락의자 팔걸이에 조심스럽게 올려놓았다. 공처럼 감아놓은 다양한 색깔과 크기의 양털실 여섯 개가 그의 무릎 위에서 느린 리듬에 맞춰 흔들거리고 있었다.

"우리 사서가 정말 슬퍼하는 모습을 보고 싶으면," 푹 가라앉은 분위기를 바꾸기 위해 알렉스가 나섰다. "책장 모서리를 접으세요. 지금 울피는 대출 반납 기한이 지나서 사서 선생님께 잘 보이려고 저러는 거라고요. 안 그러니, 울피?"

어스름에 잠긴 채 알렉스는 아브릴의 손을 잡아 울피의 머리 위에 올려놓았다. 파르바티가 보기에 아브릴과 울피가 주고받는 눈빛 속에는 서로에 대한 공감과 고마움뿐만 아니라, 당장은 알 수 없는 무언가가 담겨 있는 것 같았다. 파르바티가 아브릴과 처음 대화를 나누었을 때 그녀는 혼란스럽고 지치고 슬퍼 보였다. 정확히 말하면, 슬퍼한다고 말하기는 어려울 듯하고, 난처함 혹은 죄책감을 느끼는 것 같았다. 아브릴이 느낀 죄책감이라는 건, 간단히 말해, 파르바티의 아이들이 어렸을 적에 바지를 흠뻑 적신 채 저녁을 먹으러 집에 돌아왔지만, 가면 절대 안 되는 옛 빨래터에서 놀았기 때문에 감히 입을 떼지 못하던 마음과 다르지 않았다. 회색 눈의 사서는 장난을 치기에는 나이가 너무 많았지만, 죄책감이 그녀를 괴롭히고 있었다.

파르바티가 무슨 생각을 하는지 알 수 있다는 듯, 그리고

그러다보면 진실에 너무 가까워질까봐 두렵다는 듯, 아브릴
은 치유의 힘을 지닌 그 늑대에게서 자기를 좀 구해달라고 간
절히 부탁했고, 화제를 바꾸려고 안간힘을 썼다.

"내일은 우리 독서클럽의 두번째 모임이 있는 날이니까, 모
두 『드라큘라』를 다 읽으셨기를 바랍니다."

"내일이 정말 기다려지네요." 파르바티가 웃으며 말했다.
"우리 모두 '당신을 만나려고 시간의 바다를 건너온' 것처럼
말이죠."

"혹시 영화를 보셨나요? 아, 제가 왜 미처 그 생각을 못했
을까요?" 알렉스가 농담조로 말했다.

"책을 다 읽었는데, 책에는 그 유명한 대사가 나오지 않아
서 영화를 보러 갔다니까요."

"그런데 소설이 훨씬 더 좋더라고요." 늘 깍듯하고 처세에
능한 로사가 명확히 말했다.

파르바티는 와인을 한 모금 들이켜고 목을 소파 등받이에
기대어 앉았다. 잔꽃들이 점점이 박힌 녹색 커튼으로 둘러싸
인 이 사각형의 공간 바깥의 어둠 속에는 여전히 눈이 내리고
있었다. 친구들이 활기차게 대화를 나누는 소리, 앙헬이 쌕쌕
코 고는 소리, 벽난로에 장작이 타면서 타닥거리는 소리, 그리
고 아브릴의 대바늘이 서로 부딪치는 소리를 자장가삼아 파
르바티는 잠시 눈을 감았다. 그날 밤 잠이 들려고 할 무렵, 파

르바티는 비록 아이들이 곁을 떠나고 없지만, 목요일 뜨개질 모임의 친구들과 함께 도서관에서 보내는 시간이 자신의 인생에서 가장 행복한 순간 중 하나로 영원히 남을 거라고 남편에게 고백했다.

11

뜨개질 모임이 열린 목요일에 울피를 쓰다듬어본 경험 덕분에 두려움은 많이 줄어들었지만, 비에야의 수의사들이 라세우두르젤이나 레이다 도내의 보호소에 울피를 맡길 곳을 찾을 때까지 아브릴이 녀석을 도서관에 받아주기는 불가능했다. 힘든 협상을 벌인 끝에 알렉스는 앞으로 롤라 부인의 슈퍼마켓에 직접 장을 보러 가기로 했고, 긴 갈색 머리와 빛나는 겨울의 회색 눈을 가진 아름다운 사서는 그 대가로 알렉스가 울피와 하루를 보낼 수 있도록 허락해주었다. 단, 밤에는 앙헬이 녀석을 자기 집으로 데려가는 조건으로 말이다.

"만약 늑대개가 나를 죽이면, 내가 유령이 돼서 가장 먼저 찾아갈 사람은 당신일 거예요." 아브릴은 귀엽게 얼굴을 찡그리며 을러댔다.

"여전히 『폭풍의 언덕』을 읽고 있어요?"

"아뇨, 지금은 이걸 읽고 있어요." 그녀는 밝은색 표지의 얇은 책 한 권을 그에게 보여주었다.

"『굿바이 미스터 칩스』." 알렉스가 제목을 읽었다. "제임스 힐턴. 무슨 내용이죠?"

"영국의 한 교사의 이야기를 통해, 우리가 저마다 진정한 자기 자신이 될 수 있게 해주는 힘으로 어려운 시기에 맞서 싸운다는 내용이 담겨 있어요. 한마디로, 모든 것이 더 고상하고 투명하고 단순해 보였던 빅토리아시대의 영국에 대한 향수를 담고 있는 작품이에요."

"앞뒤가 안 맞잖아요. 전에 내게 찰스 디킨스에 대해 말했을 때, 빅토리아시대의 감옥은 그렇게 투명하거나 고상하지도, 단순하지도 않았다고요."

"교도소에서 복역하는 동안 무슨 책을 읽었어요?"

"컴퓨터는 근처도 갈 수 없는 처지인데다, 교도소 도서관에는 류츠신*의 작품이 한 권도 없었어요. 옛날에 나온 두꺼운 책밖에 없어서 헨리 제임스를 읽기 시작했죠."

"단지 감옥에 가두는 것만으로는 처벌이 충분하지 않았던

---

* 『삼체』를 쓴 중국 SF 작가.

모양이네요."

"그다음에는 『레 미제라블』을 읽어봤어요."

"그걸 다 읽으려면 더 오래 복역해야 했을 텐데요."

"어쨌든 지금도 류츠신을 가장 좋아하지만, 『삼총사』 『아이반호』 『주홍글씨』가 내 취향에 맞는 것 같아요."

"그렇다면 다음 독서클럽 모임에 내가 선정한 책이 마음에 들 거예요."

구름 한 점 없이 평온한 금요일 아침, 알렉스는 울피와 함께 조깅을 하러 밖으로 나섰다. 일주일 내내 눈이 내렸지만, 그리 많이 오지 않았기 때문에 마을에서 산으로 이어지는 전나무 숲길은 미끄럽지 않아 별문제 없이 지나다닐 수 있었다. 바람이 몰아치지 않은 곳의 나뭇가지들은 녹청색과 하얀색이 조화를 이루고 있는 반면, 숲의 나머지 부분은 대부분 초록색, 빨간색, 금색으로 남아 있었다. 겨울의 마지막 색깔들이 곧 봄에 굴복할 테지만, 어쩌면 그때쯤 그는 이미 이곳을 떠난 뒤라 봄눈 녹는 계절을 누리지 못할지도 몰랐다. 갑자기 이곳을 떠나는 것이 오랫동안 기다려온 새로운 삶의 시작이 아니라 또 다른 형벌이라도 되는 것처럼, 가슴 저리는 슬픔이 밀려왔다. 그가 아브릴을 남겨두고 떠나는 게 얼마나 힘들고 고통스러운 일인지를 처음 깨닫게 된 것은 바로 그때였다.

알렉스는 아침에 잠이 덜 깬 듯한 그녀의 얼굴과 어깨와 등

으로 흘러내리는 웨이브 진 머리, 생각을 정직하게 드러내는
간결하면서도 명확한 말투, 그리고 자신의 마음을 꿰뚫어보
는 듯한 호기심어린 눈빛이 좋았다. 그녀의 꾸밈없이 솔직한
태도, 소탈하고 진실된 마음은 소란스럽고 과시하는 무리가
판을 치는 세상에서 빛을 발했다. 아브릴은 남을 기만하는 일
도 없었고, 겉치레를 하거나 소란을 피우지도 않았고, 고독한
침묵 속에, 분명한 성격 속에, 무심한 표정 속에, 수시로 책장
을 넘기는 모습 속에, 심지어 도서관에 있는 거대한 플라스틱
떡갈고무나무에 대한 묘한 혐오감 속에, 스스로도 알지 못하
는 사이에 아름답고 고결한 모습을 드러냈다.

알렉스는 도서관의 유일한 전등 아래에서 아브릴과 함께
소파에 앉아 밤을 보내는 데 금세 익숙해졌다. 아브릴은 항상
다리를 꼬고 한 손으로 책을 눈높이까지 들어올리거나, 책이
너무 크면 쿠션 위에 올려놓고 고개를 살짝 숙인 채 읽었다.
눈 내리는 창밖의 야경을 배경으로 그녀의 옆모습이 섬세하
게 드러났다. 그럴 때면 손을 뻗어 그녀의 머리카락을 손가락
으로 부드럽게 쓸어넘기거나, 창백한 뺨을 감싸안으며 엄지
로 그녀의 입가를 애무하고 싶은 유혹이 강하게 일었다.

"우는 거예요?" 무언가 이상한 낌새를 눈치챈 그가 불쑥 물
었다.

"미스 해비샴 때문에요. 도저히 눈물을 참을 수가 없어요.

그래도 그녀가 조수석에 서스데이 넥스트*를 태우고 컨버터블을 전속력으로 모는 모습을 상상하면 조금 마음이 가라앉아요."

"다 『위대한 유산』에 나오는 이야기인가요?" 알렉스는 아브릴의 무릎에 놓인 책을 가리키며 물었다.

"왜 그렇게 심각한 표정으로 나를 쳐다보는지 모르겠네요. 당신 눈에는 내가 몹시 비참해 보이는 모양이군요."

"당신은 똑똑하면서도 엉뚱하고, 웃기면서도 슬퍼 보여요."

"일부러 웃기려는 게 아니에요. 모두 진심으로 하는 말이라고요."

"당신이 슬픔에 잠겨 있어서 오히려 웃겨요."

"아무 의미도 없는 말이잖아요."

"그럼 대체 뭐가 의미가 있죠, 아브릴?"

"글쎄요. 내게 일어나는 모든 일에 의미가 있다고 믿고 싶어요. 그렇지 않으면 당장 이불 속으로 들어가서 다시는 나오지 않을 거예요. 심지어 그린치가 와서 도서관 문을 열어달라고 해도 어림없다고요."

"그린치는 우리 도서관에서 책을 빌려간 유일한 사람이에

* 재스퍼 포드가 쓴 역사 판타지 소설 『책 속에서 길을 잃다』의 주인공. 찰스 디킨스의 『위대한 유산』에서 차용된 인물 미스 해비샴이 서스데이 넥스트의 멘토로 등장한다.

요. 어쩌면 우리는 그를 위해 사회복지사업을 하고 있는 건지도 몰라요."

"나는 이미 끝났어요. 그러니까 할 수 있을 때 살 길을 찾아가요." 아브릴은 『위대한 유산』을 펼치더니 큰 소리로 읽기 시작했다. "'그가 도착했을 때, 나는 그에게 나와 같은 슬픔을 겪지 않게 해야겠다고 생각했다.'"

"이 세상 모든 것에 다 의미가 있을 필요는 없잖아요."

"그렇지만 우리는 책을 읽으면서 항상 의미를 찾으려고 하죠." 아브릴은 다시 두꺼운 디킨스의 책을 가리키며 말했다. "소설은 허구일 뿐이에요. 그런데도 우리는 삶에 존재하지도 않는 논리적인 일관성과 진실성을 소설에 요구한다고요."

"그런 눈으로 보지 마요. 나는 브랜던 샌더슨의 열렬한 팬이라고요."

"그래도 샌더슨의 세계에는 의미가 있어요."

"그의 세계는 현실보다 훨씬 더 독창적이고 기발하죠."

"당신은 제대로 된 사람들을 잘 모르니까 그런 말을 하는 거예요."

"나도 당신과 처음 이야기를 나누면서 그 사실을 깨달았어요."

"아무리 그럴듯한 말로 사탕발림을 하더라도 나는 요리할 생각은 없어요."

"아이고, 고마워라! 그럼 『올리버 트위스트』나 큰 소리로 읽어주세요."

"이건 『위대한 유산』이에요."

"그 말은 미스 해비샴한테 하시고요."

알렉스는 자신이 아브릴과 대화할 때 얼마나 마음이 편안하고 즐거운지 마르셀로에게 말한 적이 있었다. 늘 짧은 문장으로 이야기하고, 가끔씩 자기도 모르는 사이에 조금 신랄한 말을 내뱉기도 하고, 애써 울적한 기분과 죄책감에 사로잡혀 있으려고 하면서도 호기심을 감추지 못해 눈을 반짝거리는 그녀의 모습을 떠올리면서 말이다. 마르셀로는 알렉스에 대해 너무나 잘 아는 터라, 그녀와 사랑에 빠졌는지 툭 터놓고 물었다. 하지만 알렉스는 뭐라고 대답해야 할지 몰라 망설였다. 트레비예스에서 머물 날이 얼마 남지 않았다는 것을 알기에 자신의 감정을 인정하면 괜히 일이 복잡해질 것 같았기 때문이었다. 일반적으로 해커들은 실리를 중시하는 사람들이었다. 사랑에 빠진다는 건 트로이 목마의 소스 코드를 건드리는 것과 다르지 않아서, 일단 안으로 들어가면 무사히 빠져나오기가 불가능하다는 것쯤은 잘 알고 있었다.

숨을 헐떡이면서 행복한 표정을 지으며 뒤쫓아오는 울피와 함께 도서관으로 돌아오는 길에 알렉스는 길가의 경사진 검은색 지붕과 아름다운 저택의 후면을 보고 어리둥절해하며 걸음을 멈추었다. 큰길을 통해 광장으로 가는 대신, 그 길을 지나온 것은 그때가 처음이었다. 그런데 그때 그는 자기가 머물고 있는 집의 정원에 접해 있는 길 모양이 뭔가 범상하지 않다는 것을 깨달았다. 조금 부자연스러운 듯한 길의 형태와 가장자리, 주변의 초목, 마을 광장과 이처럼 가까운 곳에 다른 길과 집이 전혀 없다는 점이 이상했다. 아무튼 그는 며칠 동안 계속 눈비가 내리는 바람에 정원 손보는 일을 차일피일 미루고 있었지만, 날이 개면 주말 동안 사라진 항아리의 미스터리를 풀겠다고 다짐했다.

"결말이 마음에 안 들더군요."

그린치는 다른 사람들과도, 도서관에 유일하게 켜진 전등으로부터도 조금 떨어진 곳에 앉아 평소처럼 빅토리아시대의 보좌신부 같은 표정을 짓고 있었다. 더구나 벽난로의 활활 타오르는 불꽃이 벽에 춤추는 그림자를 드리우면서 그의 얼굴에 만성적 우울이 현연하게 드러났다. 밖에는 계속 비가 추적추적 내리고 있었고, 도서관 안의 풍경은 목요일과 비슷해 보였다. 부츠와 장화는 현관문 옆에 가지런히 놓여 있었고, 우산과 아노락은 옷걸이에 걸려 있었으며, 모두 양말만 신은 채 편안하게 자리에 앉아 있었다. 달라진 것이 있다면 대바늘과 털실이 『드라큘라』로, 파르바티의 시금치 파이가 다양한 치즈와 제철 과일이 가득 담긴 멋진 쟁반으로 바뀐 정도였다.

"그러면 나머지는 다 마음에 든 모양이군요." 파르바티가 밝은 목소리로 결론지었다.

그러자 그린치는 '아직 당신을 명예훼손으로 고소하지는 않았지만, 곧 할 테니 기다려봐'라고 말하는 듯한 눈빛을 던지며 되받아치려 했지만, 바로 그 순간 앙헬이 코를 고는 바람에 기회를 놓치고 말았다. 집요하게 치즈에 코를 대고 킁킁대는 울피를 떼어놓느라 자리에서 일어난 알렉스만이 놀라운 장면을 목격했다. 그토록 부루퉁하고 침울해 보이던 남자가 평소 아브릴이 밤에 책을 읽을 때 사용하는 담요를 집어들더니, 한꺼번에 여러 일을 하느라 늘 지쳐 있는 앙헬에게 덮어주는 것이 아닌가. 그것도 한없이 부드럽고 다정한 표정을 지으며 말이다. 그의 까칠한 말투와 퉁명스러운 태도가 그 표정 속에서 봄눈처럼 사르르 녹아내리는 것 같았다. 그리고 이 세상에서 시간만큼이나 복잡한 언어를 해석할 수 있는 사람은 트레비예스의 유일한 경찰관인 그린치밖에 없을 거라는 생각이 들기도 했다. 사서 옆자리로 돌아가면서 알렉스는 그제야 인생의 단순함에 대한 교훈을 깨닫고 자신의 아둔함과 미숙함을 자각했다. 우리는 사랑하는 사람들을 지키고 보호한다. 삶은 먹고 남을 정도로 많은 음식을 만드는 것만큼, 죽어가는 시골 마을을 살리기 위해 대학으로 돌아가는 것만큼, 화려한 크리스마스의 조명으로 1월의 잿빛 풍경을 밝히는 것만큼, 밖에 비가 내리는 동안 노란 담요로 누군가의 몸을 덮어주는 것만큼, 집에 가기가 무서워 눈 위에 누워 있는 여자아이를 데리러 가는 것만큼이나 단순하다.

"그건 절대 엉뚱한 소리가 아니에요." 그린치가 말한 뒤 이어진 어색한 침묵을 깨기 위해 아브릴이 목을 가다듬으며 말했다. "출간 당시는 물론, 그 이후 수많은 독자들이 같은 비판을 했어요. 스토커의 소설은 독자들을 지속적으로 긴장하게 만들었지만, 어쩌면 결말은 너무 성급하게 막을 내려버린 것인지도 몰라요."

"반 헬싱, 조너선, 그리고 자기 피를 바친 나머지 무리의 어리석은 행동은 말할 것도 없지요." 그린치가 덧붙여 말했다. "루시가 그런 일을 겪고 나서 그들은 더 조심해야 했어요. 미나에게 무슨 일이 벌어지고 있는지, 왜 그렇게 늦게까지 알아차리지 못한 거죠? 그들이 그러잖아요, 미나가 창백해지고 잠만 잔다고요. 아, 그런데 왜 그런 걸까요?"

"하지만 작가가 일부러 그렇게 쓴 거예요." 마리아가 끼어들었다. "최고의 추리소설 작가들은 의도적으로 독자가 탐정보다 더 많은 정보를 얻게 해준다고요. 말하자면 독자가 등장인물보다 한 발 앞서가도록 만드는 거죠. 그러면 서스펜스가 증가하니까요."

"맞아요." 사서는 제자를 자랑스러워하는 선생처럼 흐뭇한 미소를 지었다. "스토커는 독자에게 전체를 파악할 수 있는 특권을 부여해서 긴장감과 공포를 고조시키죠. 독자는 루시에게 무슨 일이 일어나고 있는지 알 수 있어요. 독자는 줄거리가 어떻게 전개되는지, 또 각 인물이 어떤 진술과 증언을 했는지 알고, 이를 통해 렌필드, 잭 수어드 박사, 그리고 미나의 퍼즐 조각을 맞춰볼 수 있으니까요."

"위키피디아에서 읽었는데요." 그때 알렉스가 마치 학창 시절로 돌아간 것처럼 손을 번쩍 들며 끼어들었다. "브램 스토커가 어머니 샬럿 스토커의 제안을 받아들여 소설의 마지막 단락을 삭제했답니다. 그 부분이 에드거 앨런 포의 「어셔가의 몰락」과 너무 비슷했기 때문이래요."

"위키피디아라는 건 시간이 남아도는 사람들이 꾸며낸 이야기를 모아놓은 곳인 줄 알았는데." 그린치가 투덜거렸다.

"혹시 에드거 앨런 포의 『기이한 이야기』를 읽어보셨는지 모르겠지만……"

"핼러윈 때요! 핼러윈에 맞춰 읽기로 해요." 파르바티가 신나서 말했다.

그러자 그린치는 레몬을 씹은 듯한 표정으로 파르바티를 바라보며 재빨리 알렉스와 아브릴을 가리켰다.

"우리 마을의 사서들에게 그런 제안은 전혀 중요하지 않아요."

"……아무튼 『드라큘라』는 포의 책에 실린 이야기들과 상당한 유사점이 있어요." 사서는 꿋꿋하게 말을 이어나갔다. "다른 빅토리아시대 공포소설들도 마찬가지고요. 브램 스토커가 참고한 헝가리의 바토리 에르제베트* 백작부인이나 루마니아 관련 자료는 굳이 언급하지 않더라도 말이죠."

"태양 아래 새로운 것은 없어요."

"모든 것이 쓰여 있으니 더이상 새로운 것을 만들어낼 수는 없지요. 셰익스피어가 이미 모든 것을 썼죠. 복수, 욕망, 야망, 피의 숙청, 사이코패스, 전쟁, 요정, 마법, 탐욕, 질투, 인스타러브** 등 전부 다."

"인스타러브가 뭐죠?"

"『로미오와 줄리엣』."

"하지만 셰익스피어는 그리스신화에서 영감을 얻었고, 그다지 독창적이지도 않았죠."

"그렇다면 그 모든 것을 쓴 게 제우스란 말인가요?"

---

* 역사상 가장 유명한 연쇄살인마 가운데 하나로, 자신의 젊음과 미모를 유지하기 위해 수백 명의 젊은 여성을 살해하고 그들의 피로 목욕하여 '피의 백작부인'이라는 별명이 붙었으며, 뱀파이어 전설의 모델이 되었다.

** 첫눈에 반하는 사랑을 의미하는 신조어.

아브릴은 입가에 잔잔한 미소를 지으며 의자에 파묻히듯 기대어 앉았다. 어쩌다 화제가 『드라큘라』에서 제우스로 넘어갔는지 모르겠지만, 그녀는 첫번째 독서클럽이 마음에 들었다. 참가자들 간의 활발한 토론을 흥미와 호기심이 가득한 눈빛으로 지켜보던 그녀는 대화가 점차 시들해지자 조용히 나서며 클럽의 첫 독서 토론 활동이 성공적으로 마무리되었음을 선언하고, 두번째 추천 도서를 발표하겠다고 알렸다. 그녀는 사라토가 트렁크를 열고 조심스럽게 여섯 권의 책을 꺼낸 다음, 벽난로 앞에 서서 다른 사람들이 제목을 미리 알 수 없도록 책등을 자기 쪽으로 돌렸다.

"검술, 싸움, 고문, 독." 그녀는 마치 연극 무대에서 대사를 읊듯이 문학의 전체 역사를 가장 잘 요약해주는 주제를 하나하나 읽었다. "진정한 사랑, 증오, 복수, 거인, 사냥꾼, 나쁜 남자, 좋은 남자, 절세미인, 뱀, 거미, 온갖 형태의 다양한 짐승, 고통, 죽음, 용감한 자, 겁쟁이, 힘이 장사인 자, 추격, 도주, 거짓말, 진실, 열정, 기적."

"원하시는 대로!"* 그린치를 제외한 모든 이들이 일제히 외쳤다.

"그 책 읽어보셨나요?"

---

* 윌리엄 골드먼의 소설 『프린세스 브라이드』에서 주인공 웨슬리가 버터컵의 부탁을 들어주며 자주 하는 말.

"영화로 봤어요."

"그럼 윌리엄 골드먼의 소설은 처음인가요?"

그린치를 제외하고 모두 고개를 끄덕였다. 그린치는 당황한 벨로키랍토르의 표정으로 계속 아브릴을 바라보고 있었다.

"'내가 쓴 책 중에서 지금도 내가 가장 좋아하고 아끼는 것이 있다면 바로 이 책이다. 돌이켜보면 이 책을 나 혼자 썼더라면 얼마나 좋았을까 싶다.'" 아브릴은 프롤로그의 첫 문장을 읽었다. 그리고 사람들에게 책을 나누어주면서 알렉스에게 한쪽 눈을 찡긋해 보였다. 그러고는 마지막으로 남은 책을 그에게 건넸다. 그건 그들이 일주일 동안 함께 읽을 책이었다. "윌리엄 골드먼의 『브라이드 프린세스』."

12

2월의 나날이 흘러갔고, 이제 더이상 눈이 내리지 않았다. 새벽녘에는 밤이슬의 손가락이 닿은 곳에 정교하게 그려진 서리 그림이 여전히 남아 있었지만, 갈수록 밤이 짧아지면서 트레비예스 외곽의 숲에는 하늘이 점점 밝은 빛으로 채워지고 있었다. 아브릴은 그제야 아래층 창문의 라일락꽃이 수놓인 커튼을 쳐놓은 적도, 니스칠이 된 두꺼운 나무 덧문을 닫은 적도 없다는 것을 깨달았다. 문을 두드릴 필요가 없는 오랜 친구처럼, 기척이 들리지 않아도 항상 곁에 있는 친구처럼 밤과 낮은 도서관에 마음껏 들락거렸다. 두번째 찻잔을 손에 들고 양말을 신은 채, 그녀는 나무 바닥을 부드럽게 어루만지는 아침햇살 속에서 한들한들 춤을 추는 쪼그마한 먼지 요정들을 보며 즐거워했다. 그러다 주머니 속에 뭔가 묵직한 게 느껴져 손을 넣어 뒤적여보았더니 휴대전화가 들어 있었고, 그녀는 충동적으로 할머니에게 전화를 걸었다.

"잘 지내고 있니?"

"그럼."

"성인이 된 이후로 나한테 먼저 전화한 건 처음이구나."

"오늘은 그냥 먼저 전화해보고 싶은 기분이 들었어."

"네 목소리가 밝아서 나도 덩달아 기분이 좋구나. 도서관은 잘되고 있니?"

아브릴은 도서관 운영 시간과 새로 설치한 도서 대출 시스템에 대해, 그리고 트레비예스 주민들이 독서에 관심이 부족하다는 이야기를 전했다.

"매주 책을 읽으면서 만족스러워하는 독서클럽 회원들을 제외하면, 할머니가 왜 도서관을 다시 열려고 했는지, 왜 이 집을 그렇게 깨끗하게 치우고 환기를 시켰는지 난 도무지 이해가 안 돼."

"거기 있는 책들을 모두 못 쓰게 만들면 너무 안타깝지 않겠니. 그리고 그 집은 아무렇게나 방치하기에는 너무 소중하고 아름답단다. 그러니 잘 돌봐야지. 그래서 거기 상주할 사서가 필요한 거야. 도서 카탈로그를 디지털화하고 대출 시스템을 운영할 컴퓨터 기술자도 필요하고."

"그렇다고 우리가 눈코 뜰 새 없이 바쁠 거라고 생각하지는 마." 아브릴은 퍼즐의 한 조각을 놓친 것 같은 느낌이 들었지만, 당분간 더이상의 답을 얻지 못할 것이라는 사실을 깨닫고 말했다. "지난주에는 거의 매일 아침 브램 스토커의 책을 읽었어."

"'피는 생명이다!'" 바르바라가 책 속 한 구절을 인용했다.

"이번주에는 『프린세스 브라이드』를 읽으면서 보내야 할 것 같아. 알렉스는 밤에 읽을 거야. 서로 책 한 권을 돌려가며 읽거든. 그런데 할머니가 여기 살 때, 지금 우리보다 더 바빴는지 궁금해. 나는 할머니가 유럽에서 가장 훌륭한 사서라고 생각하는데, 생각해보니까 왜 여기를 떠났는지 물어본 적이 없는 것 같아."

"손주들을 돌보고 싶었는데, 그 당시부터 트레비예스는 텅 비어가기 시작하더구나. 젊은이들은 공부하러 도시로 떠났다가 돌아오지 않았고, 어른들은 그나마 얼마 안 남은 가업과 농작물을 지키느라 바빴지. 그리고 노인들은 더이상 책을 읽지 않았어. 심지어는 양들도 그곳을 떠나기 시작했지. 거기 계속 남아 있다가는 아무도 펴보지 않는 책들처럼 잊히고 먼지가 쌓여 버려질 것 같았어."

할머니의 말에 이중적인 의미가 담겨 있었는지 몰라도 아브릴은 이를 완전히 무시했다. 아브릴이 고통과 수치심에서 벗어나기 위해서는 여기보다 더 완벽한 장소는 없었다. 그 어떤 책도 절대 그녀에게 엄격한 잣대를 들이대지 않을 테고, 트레비예스 주민들도 그녀의 과거를 전혀 몰랐기 때문이다. 아브릴은 거실을 가로질러 정원을 향해 가는 알렉스의 발소리에 정신이 팔렸다. 그는 고개를 끄덕하며 그녀에게 인사하더니, 정원 문턱에 멈춰 서서 부츠와 고글, 장갑을 착용했다. 혹시 전기톱을 쓰다가 무슨 사고라도 날까봐 울피는 앙헬에게 맡겨놓은 후였다. 알렉스는 문을 열고 자신의 무기를 고른 다음, 전원을 켜기 전에 정글을 마주보면서 엄숙하게 외쳤다.

"안녕, 내 이름은 이니고 몬토야다. 넌 내 아버지를 죽였지, 이제 죽을 준비를 해라.'"

"내 말 듣고 있니?" 수화기에서 할머니의 볼멘소리가 흘러나왔다. "이게 다 무슨 소리지?"

"정원사 때문에." 아브릴이 웃음을 참으며 말했다.

"존 러카레이 소설 속 정원사니, 아니면 레지널드 아켈 소설 속의 정원사니?"

"내 정원사야."

"장미를 빨갛게 칠하지 않으면 목을 자르겠다고 협박하지 않기 바란다."

"최대한 참아볼게."

"그 사람과 잘 지내는구나." 바르바라가 어림짐작으로 말했다. "전과자와 마음이 잘 맞는 모양이야."

"굉장히 착해."

아브릴은 갑자기 목에 뭔가가 걸린 듯한 느낌이 들면서 삼키기가 힘들었다. 전혀 예상치 못한 순간마다 그의 착한 마음씨에 항상 감동받았기 때문이었다. 그녀는 그때껏 그것이 알렉스의 성격의 뚜렷한 특징이라는 것을, 그리고 그의 본성의 일부라는 것을 깨닫지 못하고 있었다. 그는 착하고, 재미있고, 똑똑하고, 관찰력이 뛰어나며, 정직했다. 오만과 독재정치, 약육강식의 논리가 지배하는 이 세기에 착하고 선량한 사람들은 바보나 약자로 치부되며 무시당했다. 마치 예의바르게 행동하고 미소를 짓거나 다른 사람을 돕는 일이 개인에게 해라도 되는 것처럼 말이다.

"언제 돌아올 거니?" 평소 손녀를 깜짝 놀라게 하기를 좋아하는 바르바라가 불쑥 물었다.

"아직은 돌아갈 생각이 없어." 아브릴은 솔직하게 대답했다. "어쩌면 여기서 영원히 살지도 몰라. 이 모든 고요함과 주변의 자연, 산과 추위, 늑대개, 또 그린치와 함께."

"네 말을 들으니 스티븐 킹의 소설만큼이나 매력적인 곳 같구나."

작별인사를 하고 전화를 끊고 나자, 아브릴은 전기톱이 어느 사이엔가 조용해졌고, 이따금 전지가위가 짤깍거리는 소리 외에 정원에서 아무 소리도 들리지 않는다는 사실을 알아차렸다. 그녀는 빼꼼 열린 문으로 다가가 고개를 내밀었다. 하지만 그녀의 시선은 열심히 작업에 몰두하고 있는 충직한 정원사에게 머물지 않고, 가장 큰 밤나무 줄기 뒤쪽에 어른거리는 불그스레한 빛에 이끌려 저 뒤의 담으로 향했다. 그녀는 서둘러 부츠를 신고, 소리치는 알렉스를 무시하며 베어낸 가시덤불과 잡초 새싹을 밟고 나아가 그 나무 옆에 멈춰 섰다. 그것들은 땅 깊숙이 묻혀 있지 않았고, 아마추어 고고학자들이 상상하는 것처럼 힘들게 파낼 필요도 없었다. 할머니의 항아리 세 개는 파손과 변질의 정도가 제각각이었고, 모두 담을 뒤덮은 담쟁이덩굴과 큰 밤나무 사이에 숨겨져 있었다. 정글 같은 정원이 초목과 덤불로 빽빽이 뒤덮여 있어 더이상 안으로 들어갈 수 없었던 터라 전에는 항아리들이 전혀 보이지 않았다. 시간이 흐르면서 색이 바랬지만, 항아리는 황갈색이었고 칠이나 장식의 흔적은 없었으며, 목이 좁고 손잡이는 곧고, 몸체는 아래로 갈수록 좁다란 형태로 운반에 용이하게 바닥이 뾰족했다. 가장 큰 항아리는 허리 높이에 이르렀고, 나머지 두 개는 조금 더 작았고 손잡이가 하나 없었다. 아브릴은 몸을 굽혀 항아리를 처음 만들 때 생긴 원형의 물레 자국을 손가락으로 훑으면서, 그 위 군데군데 덮여 있는 식물 잔해와 흙을 살펴보았다. 그녀는 손끝으로 곡선을 그리는 항아리 주둥이와 가느다란 목을 가볍게 쓸어내렸고, 마침내 항아리 뒷면을 확인할 때까지는 보이지 않던 타라코넨시스* 토기의 가장 두드러진 특징인 돋을새김을 확인하고는 몸을 부르르 떨더니 잠시 그대로 굳어버렸다. 할머니의 생각이 틀렸다. 그것은 단순한 항아리가 아니라, 토기 인장에 M. 포르치라는 원산지 표시가 선명하게 보이는 로마 와인 암포라**였다. 여기 담겼던 와인은 피레네산맥을 넘어 마르세유로, 그리고 거기서 로마로 보내지던 라예타니아*** 와인이었다. 무엇을 발견했는지 알렉스가 묻자, 그녀의 입에서 자세한 설명이 쏟아져나왔다.

"여태껏 우리는 눈뜬장님이나 다름없었다고요. 항아리가 땅속에 묻혀 있지도 않았는데 말이죠. 밤나무 뒤만 봤어도 쉽게 찾을 수 있었는데."

"내가 야생 지역이나 다름없던 이곳의 풀들을 다 베어낼 때까지는 저 밤나무가 있는 줄도 몰랐잖아요." 알렉스가 따지듯 말했다. "더구나 무엇을 찾고 있는지도 모르면, 찾기가 정말

---

* 고대 이스파니아 지역의 속주(屬州) 중 하나로, 오늘날 포르투갈 일부와 스페인 남부를 제외한 영토의 대부분을 포함한다.
** 고대 그리스 토기류의 하나로, 목 부분이 몸체에 비해 좁고 양쪽에 손잡이가 달린 토기.
*** 고대 이스파니아의 북동부 지역으로, 오늘날의 바르셀로나.

어렵죠."

"파울로 코엘료 소설을 읽고 있어요?"

"당신은 은혜를 모르는 사람이군요. 당신한테 뭐 하나 보여주려고 했는데, 그만둘래요.

"뭘 보여주려고 했는데요?"

"로마 와인에 대한 당신의 주장과 관련이 있는 거예요. 아무래도 며칠 뒤나 몇 주 뒤에 보여주는 게 좋을 것 같아요. 지금은 코엘료의 도서 목록을 작성하느라 너무 바빠서요."

"'왜 이렇게 나를 괴롭히는 거죠? 나의 고통을 비웃지 마요!'"

알렉스는 영문을 몰라 어리둥절한 표정으로 그녀를 바라보았다.

"『프린세스 브라이드』에 나오는 구절이에요." 그녀가 설명했다. "검은 복면을 쓴 남자와 버터컵이 험퍼딩크 왕자의 추격을 피해 달아날 때 나오는 대사죠."*

"아직 거기까지는 못 읽었어요. 어젯밤부터 읽기 시작했는데, 웨슬리가 한밑천 잡으려고 농장을 떠나는 장면까지 봤어요. 버터컵은 이제 더 건강한 위생 습관을 갖게 되었고요."

---

* 주인공 버터컵은 연인인 웨슬리가 죽었다고 오해하고 험퍼딩크 왕자와 결혼을 약속한다. 결혼 직전 검은 복면을 쓴 웨슬리가 등장해 버터컵을 납치해서 달아나는 장면이다.

"할머니의 암포라와 관련되어 있다던, 수수께끼 같은 것을
내게 보여줄 건가요?"

"마법의 주문이 뭐죠?"

"피에르토툼 로코모토르?"*

임시 정원사는 장갑을 벗고 시계를 힐끔 보더니 따라오라
는 손짓을 했다.

"내가 졌어요. 숲으로 산책하러 나갈 거니까, 따뜻하게 입
어요. 걱정하지 마요. 식전주 모임 시간에 맞춰 마리아의 카페
에 도착할 수 있으니까요."

"내가 걱정하는 건 숲 산책이에요. 난 소로**와 잘 맞지 않
는다고요."

"그 소로인가 뭔가 하는 사람하고가 아니라, 우리 둘이서
갈 거라고요. 그런 눈으로 보지 마요!" 그가 웃으며 말했다.
"웃자고 한 말이에요. 『정글북』을 쓴 사람 말하는 거잖아요."

그들은 마요르광장을 뒤로한 채, 그 놀라운 정원의 외벽을
돌아 마을 밖으로 나갔다. 그리고 광장 주변의 몇 안 되는 집

---

* 조각상이나 갑옷 따위를 움직이는, '해리 포터' 시리즈 속 마법 주문.
** 미국 시인, 수필가 헨리 데이비드 소로. 대표작 『월든』을 비롯해 숲과 자연
속에서의 생활과 사색을 담은 작품들을 남겼다.

들을 지나, 들판 가장자리에 난 자작나무 숲길로 들어섰다. 들판은 지난 세기 동안 밀과 귀리를 수확하던 땅이었지만, 지금은 2월의 맑은 하늘 아래에 스무 가지의 다양한 식물과 가시덤불에 침범당한 채 평온하면서도 야생 그대로의 모습을 하고 있었다. 아브릴은 진달래와 고산지대 관목들을 알아보았고, 그 주변의 모든 풍경을 묘사하는 말의 아름다움에 빠져 잠시 걸음을 멈추었다. 진달래와 라벤더는 그녀를 플로라 톰프슨의 '캔들포드'* 3부작으로 데려다주었고, 호수와 산들은 루시 모드 몽고메리의 『블루 캐슬』을, 밀밭과 양귀비 들판은 토머스 하디의 『성난 군중으로부터 멀리』를, 추운 아침과 지평선을 하얗게 뒤덮은 눈은 베른트 브루너의 탁월한 에세이 『겨울이 아직 겨울이었을 때』를 떠올리게 했다. 사람들은 종종 후각 기억의 낭만성에 대해 이야기했지만, 아브릴에게는 언어가 훨씬 더 생생하고 아름다웠다. 그녀는 그토록 강렬하고 풍부한 언어를 통해 다시금 책의 세계로 이끌렸고, 한때 거기서 삶보다 훨씬 더 특별한 대안을 발견했다. 어린 시절과 청소년기에 소설은 그녀에게 모험과 열정, 발견이었다. 오랜 세월 동안 책을 멀리하다 책과 다시 만난 지금, 독서는 전부 도피와 저항으로, 그동안 일어난 나쁜 일을 반복해서 떠올리는 기억

---

* 잉글랜드의 전원생활을 그린 소설.

을 속이기 위한 수단으로 변해버렸다. 잠수복을 입고 바닷속 깊은 곳의 적막에 싸인 채 계속 숨을 쉬는 잠수부처럼, 그녀는 하루의 대부분의 시간을 독서에 빠져 보냈다. 책에 파묻혀 있는 동안은 괴로운 일도, 가슴 아픈 일도 없었다.

"여기서 지름길로 가죠." 들판을 지나 숲속으로 들어갔을 때 알렉스가 불쑥 던진 말에 그녀는 생각에서 깨어났다. "『빨간 모자』의 길을 따라가면, 한참을 돌아가야 하거든요. 게다가 언덕 위에서 바라보는 풍경이 멋지고요."

"어떻게 그런 것까지 다 알고 있죠? 여기 온 지 얼마 안 되었잖아요. 나보다 늦게 왔으면서."

"매일 조깅을 하고, 마을 사람들과 이야기를 나누니까요. 괜찮다면, 아침에 나랑 같이 뛰는 게 어때요?"

"제안은 대단히 고맙지만 그러느니 차라리 아침에 독약을 마실래요. 그런데 왜 저기를 『빨간 모자』의 길이라고 하는 거죠?"

"여전히 늑대 생각에 사로잡혀 있군요."

"그거야 내가 할머니 집에 사니까 그렇죠."

알렉스는 그녀의 손을 잡아끌며 나직한 언덕 위 소나무숲을 가로질렀다. 그 바람에 그녀는 언덕을 오르면서 걸음을 재촉할 수밖에 없었다.

"왜 침낭 같은 옷을 입고 왔어요? 게이샤 같은 걸음걸이로는 거기까지 못 갈 거예요."

"따뜻해서 얼마나 좋은데요. 지퍼를 내릴 생각은 없어요."

"그러다 넘어져서 후드가 달린 남색 통나무처럼 굴러떨어질까봐 겁난다고요."

"조용히 좀 해요. 점점 롤라 부인을 닮아가네요."

알렉스는 아브릴의 손을 부드럽게 잡아당기며 둘 사이의 거리를 좁히다 그녀를 꼭 끌어안았다. 포옹은 마법처럼 어떤 외투도, 어떤 추위도, 그 순간이 아닌 다른 시간도 모두 사라지게 만들었다. 그러자 뜨거운 열기가 발끝에서 머리끝까지 파도처럼 솟구치며 아브릴의 뺨이 핑크색으로 물들었다. 그의 품에 안겨 있으니 오랫동안 눈길을 걷고 나서 도서관으로 돌아와 신발을 벗고 벽난로 앞 소파에 앉아 책을 읽는 듯한 기분이었다. 집으로 돌아와 크리스마스 날 아침에 첫번째 선물을 풀어보며, 이제야 소리와 분노로부터 벗어났다고 안도하는 느낌과 다르지 않았다. 그러다 몸안의 욕망이 깨어나 어떤 충동이 일어나려 한다는 걸 깨닫고, 마침내 타인의 품에 안겨 있다는 감각이 뚜렷해지자 아브릴은 그에게서 떨어져 한 발 물러섰다.

"우리가 왜 여기 서 있는 거죠?" 그녀는 목이 메어왔지만 아무렇지도 않은 척하기 위해, 그리고 숨이 막힐 때까지 그와 키스를 나누고 싶은 욕망을 감추느라 일주일처럼 길게 느껴지는 시간이 흐른 뒤 물었다.

"되나 안 되나 한번 시험해보려고요." 알렉스가 나직이 대답했다.

"뭘요?" 아브릴은 전혀 모르겠다는 양 다시 물었다.

"쿠퍼스 언덕 치즈 굴리기 대회처럼 당신을 언덕 아래로 굴려보려고요." 알렉스는 아브릴을 언덕 아래로 미는 시늉을 하며 말했다. 그리고 그녀를 놓아주고는 다시 그녀의 손을 잡고 걷기 시작했다. "이 속도로 가다가는 절대 도착 못할 거예요. 내가 마치 〈드라이빙 미스 데이지〉의 운전기사가 된 것 같은 기분이 드는군요."

아브릴은 그의 얼굴을 볼 수는 없었지만, 어쩌면 그의 목소리가 미세하게 떨린다고 상상했는지도 모른다. 그녀는 조금 전 일을 그저 친구 사이의 장난으로 여겨야 했다. 자신과 알렉스가 단지 우연히 한집에 같이 살게 된 관계 이상일 수도 있다고 계속 생각하다가는 오히려 두 사람 모두를 절망에 빠뜨리게 될지도 모르기 때문이었다.

"만약에 내게 보여주고 싶다는 것이 별 볼 일 없는 거라면," 아브릴은 욕망의 흔적도, 여전히 자신의 몸에 깃들어 있는 더운 기운도 모두 지우기 위해 즉흥적으로 말했다. "당신을 없애버릴 테니까 알아서 해요."

"저 위에 쌓인 눈을 봐요. 당신이라면 카라드라스 봉우리에서 사루만*의 주문을 걸 수도 있을 것 같은데."

"아니면 사고처럼 보이게 만들 수도 있겠죠."

이야기를 나누고 함께 웃느라 두 사람은 숨을 헐떡이며 정상에 도착했다. 그들의 발아래로 금빛, 빨간빛, 초록빛이 어우러져 굴뚝에서 연기가 피어오르는 검은 지붕의 집들이 옹기종기 모여 있는 트레비예스를 감싸고 있었다.

"보세요." 알렉스가 그녀에게 말했다. "여기서 보면 마요르 광장의 배치가 얼마나 이상한지 쉽게 알 수 있죠. 보통 광장은 마을 한가운데에 있어야 하고, 마을도 광장을 중심으로 개발되어야 하지만, 보다시피 한쪽으로 치우쳐 있어요. 마치 노른자가 서쪽 끝으로 밀려난 달걀프라이 같다고요."

"은유는 컴퓨터 엔지니어의 특기가 아니잖아요."

"그렇지만 우리는 절대 틀린 적이 없어요. 우리 도서관 정원의 굽이진 담을 따라 이어진 길 모양을 보세요. 뭔가 자연스럽지 않죠."

"로마 가도의 흔적일지도 몰라요." 아브릴은 알렉스가 가리키는 지점들을 유심히 살펴보며 한참을 생각한 끝에 결론지었다. "만약 트레비예스가 정원에 있던 고대 와인 암포라를 피레네산맥 너머로 수송하는 도중에 반드시 경유해야 하는

---

*J. R. R. 톨킨의 『반지의 제왕』에 등장하는 마법사. 반지 원정대의 활동을 방해하려고 주문을 걸어 눈사태를 일으킨다.

176

곳이었다면 말이 될 수도 있겠죠. 하지만 트레비예스라는 지명은 로마어에서 유래하지도 않았을뿐더러, 거리 배치도 마찬가지예요. 잘 보세요." 이제는 그녀가 가리켜 보이며 설명을 이어갔다. "여기가 정말로 로마의 식민 정착지였다면, 로마의 가도 체계에 따라 두 주요 도로인 카르도와 데쿠마누스[*]가 교차했을 거예요. 그렇다면 광장은 당연히 정사각형이나 직사각형 모양이어야겠죠."

"그런데 그런 기준에 하나도 부합하지 않네요. 집들은 뒤죽박죽으로 섞여 있는 듯하고, 광장도 마을 한가운데에 있지 않고."

"도서관 정원이 길에서 가장 중요한 지점인 것 같아요. 어떤 이유로 길의 곡률曲率이 정확한 것처럼 말이죠."

"어떤 이유죠?"

"나도 잘 모르겠어요. 그런 건 고고학자한테 물어봐야 할 거예요. 어쩌면 도서관과 광장의 건물들은 라예타니아 와인을 마르세유로 수송하는 경로에 있던 로마 와인 저장 창고 자리에 세워진 것일지도 몰라요. M. 포르치라는 도자기 인장을 보건대 달리 상상할 수 있는 여지가 거의 없어요. 도서관 사서인 척하는 한물간 역사학자라도 말이죠."

---

[*] 고대 로마의 도로 중 남북 방향의 도로를 카르도, 동서 방향의 도로를 데쿠마누스라 이른다.

카페 문 앞에 있던 울피가 그들을 맞으러 쫓아나올 때까지 둘은 자신들이 발견한 것이 무엇일지 여러 가능성을 두고 느긋하게 이야기를 주고받으면서 마을로 돌아왔다. 그리고 아브릴은 한시에 알렉스와 다른 이들을 카페에서 만나 함께 식전주를 마시기로 약속하고, 할머니에게 전화를 걸기 위해 도서관으로 향했다. 하지만 전화로 항아리 발견에 대해 대화를 나누며 더 놀라워한 사람은 할머니가 아니라 오히려 아브릴이었다. 어떻게 퍼즐 조각을 맞출 수 있을지 아직 감조차 잡지 못한 아브릴은 마리아의 카페에 들어서면서도 여전히 마음이 어수선했지만, 자기를 기다리고 있는 이들의 유쾌한 목소리에 모든 시름을 잊고 함께 분위기를 즐겼다. 그녀는 자신의 도서관 동료 옆에서 한 손에 맥주를 든 채, 아주 많은 것을 확인시켜주었던 언덕 중턱에서의 포옹이 그저 이룰 수 없는 꿈에 대한 즐거운 기억일 뿐인 양 다시 그가 편안하게 느껴진다는 것을 깨달았다.

바르바라가 오랜 세월 동안 트레비예스의 집을 깨끗하게 청소하고 환기를 시키며 관리한 진짜 이유는 영국 출신의 은퇴한 고고학자 때문이었다. 큰 키에 근육질 몸, 희끗희끗한 머리와 갈색 눈, 매부리코의 그는 늘 하워드 카터* 같은 옷차림을 고집했다. 이름은 프레드릭 터너였는데, 영국 억양이 조금 섞여 있기는 했지만 스페인어를 완벽하게 구사했다. 그가 벽난로에서 가장 먼 안락의자에 앉기 전 차 한 잔을 정중하게 거절하는 바람에 아브릴은 적잖이 놀랐다.

"나를 프레드 아저씨라고 불러도 돼요." 그는 콧수염 아래

---

* 이집트 투탕카멘의 묘를 발굴한 영국의 고고학자.

로 소년처럼 천진한 미소를 지으며 말했다.

"그럴 수야 없죠."

"저를 보지 마세요." 알렉스는 어깨를 으쓱했다. "여기 이 분이 역사가예요."

"그럼 함께 나가서 암포라를 살펴보시겠어요?"

"아뇨, 그럴 필요 없어요." 고고학자가 거절했다. "삼십 년 전쯤에 당신의 할머니와 함께 정원에서 간식을 먹은 적이 있 었는데, 그후로 그것들을 건드리거나 어디로 옮기지는 않았 겠죠."

아브릴은 아무 말도 하지 않았다. 그녀가 그들의 관계를, 그러니까 정원에서 간식을 먹으며 피크닉을 즐긴 것보다 훨 씬 더 많은 것을 내포하는 두 사람의 관계를 알게 된 것은 불 과 며칠 전이었다.

"우리는 깊은 관계였지." 정원에서 발견된 항아리와 관련 한 몇 가지 가설에 대해 그녀가 전화로 설명했을 때, 할머니가 털어놓았다. "물론 둘 다 홀몸이어서 별문제는 아니었지만 말 이다. 박물관에서 그 사람을 내게 보냈는데…… 거기서 모든 것이 시작되었단다. 그는 바르셀로나, 파리, 런던을 오가며 일 했기 때문에, 항상 객지생활하는 떠돌이나 다름이 없었지."

"우리는 박물관에서 파견 온 고고학자들이 무슨 일을 하는 지에 대해 생각이 아주 다르네."

"내가 항아리를 발견한 건 도시로 이사가기 직전이라 우리는 스무 번 정도밖에 만나지 못했지. 그리고 너도 알다시피 나는 끝내 생각을 바꾸지 않았지만, 어쩌다 그와 주말을 함께 보낼 기회가 생길 수도 있으니까 빈집이라도 항상 깨끗하게 해놓고 싶었단다. 우리가 트레비예스에서 만난 지도 한참 지났구나. 정말이지, 네가 펑펑 울면서 나와 차를 마시러 올 때까지 난 그 행운의 항아리들을 까맣게 잊고 지냈단다."

"그럼 책을 잘 보존하기 위해 집을 잘 관리해야 한다고 한 것도 다 그 때문이었어?"

"그것 또한 사실이지."

"아빠도 알아?"

"애야, 빅토리아시대 사람처럼 고리타분하게 굴지 마라. 우리가 만나기 시작했을 때는 둘 다 쉰 살이 넘었으니 자식들의 허락 같은 건 받을 필요가 없었어."

"미안해, 할머니. 그냥 그 사실을 받아들이기가 너무 힘들어서. 뭔가 석연치 않은 구석이 있다는 건 진즉에 알고 있었지만, 할머니가 영국의 고고학자와 그렇고 그런 사이였다는 걸 숨기고 있을 줄은 꿈에도 생각 못했으니까."

"넌 너무 정숙한 면이 있구나." 바르바라가 웃음을 터뜨렸다. "너더러 트레비예스의 집에 가달라고 한 건 진심이었어. 네가 도서관을 관리하고 항아리들을 조사하다보면 생각을 딴 데로 돌리는 데 도움이 될 거라고 생각했으니까. 네가 호기심이 워낙 많으니 이 문제를 끝까지 파헤칠 거라고 미리 예상했어야 했는데."

"알아, 할머니." 그녀는 잠시 후 한숨을 내쉬며 말했다. "할머니가 나를 도와주고 싶어서 그랬다는 거 나도 알아."

"그래서 이제 괜찮니?"

"괜찮냐고? 뭐가? 하나도 안 괜찮아. 세상은 추악하고 불공평하고 소란스럽기만 하고, 할머니 집은 한때 로마제국에서 가장 중요한 와인 저장 창고가 있던 자리에 지어졌지. 언젠가 여기를 떠날 알렉스는 결코 데려갈 수 없는 늑대개를 사랑하고, 그린치는 로자문드 필처의 작품을 읽고, 아이들을 너무 보고 싶어하는 파르바티는 지금도 아이들이 자기 곁에 있는 것처럼 계속 음식을 만들어. 앙헬은 이곳이 지도에서 사라지지 않기를 바라서 하루 열두 시간씩 쉬지 않고 일하느라 독서클럽이 시작되면 곧바로 곯아떨어지고, 나는 올리밴더앤폭스가 나를 다시는 업계에 발 못 붙이게 하는 것으로 만족할지, 아니면 나를 고소할지 결정할 때까지 계속 기다리는 처지고, 할머니는 손주를 돌보느라 영국 고고학자와의 로맨스를 포기해야 했잖아. 모든 것이 생각만 해도 끔찍하다고."

"내가 알던 세상이 네가 방금 장황하게 늘어놓은 말처럼 안타깝고 불행하게 변했는지는 잘 모르겠다만, 확실하게 말하건대 나는 그 어떤 것도 포기한 적이 없단다. 그러니 네가 양심의 가책을 받으며 괴로워할 필요는 없어. 프레드와 나는 아주 바쁘게 지냈고, 이미 누리고 있는 것, 일탈의 짜릿한 기쁨 외에는 아무것도 원하는 게 없었지." 바르바라는 잠시 말을 멈추었지만, 평소처럼 자신감 있고 밝은 목소리로 다시 말했다. "너를 믿는다."

"왜? 그렇게 일을 엉망으로 망쳐놨는데도 왜 나를 다시 믿어주는 거야?"

"네가 충분히 똑똑하고 현명하다는 것을 아니까. 그러니 피레네산맥의 유일한 독서클럽이 있는 그 작은 마을에서 언제든 다시 스스로 결정을 내릴 수 있고, 또 인생도 남의 일처럼 방관만 하지 않게 될 거야."

할머니는 터너 박사에게 연락하겠다고 약속했고, 그후 고고학자는 수요일 아침에 활기 넘치는 모습으로 나타나 이야기를 나누고 싶어했다.

"옛날에는 땅속에 묻혀 있었나요?" 아브릴이 다시 현재로 돌아와 그에게 물었다.

"내가 세 개를 발굴했지만, 바르바라의 아름다운 밤나무 아래에 몇 개가 더 남아 있었죠."

"믿어지지가 않네요……"

"우선 당신의 할머니를 어떻게 만났는지 이야기해줄게요."

어떤 내용일지 대충 짐작이 갔지만 아브릴은 알렉스의 옆
자리에 앉아 체념한 채 그의 이야기를 들어보겠다는 듯 고개
를 끄덕였다. 울피도 졸린 듯 알렉스의 발 위에 가만히 엎드려
있었다. 원래 그녀는 인내심이 강한 편이 아니었지만, 점점 나
아지고 있었다.

"그 당시 나는 카탈루냐 고고학 박물관에서 일하고 있었어
요. 어느 날 오후, 당신 할머니가 전화를 해서 트레비에스에
있는 자기 집으로 우리를 초대했죠. 정원에 흰 장미를 심다가
고대 토기 조각으로 보이는 것을 발견했다고 하더군요. 박물
관측은 우선 그녀에게 감사의 뜻을 전하고, 발견한 것을 함부
로 파내지 말고 잘 보존해달라고 당부했죠. 그러고는 일단 발
굴 기록부에 내역을 적어두기만 했어요. 우리는 이런 연락을
매주 수십 통씩 받았지만 즉각적으로 조치를 취할 예산도, 직
원도 없었거든요. 하지만 몇 주 후, 나는 카탈루냐 고생물학
연구소로부터 압디토사우루스 쿠에네이 발굴 현장으로 초대
받았는데, 그때……"

"그게 뭐죠?" 알렉스가 호기심이 가득한 눈빛으로 물었다.

"티타노사우루스예요."

"티타노사우루스는 아주 거대한 공룡이에요." 아브릴이 그
에게 설명했다.

"저분은 공룡을 차지하고, 우리는 도자기 조각만 가져가는

거네요." 알렉스가 투덜거렸다.

"지금으로부터 7500만 년 전 백악기 후기에 살았던 초식성 용각류죠. 공룡은 이 근방의 파야르스주사에서 발견되었지만, 엄밀히 말해 이곳의 산들은 그 공룡의 서식지가 될 수 없어요." 프레드릭 터너는 나니아의 문 너머의 풍경을 굽어보고 있는 피레네산맥을 가리키며 말했다. "그때 바르바라가 발견했다던 크라테르*가 떠오르더군요. 공룡 유적지에서 매우 가까운 곳이라 한번 들러서 살펴보기로 했죠."

"와인 암포라예요." 아브릴이 끼어들었다. "그리고 와인 암포라가 발견된 자리 주변 구조가 와인 저장 창고 같아 보여요."

"혹시 돈을새김된 글자를 봤나요?" 고고학자가 물었다.

"M. 포르치."

"마르쿠스 포르치비르. 그건 카이사르 아우구스투스 시대 최대 규모로 라예타니아 와인을 수출하던 업자의 이름이에요. 그는 기원전 1세기와 서기 1세기 사이에 살았지만, 그가 운영하던 와인 저장 창고는 훨씬 더 오래 존재했죠."

"그런데 여기는 라예타니아 와인 수송 경로에서 좀 떨어져 있는데요."

---

* 와인과 물을 섞는 데 사용한 고대 도기.

"하지만 라예타니아 와인이 율리아 리비카와 아에소*를 출발해 피레네산맥을 지나 마르세유로 향하는 수송 경로가 있었죠. 최고급 와인은 그 산마을을 출발해 로마로 향했고, 나머지는 론강을 따라 게르마니아와 브리타니아로 운송되었어요. 적어도 갈리아 사람들이 와인 만드는 법을 배우기 전까지는 말이죠."

"그리고 마법 물약도요." 알렉스가 덧붙여 말했다.

"서기 1세기경의 라예타니아 와인에 대한 책을 읽어본 적이 있어요." 아스테릭스와 오벨릭스**의 매력에 감탄하면서도 터너 박사의 역사적 설명에 더 관심이 많았던 아브릴은 고고학자의 말을 받아 맞장구를 쳤다. "그건 알레야 와인의 조상뻘이죠."

"대★ 플리니우스***도 자신의 저서 『박물지』 속 과일나무 부분에서 이르기를, 라예타니아의 와인이 특히 맛이 풍부하고 훌륭하다고 했어요." 터너 박사가 고개를 끄덕이며 말했다.

"트레비예스의 지도를 보신 적이 있나요? 주택과 거리의 배치가 그 시대의 일반적인 로마 속령의 모습과 일치하지 않

---

* 고대 로마 도시명.

** 동명의 프랑스 만화 시리즈의 주인공으로, 마법 물약의 제조법을 찾아 모험을 떠난다.

*** 고대 로마의 박물학자, 정치인, 군인.

186

는다고요."

"그저 창고나 중간 기착지였을 수도 있고, 겨울철 피한처나, 길을 가다가 중간에 말을 갈아타고 잠을 자고 식사를 하는 장소였을 수도 있지요. 아니면 저장소가 지하에 있어서 발굴 작업이 필요할지도 모릅니다. 그도 아니면 전부 다 상상으로 지어낸 이야기이고, 정원에서 항아리를 발견한 건 단순히 우연일지도, 언젠가 어떤 이유로 원래 있던 자리에서 옮겨진 것인지도 모르죠."

"그렇다면 할머니의 암포라는 어떤 점에서 중요한 거죠?"

"그거야 생각하기 나름이죠." 터너는 앨리스로부터 어느 쪽으로 가야 하는지 질문을 받은 체셔 고양이처럼 아이러니한 미소를 지어 보였다.

"생각하기 나름이라뇨? 그게 무슨 소리죠?"

"당신이 어떤 의도를 갖고 있는지에 따라 다르다는 겁니다."

"무슨 말인지 이해가 잘 안 가는데요."

"만약 여러분이 언론 매체에서 '로마제국에서 가장 유명했던 라예타니아 와인의 운송 경로가 밝혀지다'라는 헤드라인을 본다면, 어떤 생각이 가장 먼저 떠오를 것 같나요?"

"와인 관광이요."

"맞아요. 지금까지 알려진 로마 와인 운송 경로는 여기까지 이르지 않죠. 인근 리조트에서 스키를 타는 사람들과 하이킹과 자전거를 즐기는 아마추어들이 이 지역을 많이 방문하는데도 트레비예스는 오십 년 이상 인구가 감소하고 있어요. 이런 식이라면 아마 앞으로 이삼십 년 후에는 지도에서 사라질 겁니다. 하지만 여러분의 정원에 있는 로마시대의 창고가 타라코넨시스 와인 운송 경로의 일부라고 대대적으로 홍보한다면 어떻게 될까요? 그리고 만약 발굴 작업이 시작되어 당신의 집 옆을 지나던 로마시대의 가도가 복원된다면, 어떻게 될까요?"

"아마 트레비예스가 농촌 및 와인 관광 루트에 포함되겠죠. 그렇게만 되면 이 지역의 경제가 부분적으로나마 활성화될 거고요."

"그렇게 될 수도 있고, 안 될 수도 있을 겁니다." 터너 박사는 흡족한 표정을 지으며 결론지었다. 그는 안락의자에 기대어 앉아 콧수염을 매만지며 극적인 포즈를 취한 후, 목을 가다듬고 설명을 계속 이어나갔다. "대중의 관심은 당황스러울 정도로 변덕스러워요. 게다가 발굴과 복원 작업을 하려면 허가에만 수년이 걸리고, 자금을 조달하고 그후 시공을 해야 할 겁니다. 설령 이러한 절차들이 순조롭게 진행된다 할지라도, 당신의 할머니는 재산수용 때문에 손해를 볼 수도 있고, 도서관이 사라질 수도 있어요. 마을 주민 모두가 겪게 될 소란과 불편은 말할 것도 없겠죠. 더구나 전문가들이 암포라를 굳이 발굴할 필요가 없다고 판단할 수도 있고요."

"어쨌건 그렇게 간단한 문제는 아닐 것 같아요. 방금 전에 예산과 인력이 부족해서 발굴 작업을 보류하는 경우가 많다고 하셨잖아요." 알렉스가 힘주어 말했다.

점점 불안한 마음이 들기 시작한 아브릴은 자리에서 일어나 큰 소리로 말했다.

"우리가 넘어야 할 첫번째 장애물은 이번 발견으로 인해 치르게 될 유명세일 거예요."

"잠깐만요……" 터너 박사가 끼어들려고 손을 들었지만 아무 관심을 얻지 못했다.

"그게 무슨 뜻이죠?" 아브릴의 말이 끝나기 무섭게 알렉스가 물었다.

"알려지지 않은 채로 남아 있는 것은 가치를 인정받을 수 없다는 말이 있죠."

"잠깐만요……" 고고학자가 다시 손을 들고 말했다.

"세상에 공개해야겠어요." 아브릴이 생각을 명확히 밝혔다.

그러자 알렉스가 그녀에게 눈을 찡긋해 보였다.

"이럴 수가, 우리가 효과적인 광고 전략을 세울 수 있는 광고 제작자를 몰라보다니!"

"우리 나라 최고의 광고회사에서 일하긴 했지만 지금은 해고당했다고요.”

“나는 사이버 범죄로 감옥에 갔다 왔지만, 그렇다고 나의 전문성을 의심하지는 않아요.”

“미안하지만 잠깐만요……”

“왜 그러시죠?” 알렉스가 조바심을 내며 물었다.

“어떤 남자가 P자 서가 뒤에서 우리를 염탐하고 있어요. 어쩐지 낯익은 얼굴이에요.”

“염탐하는 게 아니에요.” 그 순간, 그린치가 손에 책 두 권을 들고 평소처럼 입가에 비웃음을 잔뜩 머금은 채 다가오면서 분통을 터뜨렸다. “여기서 빌려간 책을 반납하러 온 거라고요.”

“아마 화난 공룡을 봐와서 저 사람이 무척 낯익게 느껴졌을 거예요.” 알렉스는 터너 박사의 귀에 대고 소곤거렸다.

아브릴은 트레비예스 경찰관이 내미는 책을 받아들고, 의심스러운 눈초리로 그를 바라보면서 그들이 나누던 사적인 대화─그녀는 사적인 대화임을 강조했다─를 얼마나 들었는지 물었다.

“여기는 도서관이고, 월요일부터 목요일까지 오전 열시부터 오후 한시까지 운영한다고 입구에 명시되어 있어요. 그러니 나는 여기 있을 권리가 있습니다. 만약 누군가 엿듣는 게 싫었다면, 애당초 이런 공공장소에서 이야기하지 말았어야

190

죠.”

“여긴 사립 도서관이에요.”

“아무리 그래도 오전 시간에 일반인에게 개방되잖아요.”
그린치도 물러서지 않았다.

“책은 이미 반납하셨으니까, 더 빌려갈 책이 없으면 아무쪼
록 좋은 하루 보내시기 바랍니다.”

“굳이 나를 내쫓을 것까지는 없어요. 안 그래도 가려던 참
이었으니까…… 곧장 시청으로 가서, 당신들이 트레비예스
를 로마 와인 테마파크로 만들 계획이라고 시장에게 보고할
겁니다.”

“누가 그런 말을 했다는 거죠?” 알렉스가 화를 내며 그에게
몇 걸음 다가갔다.

“키가 이렇게…… 이렇게나…… 큰 사서와 말다툼할 생각
은 없어요.” 그린치는 굳이 위험한 일을 벌이지 않기로 했다.

“이봐요, 살보 씨……” 아브릴은 그를 그린치라고 부를 뻔
했다는 것을 깨닫고는 잠시 애쓴 끝에 그의 이름을 기억해냈
고, 결국 화해의 제스처를 취했다. “무슨 말을 들었는지는 모
르겠지만……”

“트레비예스는 아마 라예타니아 와인 수송 경로상 저장 창
고 자리에 세워진 것으로 추정된다는 거죠. 그 길을 통해 와인
은 피레네산맥을 넘어 마르세유로 운반되어 론강 주변 마을

에 유통되었고 그 이후에 로마까지 이르렀죠. 만약 허가를 받아 발굴 작업을 시작하고 발견되는 유물이 아주 가치 있다고 판단되면 이 마을은 관광 명소로 변할 수 있고, 도서관과 그 사서들은 사라질 수도 있겠군요."

"그렇게 되면 이곳에 득이 되겠지요." 터너 박사는 이 이상한 상황이 오히려 재미있다는 듯이 덧붙였다. "물론 도서관 사서들이 아니라, 다른 모든 이들이 득을 볼 거라는 이야기예요."

"그러면 이곳의 삶이 통째로 뒤흔들릴 거라고요." 그린치가 화난 목소리로 말했다. "이건 당신들이 결정할 문제가 아니에요. 지금 우리가 이야기하고 있는 문화재는 당신들의 것이 아니란 말입니다."

"하지만 여기는 우리 할머니 집이에요."

"당신이 지금 벌이고 있는 고고학과 관련한 술수는 마을 전체에 영향을 미칠 거예요. 이런 중차대한 결정을 사서 몇 명과 19세기 영국 무덤의 저주에서 살아남은 사람 손에 맡길 수는 없어요."

트레비예스의 경찰관을 두고 할 만한 여러 이야기 중에 달가운 것은 하나도 없지만, 하워드 카터처럼 변장하고 온 터너 박사의 정체를 금세 알아챌 만큼 뛰어난 눈썰미만큼은 마을 사람들의 평온한 삶을 지키려는 그의 새로운 열의보다 아브릴에게 훨씬 더 깊은 인상을 남겼다.

"아무것도 아닌 일로…… 아니 별것도 아닌 일로 이렇게 물의를 일으켜 미안하군요. 여러분이 큰 소리로 꿈을 꾸게 하지 말았어야 했어요." 화가 난 그린치가 미친듯이 뛰쳐나간 뒤 고고학자가 사과했다. "스페인 속담에 궁전의 느림에 관한 말이 있었는데, 그게 뭐였죠?"

"궁전 안의 일은 모두 느릿느릿 돌아간다."

"바로 그거예요. 바르바라와 내가 오래전에 박물관에 보낸 고대 로마 문화유산의 발견 가능성에 대한 통지문이 여태 디지털화되지 않은 채 박물관 기록 보관소에 방치되어 있고, 또 이 문제를 책임져야 할 정부 기관이 아직도 나서지 않았을 가능성이 높다는 점을 염두에 두기 바랍니다. 사실 이 마을에서 발굴을 하기로 결정하고 발굴 신청서를 신속하게 제출하더라도, 조사관이 현장에 방문해 평가하는 데만 몇 년이 걸릴 수도 있을 것 같아 걱정이 되네요. 그리고 행정 당국이 최종적으로 승인을 해야만, 필요한 경우 수용 절차를 밟은 다음 발굴 작업이 본격적으로 시작될 겁니다."

"그럼 얼마나 걸릴까요?"

"이 발굴 작업이 실제로 얼마나 중요하다고 평가되는지에 따라 다르겠지만, 내 경험에 비추어볼 때 최소한 십 년은 걸릴 것 같아요."

터너 박사가 솔직하게 의견을 밝힌 뒤, 모두 깊은 생각에 잠긴 채 침묵을 지켰다. 그러다 어느 순간, 로사가 도착하며 한동안 이어지던 침묵이 깨졌다. 로사는 고고학자에게 정중하게 자신을 소개하고는 지난 며칠 사이의 발견에 관해 차근차근 설명을 들었다. 분개하면서 시청으로 들이닥친 그린치 때문에 그녀가 여기까지 찾아왔다는 것을 모두 알고 있었다. 터너 박사는 마을 사람들이 여전히 실낱같은 희망을 버리지 못하고 있다는 것을 모르지 않던 터라, 발굴 작업의 가치, 각종 절차가 상당히 느리게 진행된다는 점, 그리고 발굴이 이루어진다 해도 트레비에스가 예전의 모습으로 회복될 가능성은 거의 없다는 점을 그녀에게 거듭 설명했다.

"만약 여기가 미국이라면," 그는 결론짓듯 차분하게 말했다. "고대 로마 테마파크를 만들고, 암포라 발견과 연관지은 와인 시음회를 개최할 호텔 단지를 세우는 데 채 일 년도 걸리지 않을 거예요. 하지만 여기서는 그렇게 되기가 어려울 겁니다. 히스파니아의 역사는 워낙 오래된데다 풍부하지만, 예산이 부족해서 충분한 관심을 기울이지 못할 때도 종종 있거든요."

"살보의 말에 동의하고 싶지는 않지만, 아무래도 시의회를 소집해야 할 것 같아요." 그들의 말을 주의깊게 들은 시장은 이 상황이 어떤 결과로 이어질지 곰곰이 생각한 끝에 결정했다. "주민 모두에게 사실을 알려야 하니까요. 저를 도와주시겠죠?"

"저희를 믿으세요." 아브릴이 고개를 끄덕이며 말했다.

"하지만 주민들의 삶이 어떻게 바뀔지 모르겠네요. 제가 제대로 이해했다면, 계속 발굴을 진행해야 할 충분한 이유가 있다 해도 작업을 시작하기까지 너무 오랜 시간이 걸릴 것 같군요. 트레비예스 주민의 절반가량이 육십대예요. 이 마을은 서서히 노령화되고 있어요. 이제는 희망을 가질 시간조차 없다고요."

아브릴은 차마 입 밖에 내지 못했지만, 마을에 하나뿐인 도서관마저 잃는다면 희망을 품거나 시간을 투자할 가치도 없다고 생각했다. 정말로 세상의 종말이라는 게 찾아온다면, 자신의 책이 모두 폐품처럼 상자에 담겨, 다른 사람의 양심이나 생각을 일깨우지 못하도록 아무 말도 하지 못한 채 어둠 속에 갇히면서 시작되리라는 생각이 들었다. 만약에 집과 책들이 발굴 작업으로 인해 영향을 받는다면 할머니에 대한 기억을 제외하고는 아무런 유산도 남지 않을 것 같았다. 하지만 이러한 생각이 세상을 바라보는 이기적인 방식이라는 것쯤은 그녀도 잘 알고 있었다. 서구 문명의 토대에 대한 보편적 기억이 개인의 기억보다 항상 우위를 차지했으니까. 그 개인이 유럽의 절반에 지금도 대부분 유효한 훌륭한 법전 하나를 남긴 나폴레옹 보나파르트가 아니라면 말이다.

바르바라는 보나파르트라는 성을 가지고 있지도 않았고, 세계를 지배하는 여제가 되겠다는 망상에 시달리지도 않았지만, 예리한 통찰력과 산도 옮길 만한 강철 같은 의지, 아무 조건 없이 사랑할 만큼 넓은 아량이 있었다. 그녀의 손녀는 도서관이나 도피처를 떠나더라도 할머니를 기억하겠지만, 자신을 그토록 따스하게 품어준 트레비예스가 영원히 지도에서 지워진다면 스스로를 결코 용서하지 못할 터였다.

아직은 미처 깨닫지 못했지만, 세월이 흐르면서 아브릴은 산속에 파묻혀 지내던 그 몇 달 동안 절대적인 행복에 얼마나 가까이 있었는지를 이해하게 될 터였다. 손이 닿는 곳에 책들이 있고, 독서를 할 시간이 거의 무한대로 주어졌을 뿐 아니라, 도서관에 드나들던 이웃들과 다정한 말과 웃음을 주고받던 시절. 갓 구운 쿠키와 초콜릿 향기, 활활 타오르는 벽난로, 깃털 이불, 나니아의 문 너머에 펼쳐진 정글, 그리고 손을 이끌고 높은 언덕으로 올라가 검은 슬레이트 지붕이 덮인 도피처를 보여준 컴퓨터 엔지니어의 기억이 머릿속에 또렷이 살아 있을 터였다.

로마시대 암포라에 대한 소문은 삽시간에 트레비예스 주민들 사이로 퍼져나갔고, 알렉스는 저녁 아홉시경 울피를 데려다주러 앙헬의 집에 들렀을 때 그에게 이야기를 들었다. 그리고 그가 경찰인 살보 덕분에 이 소식을 가장 먼저 알게 된 사람들 중 한 명일 거라고 추측했다.

"이 마을에서 생활 기반 서비스가 사라지지 않도록 그렇게 애를 썼는데, 내가 지금껏 이루지 못한 것을 겨우 항아리 몇 개가 가뜬히 해내는군요."

"자신의 공로를 깎아내리지 마세요. 당신이 훨씬 더 많은 일을 했으니까요. 로사가 그 가능성에 대해 말했는지 모르겠는데……"

"알아요, 그건 알고 있어요. 가능성이 매우 희박한데다 아주 오래 걸릴 거라고 하더군요. 그런데 살보가 약국에 들러 그 이야기를 했을 때는 굉장히 현실적으로 들리던데요."

"살보에 대해서라면……"

"성미는 조금 까다롭지만, 그래도 심성은……"

"심성은 곱다고요? 그게 사실이라면, 그 사람은 정말 모순덩어리로군요."

"아니에요. 그보다는 그저 대하기 많이 까다로운 사람이라고 해두죠." 앙헬은 웃으며 말했다. 피곤한 듯 눈 밑이 움푹 꺼져 보였지만, 그의 하루는 아직 끝나지 않았다. "이 녀석은 어떻게 할까요?" 울피가 관심을 달라는 듯 깡충깡충 뛰며 주변을 맴돌자 약사는 녀석을 쓰다듬어주었다.

"오늘 오후에 비에야의 수의사에게 연락해봤는데, 개를 맡길 곳을 아직 찾는 중이래요."

"그런데 뭐가 걱정이에요?"

"제가 벌써 적당한 곳을 찾았다면요?"

"그러니까 이 녀석과 같이 살고 싶은 거군요." 앙헬은 묻는 대신 확신에 차 말했다. "울피가 우리집에서 자던 첫날, 나와 녀석이 의논 끝에 내린 결론과 똑같은 결론에 도달했다니 정말 기쁘네요."

"그런데 문제는 내가 곧 출국할 예정이라 이 녀석을 데려갈 수 있을지 확신이 서지 않는다는 거예요. 그리고 녀석이 누가 잃어버린 개인지 확실하지도 않고, 또 입양하려면 어떤 절차를 거쳐야 하는지도 모르겠고요."

"분명 해결책을 찾을 거예요. 윌리엄 골드먼이 『프린세스 브라이드』에서 말했듯이, 인연의 끈으로 이어진 사랑은 절대 끊을 수 없으니까요."

인연의 끈으로 이어진 사랑이라는 말을 듣자, 알렉스는 그에게 살보 이야기를 다시 꺼내고 싶은 마음이 들었다. 그리고 주변에 아무도 없다는 걸 확인하고는 살보가 약사에게만 보인 다정한 표정과 퍼즐 조각을 모두 맞추기 전까지 도무지 이해할 수 없던 그의 이상한 표정에 대해서도 이야기하고 싶었다. 그러다 자신은 트레비예스에 그저 잠시 머물 뿐이라는 것을, 그리고 국경 지대의 산기슭에서 여유롭게 살아가는 작지만 완벽한 공동체를 혼란에 빠뜨려서는 안 된다는 것을 이내 깨달았다.

한발 먼저 찾아온 아련한 그리움의 그림자에 잠긴 채 도서관으로 돌아와보니, 아브릴이 노란 담요를 덮고 평소의 자세로 디킨스의 두꺼운 책을 읽고 있었다. 알렉스는 핫초콜릿 두 잔을 만들어 손에 들고서, 신발을 벗고 그녀 옆에 앉았다. 집으로 돌아온다는 것이 어떤 느낌인지 설명할 더 좋은 방법이 떠오르지 않았다. 갈색 머리는 제멋대로 헝클어져 있고 파스텔블루 터틀넥 스웨터를 입은 사서의 부드러운 얼굴 윤곽은 독서용 전등 불빛 아래에서 매혹적인 실크 같았다.

"아브릴."

"쉿, 조용히 해요. 지금 독서중이니까."

"나도요." 알렉스는 한 손에는 골드먼의 책을, 다른 손에는 핫초콜릿이 담긴 잔을 들고 말했다.

"『프린세스 브라이드』가 마음에 안 들어요?"

"아뇨. 재미있어요. 지금 절망의 구렁텅이 부분을 읽고 있어요."

"내 세계에 오신 것을 환영해요."

"그런데 여기는 왜 텔레비전이 없죠?"

“대신 책이 있으니까요.”

“방금 앙헬과 이야기를 나누다 왔는데요, 앙헬도 나처럼 『프린세스 브라이드』를 읽어보니 각색된 영화가 보고 싶어졌다고 하더라고요.”

아브릴은 과장되게 한숨을 내쉬더니 담요를 걷어내고 거실을 가로질러 서가로 뛰어갔다. 그러고는 어둠 속에서 책 한 권을 들고 소파로 돌아왔다.

“당신에게 줄 게 있어요.” 그녀는 알렉스의 무릎에 찾아온 책을 툭 던져놓고, 다시 담요와 쿠션과 디킨스 책을 챙겨 자리를 잡은 다음, 핫초콜릿을 한 모금 마셨다. “캐리 엘위스의 『원하시는 대로』예요.”

“캐리 엘위스라면 영화에서 웨슬리 역을 맡은 배우인가요?”

“영화 〈프린세스 브라이드〉 촬영 과정에 있었던 일화를 담은 책이에요. 감독인 롭 라이너는 물론, 로빈 라이트, 맨디 퍼팅킨, 앙드레 더 자이언트 등에 대한 이야기가 나와요. 심지어 여러 모험 영화에서 에롤 플린에게, 또 〈반지의 제왕〉에서 비고 모텐슨에게 검술과 안무를 지도했을 뿐만 아니라, 영화 역사상 가장 웅장한 검술 대결 장면인 이니고 몬토야와 웨슬리 간의 광기의 절벽 결투 신을 만들어낸 전설적인 펜싱 챔피언 밥 앤더슨에 관한 일화도 실려 있고요. 텔레비전을 보는 것보다 훨씬 더 흥미로울 거예요."

"정말 재미있겠네요. 잘 읽어볼게요. 그런데 당신도 알다시피 나는 스크린을 더 좋아하거든요. 스크린이 검보다 더 강하니까요."

"'정말 기이한 세상이군, 호레이쇼.'* 좋아요. 당신의 제안을 들어주면, 내가 계속 『위대한 유산』을 읽을 수 있게 더이상 방해하지 않을 거죠?"

"기대해도 좋아요."

"자, 그럼 책이나 읽죠."

"그럼 이번주 금요일 독서 모임 때 책에 대해 토론하고 나서 영화를 보죠."

"여긴 텔레비전이 없다니까요."

"파르바티와 자우메 집에 대형 스크린이 있으니까, 그걸 가져와서 내 컴퓨터에 연결하면 돼요. 그리고 팝콘도 만들고요."

"당신이 롤라 부인의 슈퍼마켓에 가서 사오기만 한다면야……"

"쉿, 조용히 해요. 지금 독서중이니까."

아브릴이 다시 디킨스의 책을 펼쳐들고 읽어나가는 동안,

---

* 셰익스피어의 『햄릿』 1막 2장에 나오는 햄릿의 대사.

알렉스는 『프린세스 브라이드』에 몰두하는 척했지만, 그녀의 아름다운 옆모습에 자기도 모르게 눈길이 갔다. 그녀에게서 깨끗한 섬유 냄새와 핫초콜릿 냄새, 새 책 냄새, 그리고 샴푸 냄새인 듯한 은은한 꽃향기가 풍겼다. 그는 그녀와 떨어져 지내게 되면 다리를 꼬고 소파에 앉아 벽난로에서 활활 타오르는 불의 열기로 볼이 발그레해진 채 고개를 숙이고 소설을 읽는 그녀의 모습을 오래도록 떠올려보고 싶어질 거라는 생각이 들었다.

"또 기분이 울적해졌군요." 그는 무심결에 큰 소리로 불쑥 말을 내뱉었다. 그러자 아브릴이 놀란 것 같기도 하고, 화가 난 것 같기도 한 표정으로 그를 쳐다보았다. 그가 또다시 방해해 짜증이 난 듯했다.

"왜 그런 말을 하는 거죠?"

"다른 작가도 아니고 디킨스의 작품을 읽으면서 또 웃긴다는 표정을 지었잖아요."

"할머니의 항아리 문제로 마음이 어수선해져서 그래요." 아브릴은 솔직히 인정했다. "어제 열두 시간이 조금 안 되게 잤는데, 눈을 뜨자마자 내가 누구인지, 왜 여기 있는지를 떠올리다 다시 의식을 잃고 쓰러지고 싶지 않았어요. 나는 내가 지도에도 잘 나오지 않는 작은 마을에 자리잡은 이 아름다운 목조 도서관에 왜 아직 남아 있는지 한 번도 궁금해하지 않았죠.

그저 독서 계획을 세우고, 독서클럽에서 어떤 책을 읽을지 미리 정하고, 점심에 무엇을 먹을지, 또 오후에 당신과 울피랑 함께 산책할지 고민하기만 했으니까요."

"하지만 변한 건 하나도 없어요."

"그런데 오늘 아침 당신이 내게 그랬죠. 광고 제작자로서의 내 경험을 살려 우리가 발견한 것들을 홍보할 수 있을 거라고요. 그때 나는 그게 사실이고, 내가 충분히 해낼 수 있다는 것을 깨달았어요."

"내 말이 무슨 저주라도 되는 것처럼 말하는군요."

"그런데 동시에 내가 그 일을 하고 싶어하지 않는다는 걸 깨달았어요. 다시는 광고나 홍보 일에 손대고 싶지 않다는 생각이 들었으니까요. 게다가 할머니가 이 집을 잃고 이 책들이 모두 어디로 사라져버리는 것도 싫고요."

"그게 왜 문제가 되는지 아직 모르겠어요. 당신이 앞으로 무엇을 하고 싶은지 정확히 모를 수 있어요. 하지만 적어도 당신이 절대 하고 싶지 않은 것을 배제한 건 사실이잖아요. 바로 그게 당신의 새로운 출발점이라고요." 그는 마지막 문장을 강조하기 위해 잠시 말을 멈추었다가, 곧 말을 이어나가기로 했다. "교도소에 있을 때 첫번째 치료 프로그램에 들어갔는데, 심리상담사가 묻더군요. 더이상 일하지 않아도 평생 먹고사는 데 필요한 돈이 있다면 무엇을 하며 시간을 보낼 거냐고요.

눈을 감고 잠시 생각한 다음 이 질문에 솔직하게 답해보세요.
만약 부자가 된다면 살면서 무엇을 하고 싶나요?"

아브릴은 소파에 기대어 잠시 생각에 잠겼다가, 어떤 대답
을 할지 결정을 내렸다.

"나라면 이곳에 영원히 머물 것 같아요. 이 모든 책들과 좋
은 사람들 사이에서 말이죠. 책을 읽고, 차를 마시기도 하고,
또 파르바티가 만든 음식도 먹고, 봄이 오면 정원에 있는 해먹
에 누워 있기도 하면서."

"영원히요?"

"당신은 뭐라고 대답했어요?"

"나는 아무것도 바꾸지 않을 거라고 했어요. 내가 어느 정
도 정신을 차리고 살 수 있도록 해주고, 또 삶의 의미를 찾을
수 있게 동기를 부여해주는 유일한 것이 바로 내 직업이니까
요. 내가 어느 겨울에 도서관으로 이사해 들어와 살게 될 줄
은, 더구나 당신을 만나기 전에 나라는 존재가 얼마나 공허했
는지 깨닫게 될 줄은 꿈에도 몰랐죠."

"놀리지 마요." 아브릴이 웃으며 말했다. "진지하게 한 말
이니까요."

"나도 그래요, 아브릴."

14

숄을 완성한 목요일, 아브릴은 왠지 끝난 것은 뜨개질만이 아니라는 예감이 들었다. 다른 사람들과 약간 떨어져 창가에 앉은 그녀는 전등에서 비치는 동그란 불빛을 피하려고 한쪽으로 몸을 살짝 기울였다. 그러자 그녀의 표정은 어둠 속에 묻혀 희미하게 보일 뿐이었다. 뜨개질 모임에 참석한 이들의 잔잔한 대화를 배경음삼아 마지막 코를 뜨고 바늘을 내려놓았을 때 보라색 털실 뭉치가 발 앞으로 굴러갔다. 완성된 숄을 안락의자에 올려놓고, 서글픈 은유처럼 벽난로 주변에 모인 친구들로부터 멀어져가는 동시에 점점 실을 풀어가며 계속 달아나기만 하는 털실 뭉치를 뒤쫓아갔다. 그녀는 큰 창문 앞에 무릎을 꿇고 커다란 인조 떡갈고무나무 아래에서 털실 뭉

치를 집어들었다. 파르바티가 가구의 일종인 양 소개해주었
을 때 처음엔 볼썽사나워 보였다. 그런데 항상 푸르르고 보기
싫을 정도로 번들거리는 나뭇잎 사이로 언뜻 보이는 도서관
은 이제 전혀 새로우면서도 소중한 세계 같았다. 아버지가 두
개의 여행 가방과 마음을 무겁게 짓누르는 2톤짜리 돌과 함께
그녀를 광장 맞은편 이곳에 남겨둔 지도 거의 두 달이 다 되어
갔지만, 어쩐지 그 많은 책들과 함께하면서 그녀는 지난 십 년
동안보다 훨씬 더 강렬하게 산 것 같았다. 그녀는 달아나던 털
실 뭉치에 보라색 실을 감아가면서, 지난 몇 주간의 기억을 거
꾸로 되짚어보았다. 마치 자기 생각에서 풀린 실을 시간의 실
타래에 되감으려다 엉뚱한 곳에 감기 시작한 것처럼 말이다.

　지난 금요일 독서클럽에서는 프랭크 허버트의 『듄』에 대해
토론했는데, 그다지 놀라운 일은 아니지만 그린치는 이 책을
전혀 좋아하지 않았다.

　"그렇게 막강하고 여기저기 두루 연줄이 있는 가문 사람들
이 함정에 빠질 것을 알면서도 왜 굳이 아라키스로 가는 거
죠? 바보가 아니고서야 그럴 리가 없죠. 저 먼 우주에서 대체
뭘 하는 건지 종잡을 수 없는 투우사 할아버지는 말할 것도 없
고요. 어쩌면 투우를 반대하는 메시지인데, 내가 놓쳤는지도
모르죠. 아니면 하코넨 가문의 약속을 믿고 떠나는 배신자일
거예요. 마치 그들이 약속을 지킬 거라고 생각한 듯이 말입니

다. 스파이스는 또 뭡니까? 벌레의 똥인가요? 그리고 마녀 같
은 베네 게세리트는요? 생각만 해도 온몸에 소름이 돋는다고
요.”

“내 생각엔 훌륭한 고전 같은데요.” 그때 파르바티가 끼어
들었다.

“하지만 이건 공상과학소설이잖아요.”

“공상과학소설에도 고전이 있어요. 나는 이 소설을 읽으면
서 다시 한번 우리 독서클럽에 감사하는 마음을 가지게 되었
답니다. 우리끼리였다면 이 책을 고를 생각을 전혀 하지 않았
을 테니까요.”

“내 생각은 그렇지 않아요.” 그린치가 중얼거리며 말했다.

“나는 파르바티의 말에 공감해요.” 로사가 나서며 파르바티
의 편을 들자, 마리아와 자우메도 동시에 고개를 끄덕이며 동
의를 표했다. “우리는 덮어놓고 공상과학소설을 좋아하지 않
죠. 하지만 이 문학 장르에 대한 선입견 때문에 우리가 20세
기의 위대한 고전을 얼마나 많이 놓쳤을지 생각해보세요.”

“어떤 장르라도 좋은 소설과 나쁜 소설이 있기 마련이죠.”
마리아가 나섰다. “그런데 왜 어떤 장르를 콕 집어 무시하려
고 하는지 모르겠어요. 좋은 문학에는 경계가 없어요.”

“인간의 어리석음도 마찬가지죠.” 말을 마친 그린치는 책
을 소파 위에 휙 내던지고, 아무런 해명도 작별인사도 없이 자

리를 떠났다.

모임 중 기적적으로 잠시 깨어 있던 앙헬은 살보가 보인 불쾌한 반응에 일절 신경쓰지 말라고 당부했다. 주 초반에 로사가 주민 회의를 소집해 도서관 정원에서 유물이 발견된 것에 대해 논의한 일 때문에 살보가 여전히 불안해하고 있다고 했다. 그래서 결국 프레드릭 터너 박사가 다시 방문해 주민들에게 현 상황을 자세히 설명해주었다. 게다가 알렉스의 성화에 못 이겨—그때 그는 도서관 도서 관리 시스템 문제에 매달려 있었다—아브릴은 발굴 작업을 개시하는 것의 장점과 단점, 그리고 박물관과 관련 정부 기관이 전문가를 파견하여 발굴 현장과 항아리들을 조사할 때까지 엄청나게 긴 기간이 소요되리라는 사실을 보여주는 프레젠테이션 자료를 준비했다. 트레비예스의 주민들은 질의응답 시간이 되었을 때만 해도 언론의 주목을 받을 수 있다는 생각에 신이 난 듯 보였지만, 롤라 부인이 손을 들자 모두 의욕과 활력, 심지어 삶의 의욕마저 다 잃고 말았다.

로사는 회의를 마무리하며 그녀만의 실리적인 방식으로 롤라 부인의 막힘없는 장광설도 단번에 제지한 다음—알렉스는 로사의 요술 같은 재주를 보고 입을 다물지 못했다—유물 발견 건을 박물관에 다시 보고할지, 아니면 그냥 가만히 있을지 거수투표로 결정하자고 제안했다. 아브릴이 옆에서 가만히 지켜볼지, 아니면 반대 의사를 밝힐지 망설이고 있을 때, 그린치는 평소보다 더 찡그린 얼굴로 일어나더니 그동안 사람들에게 좀처럼 보여주지 않았던 열정적인 모습으로 발굴 사업을 계속 진행하는 데 단호하게 반대하는 이유를 조목조목 설명하기 시작했다.

"우리는 지금까지 누려온 평온한 삶을 모두 잃게 될 겁니다. 외지인들이 떼로 몰려와 소란을 피우고 모든 것을 때려 부수면서, 마치 우리가 자기들의 세련된 언어를 이해하지 못하는 촌뜨기인 양 우리를 깔보고 고래고래 소리를 지를 겁니다. 그들은 대부분 젊은이들일 거예요. 그러니 먹고, 맥주도 마시고, 스키도 타면서 어디에선가 자려고 하겠죠."

"고고학자와 공무원들이 아니라, 마치 바이킹이라도 상륙하는 것처럼 이야기하는군요." 파르바티가 작은 소리로 웅얼거렸다.

발표를 마친 후, 다시 독서클럽 친구들 사이에 앉은 아브릴은 알렉스를 찾으려 두리번거리며 주위를 살펴보았다. 그는 여전히 거실 한구석에서 노트북과 프로젝터, 영국인다운 신중하고 과묵한 매력을 지닌 터너 박사와 함께 있었다. 그사이 살보는 마음속 불만을 털어놓았다.

"그러고 나면 서커스단이 줄지어 찾아올 테고, 트레비예스는 더이상 깊은 산속의 외딴 마을도 아니고, 우리를 따뜻하게 감싸주는 안식처도 되지 못할 겁니다. 결코 다시는."

"이 자리에 있는 노인들 중 삼분의 일은 귀가 멀어 여러분이 무슨 말을 했는지 거의 못 알아들었을 거예요." 자우메가 나직이 말했다. "또다른 삼분의 일은 고고학자가 뭔지도 모르지만, 아직 은퇴하지 않은 사람들이 마을을 돌아다니는 모습을 보고 싶어할 거고, 나머지는 정부에서 여기로 누군가를 파견할 때쯤이면 마을이 어떻게 변하든 더이상 자신의 문제가 아닐 거라고 생각할 겁니다."

"하지만 우리는 앞으로도 계속 여기 살 거예요." 로사가 폐회를 선언하고 참석한 모든 이에게 감사의 인사를 전하는 사이, 마리아가 나서며 말했다. "그래서 우리는 찬성표를 던진 겁니다."

"이 마을을 구할 사람들이 아주 늦게 온다는 건 알지만," 파르바티가 한숨을 내쉬며 말했다. "어쩌면 고고학자들이 도착할 즈음에는 트레비예스가 이미 텅 비어 있을지도 몰라요."

"그건 그들이 도착한 다음의 일이겠죠." 일어나 접이식 의자를 정리하려던 자우메가 자기 말이 맞다고 인정해달라는 듯한 눈빛으로 사서를 바라보았다. "아브릴 말로는, 문화재청이 얼마 전 실시한 예비 평가에서 이번 발견이 그다지 중요하지 않다는 결론을 내릴 수도 있다고 했어요."

"맞아요."

"그런데 정말 감동했어요." 앙헬이 말했다.

"이번 발견이 말인가요?"

"투표한 거요?"

"이십 분이나 계속된 롤라 부인의 연설이요?"

"아니면 우리 사서가 준비한 파워포인트 말이에요?"

"사서의 컴퓨터 실력이요?"

"살보가 내놓은 의견이요." 마침내 앙헬이 끼어들어 말을 이었다. "그가 그렇게 로맨틱한 사람인 줄 몰랐거든요."

아브릴은 그린치의 문학 취향을 알게 된 이후로 그럴 만하다고 생각했지만, 잠자코 있었다.

3월 들어 다시 낮이 길어지고, 오후에 온 세상을 금빛으로 물들이던 해가 지면 하늘이 보라색과 분홍색으로 변했다. 아브릴은 하늘을 쳐다보며 알렉스, 울피와 함께 숲길을 걷는 일에 익숙해졌다. 그러던 어느 날, 주민 회의가 열리기 전 저녁 산책을 하던 알렉스는 어쩌면 살보가 사랑에 빠졌는지도 모른다고 말했다.

"당신의 직감을 의심하는 건 아니지만, 그래도 그건 좀 아닌 것 같아요." 아브릴이 잠시 생각한 후에 말했다.

"당신도 낌새를 눈치채긴 했군요."

"최근까지 현실 세계에서 진짜 사람들과 교류하기보다 디프 웹에서 더 많은 시간을 보냈던 당신이 살보 자신이나 그의 친구들보다 먼저 알아차렸다는 것은 대단한 성과인 것 같아요."

"아이쿠!" 알렉스는 가슴에 말뚝이라도 박힌 양 무언가를 뽑아내는 시늉을 했다.

함께 산책을 하는 동안 두 사람은 각자의 가족, 과거, 걱정과 두려움, 실패와 희망에 대해 이야기하면서 서로의 마음을 더 잘 알게 되었다. 그들은 밝힐 수 없는 현재의 진실 외에는 그 어떤 비밀도 숨기지 않고, 그렇게 거리낌없이 마음의 문을 활짝 열면서 서로에게 얼마나 취약한 상태가 되었는지 전혀 생각하지 않았다. 도시의 소음과 공해에서 벗어나 커다란 전나무와 오리나무 아래를 단둘이 나란히 걸으며 이야기를 나누는 것이 훨씬 더 편했다. 그들은 아직 잠들어 있는 회양목과 가시금작화가 양옆에 늘어서 있는 길을 따라, 서쪽으로는 들판에 야생 밀싹이 파릇파릇하게 돋아나고 지평선에는 푸르고 하얀 산이 펼쳐진 곳으로 나아가며 행복에 겨운 듯 폴짝폴짝 뛰는 개에게 짧은 나뭇가지를 던져주기도 했다.

"아마 앙헬은 알고 있을 거예요." 알렉스가 마침내 입을 열었다.

"미안하지만, 그린치가 사랑 고백을 하는 모습이 도무지 상상이 안 돼요. 그가 인간적인 감정을 가지고 있다는 사실조차 받아들일 수 없다고요."

"그가 로자문드 필처를 좋아한다고 했잖아요. 그녀는 그 누구보다 인간의 감정을 잘 다루는 작가라고요."

"아마 그린치는 자신의 본모습을 절대 드러내고 싶어하지 않는 소시오패스를 위한 교과서로 그 작품을 읽었을 거예요. 그런데 문제는 그에게 별 효과가 없었다는 거죠. 오래전에 아빠에게 왜 『죄와 벌』을 읽지 않느냐고 물어본 적이 있었어요." 그녀는 입가에 미소를 띠고 말했다. "그랬더니 아빠는 쉬는 시간에 사무실에 있는 느낌을 받고 싶지 않다고 대답하더군요. 그래도 그린치가 칼리굴라나 잭 더 리퍼에 대해 아무것도 묻지 않아서 얼마나 다행인지 몰라요."

"그가 누군가에게 사랑한다고 고백했는지 안 했는지는 중요하지 않아요." 알렉스는 가던 길을 잠시 멈추고, 짤막한 갈색 나뭇가지가 가득한 숲 가장자리에서 자신이 던져준 나뭇가지 하나를 능숙하게 찾아낸 울피를 쓰다듬어주며 말했다. "정말 중요한 것은 그가 누군가를 사랑한다는 거죠." 그는 꼿꼿하게 서서 그녀의 눈을 똑바로 쳐다보았다. 그러고는 진지하면서도 약간 쉰 듯한 목소리로―나중에 아브릴은 그의 그런 목소리를 자기 혼자서 상상한 것이라고 생각했다―이렇게 속삭였다. "당신이 굳이 말하지 않아도 존재하는 것들이 있어요."

아브릴이 깊은 생각에서 깨어나 도서관에서 뜨개질 모임이 열리는 목요일 현재로 돌아오게 만든 것은 울피였다. 울피는 그녀가 볼썽사나운 떡갈고무나무 아래 바닥에 여전히 꿇어앉아 털실 뭉치를 손에 쥐고 있는 틈을 타, 그녀의 무릎 위에 주둥이를 부드럽게 얹으며 아무런 죄책감이나 슬픔도 없는 맑은 금빛 눈으로 그녀를 바라보았다. 녀석에게는 이제 모든 것이 새로운 시작인 셈이었다. 그녀는 조심스럽게 울피의 양쪽 귀 사이를 쓰다듬다, 곧 가슴 가득히 차오르는 기쁨을 느끼며 녀석에게 미소를 지어 보였다.

"너랑 내가 친구가 될 줄 누가 알았겠니."

"나는 몰랐어요." 인조 떡갈고무나무 잎들 사이에서 혼자 중얼거리는 그녀를 보며 알렉스가 말했다. 그는 아프리카 정글에서 실종된 데이비드 리빙스턴 박사를 발견한 헨리 스탠리와 같은 기분이었다. 그는 벽에 등을 기대고 그녀 옆에 앉았다. 그리고 돌의 냉기를 막기 위해 옆구리가 닿을 정도로 그녀 옆으로 바싹 다가앉았다. "나는 당신이 사다리에서 떨어져 가엾은 우리 울피를 깔아뭉갤까봐 잠시 걱정했어요."

"조작된 기억에 속은 거예요. 당신의 늑대가 나를 잡아먹으려 했다고요."

"그래도 여기서 무사히 잘 지내고 있잖아요." 그가 웃으며 말했다.

"당신에게서 가장 마음에 드는 점은," 그녀는 자기가 무슨 말을 하는지 미처 생각할 겨를도 없이 불쑥 말했다. "하몽과 치즈, 미니 크루아상을 놔두고 멀리 떨어진 곳에 앉아 한 손에는 보라색 털실 뭉치를 들고, 다른 손으로는 늑대개의 귀를 쓰다듬으면서 대체 여기서 뭐하는 거냐고 묻는 대신, 나와 함께 앉아 있어준다는 거예요."

"설령 체면을 구긴다고 해도, 좋은 일 때문이라면 괜찮아요."

"내일 독서클럽에서 『에마』를 다룰 텐데, 다 읽었어요?"

"네. 그런데 혹시라도 클럽의 특정 회원들을 중간에서 서로 이어주는 일이 얼마나 위험한지 내게 넌지시 알리려고 그 책을 고른 건 아니기를 바라요. 그들이 누군지는 굳이 밝히지 않을게요. 지금 저기 있는 이들이 모두 우리를 쳐다보면서 속닥거리고 있으니까요. 하기는 사서 둘이 커다란 인조 나무 아래 앉아 무슨 짓을 하는지 궁금하겠죠."

"다 우리를 보고 있지는 않아요." 아브릴은 알렉스가 내민 손을 잡고 일어나며 말했다. "앙헬은 잠들어 있잖아요."

하지만 알렉스가 대답을 대충 얼버무리고 그녀의 손을 놓으려는 순간, 그녀는 그를 놓아주지 않았다. 오히려 그의 손을 꼭 잡고 가까이 다가가, 깨끗한 면 셔츠와 부드러운 면도 크림 향기를 몰래 맡았다. 마치 훗날 그의 모습과 향기, 그리고 건장하고 강인하고 튼튼한 그의 육체에서 전해지는 온기를 떠올려볼 때를 위해 모든 걸 마음속 깊이 새겨두려는 듯이 말이다. 그러고는 다른 손을 그의 가슴에 대고 잠시 멈춰 서서 그의 심장박동수를 셌다. 그 순간부터 그의 심장박동에 맞춰 시간을 재는 방법을 배우기라도 하려는 것처럼.

"모든 것이 평온하고 안정된 것 같아요." 아브릴은 그와 헤어지는 순간 온 세상이 와르르 무너질까 두려웠다. "모든 것이 산산조각나기 전에는 항상 그렇듯이 말이죠."

"키스하고 싶었어요." 그가 급히 말했다. "그날, 도서관 정원 자리에 있던 로마 창고의 배치도를 확인하러 언덕을 올랐을 때요. 난 당신을 정말 좋아해요. 키스하고 싶었어요." 그는 같은 말을 되풀이했다. "우리가 친구 이상이 될 수 있는지 알아보고 싶었죠. 하지만 난 이미 알고 있었어요. 여기로, 그리고 여기로 말이죠." 그는 머리와 가슴을 차례로 가리켰다. "당신을 안았을 때 온몸으로 알게 됐어요."

아브릴은 잠시 그의 가슴에 머리를 기댔다. 물론 결국 그와 헤어져야 한다는 것을, 그리고 음악이 흐르지 않는데도 두 사람이 당장 춤을 춰도 좋은 만큼 서로 가까이 있다는 사실을 누군가가 금방 알아차리리라는 것도 알고 있었다.

"나도 그러고 싶었어요." 그녀가 속삭이며 고백했다. "하지만 그건 말도 안 돼요. 머리에는 가슴이 이해하지 못하는 이유가 있으니까요." 그녀의 세상이 이미 뒤죽박죽 엉망이 된 마당에 블레즈 파스칼의 말을 거꾸로 인용했더라도 무슨 상관이겠는가.

"서로 같은 마음이 되는 게 얼마나 어려운지 알아요? 우리의 경우는 아예 일의 순서가 거꾸로 된 거라고요. 먼저 같이 살다가 사랑에 빠졌으니까요." 알렉스는 그녀의 마음을 훤히 읽을 수 있다는 듯 자신 있게 말했다. "그래도 모든 일이 다 잘 풀리고 있잖아요."

"나만 빼고요."

아브릴은 잡고 있던 손을 슬며시 거두고는, 벽난로 앞에 동그랗게 둘러앉은 사람들에게 돌아가 한껏 과장된 밝은 목소리로 드디어 독서용 숄을 완성했다는 소식을 전했다. 하지만 그녀의 손을 놓아주던 순간, 알렉스에겐 하고 싶은 말이 아주 많아 보였다.

아브릴은 불길한 예감에 휩싸여 있었고, 알렉스는 그녀의 곁에 있을 때면 언제나 가슴이 두근거렸다. 하지만 파르바티는 그런 사실은 까맣게 모른 채, 코트 주머니에 『에마』를 넣고 손에 커다란 쟁반을 들고 금요일 독서클럽 모임이 열리는 시간에 맞춰 도착했다. 쟁반에는 양파, 감자, 렌틸콩, 쌀, 그리고 자우메의 말에 따르면, 장인 장모의 고향 마을 사람들을 위궤양에 걸리게 만들 만큼 강한 인도 향신료를 넣어 만든 '마살라

도사"라는 음식이 담겨 있었다.

파르바티가 도서관에 들어섰을 때 가장 먼저 눈에 띈 것은 정원에서 숄로 몸을 감싸고 있는 아브릴이었다. 머리를 풀어 헤친 채 긴 회색 울 원피스를 입고 알렉스의 커다란 장화를 신은 그녀는 인간인 척하려다 들통나자 당황한 정원의 요정처럼 보였다. 파르바티는 부활절 방학을 맞아 집으로 돌아온 아들들이 아름다운 사서를 보고 첫눈에 반한다고 해도 전혀 놀라지 않을 것 같았다.

"그사이 정원이 이렇게 멋있게 변했네." 파르바티가 그녀에게 인사를 건넸다.

"오셨어요, 파르바티. 벌써 시간이 됐나요?"

"십오 분 남았어요. 아직 아무도 안 왔고요."

"밤나무, 장미, 구스베리, 진달래, 수선화, 그리고 투구꽃도 있어요." 아브릴은 정원에 있는 나무와 식물, 관목을 가리키며 하나씩 이름을 불렀다. "알렉스가 작업에 너무 열중한 나머지 전기톱으로 회양목을 죄다 베어버릴까봐 걱정이에요. 알렉스는 회양목이 야생 가시덤불처럼 걷잡을 수 없이 자라서 그냥 놔두면 이 정원을 다 뒤덮어버릴 수도 있다고 변명을 늘어놓더라고요."

---

* 쌀과 콩을 갈아 만든 반죽을 얇게 부친 '도사'에 여러 향신료로 양념한 속 재료를 곁들인 음식.

"기억나요?" 파르바티가 웃으며 말했다. "처음 이 정원을 보고 놀라서 멍하니 있었잖아요."

"할머니의 정원이 쥐라기 정글 같을 줄은 꿈에도 몰랐으니까요. 그땐 정말이지 당장 책을 들고 잠자리에 들고 싶은 생각밖에 없었어요. 하지만 당신이 해준 말도 기억나요. 사람을 대할 때와 마찬가지로, 정원에도 시간과 애정을 줘야 한다고요. 사실 그때는 잘 몰랐지만, 당신은 나를 따뜻하게 대해줬고 마음을 편안하게 갖도록 도와주었죠."

"누구나 가끔 길을 잃고 방황하기 마련이에요."

"나 자신을 찾았는지는 모르겠지만, 아무튼 하루가 다르게 이 정원이 좋아져요. 날씨가 좋아지면 이곳에 나와서 따사로운 햇빛을 받으며 책을 읽을 거예요. 장미와 저 푸르른 수풀 속에서 만발한 꽃들에 둘러싸인 채로요."

파르바티는 봄이 와도 아브릴이 계속 그 자리를 지켜주기를 진심으로 바라면서도, 약간의 죄책감을 느꼈다. 그래서 자신의 모순된 바람을 감추느라 말없이 고개만 끄덕였다. 그녀는 트레비에스가 젊은이들에게 해줄 수 있는 것이 별로 없다는 것을 잘 알고 있었을 뿐만 아니라, 한없는 그리움에 사로잡힌 어머니로서 이기적인 욕망을 버리고 할일이 태산 같은 이들을 넓은 세상으로 떠나보내는 것이 얼마나 어려운 일인지도 잘 알고 있었다. 마리아와 로사는 회한에 젖은 파르바티를 달래주려고 정원으로 나가 그녀가 죄책감을 잊게 해주었다.

"날도 추운데 둘이 여기서 뭐하는 거예요?" 로사가 나무랐다. "문을 열어두는 바람에 지금 집안이 얼음장이라고요."

"정원이 정말 예뻐졌네요. 아직 조금 어수선하지만, 가지치기만 잘하면 깔끔해질 거예요."

"안으로 들어가요." 아브릴이 말했다. "모두 그 소설을 읽었나요? 재미있었어요?"

제인 오스틴의 소설이라면 하나도 빼놓지 않고 모두 읽은 파르바티가 주머니에서 책을 꺼내며 대답했다. 파르바티의 마음속에서는 오스틴의 소설과 브론테 자매의 소설이 그녀의 마음을 독차지하려고 서로 경쟁하고 있었다.

"『에마』는 내가 가장 좋아하는 소설 중 하나예요."

아브릴은 고개를 끄덕였다. 그날 아브릴이 유독 만족스럽고 차분해 보인 것은 아마 그들에게 그 책을 읽자고 했을 때 독서클럽이 드디어 안정 궤도에 들어섰다는 것을 직감했기 때문이었을 것이다.

"제인 오스틴은 언젠가 어떤 편지에 이렇게 썼어요." 아브릴이 삼총사에게 설명했다. "지금 쓰고 있는 소설에 독자들이 그다지 좋아하지 않을 법한 인물을 주인공으로 등장시켰는데, 자칫 잘못하다가는 자기도 경박하고 버르장머리 없는 인간으로 낙인찍힐까봐 걱정된다고요. 어떤 면에서 에마 우드

하우스는 독특한 주인공이었죠. 엘리자베스 베넷, 패니 프라이스, 앤 엘리엇, 엘리너 대시우드*와 달리, 에마는 부유하고, 즐거운 사교생활 외에 딱히 걱정할 것도 없으며, 결혼할 필요도 없고, 아버지의 인생을 좌지우지하고 지인들 사이에 로맨스를 꾸며내는 것을 낙으로 삼으면서 행복하게 사는 인물이에요. 심지어는 그녀가 조금 멍청하다고 말하는 이들도 있어요. 하지만 잘 살펴보면 에마만의 매력도 있답니다. 우선 쾌활하고, 재치와 활력이 넘치고, 남보다 앞서서 행동하는가 하면, 나이틀리 씨가 실수를 지적하고 꾸짖으면 이를 반성할 만큼 이성적일 뿐만 아니라, 인정도 많은 편이죠. 에마는 뭔가를 끊임없이 배우려 하고, 스스로 더 나은 사람이 되고 싶어해요. 그건 단지 마음에 드는 남편감을 찾거나 다른 이들을 기쁘게 만들기 위해서가 아니라, 진정으로 가장 훌륭한 경지에 도달하고 싶어하기 때문이에요."

"내가 보기에는 칭찬할 만한 인물인데요." 파르바티가 고개를 끄덕이며 말했다. "자존감을 높이려면 지금 있는 그대로의 내 모습을 담담하게 받아들이는 것이 가장 중요하니까요."

파르바티는 쟁반에 담아온 음식을 식탁에 차리면서, 아브릴과 로사가 차를 제대로 끓이고 와인의 코르크 마개를 잘 따

---

* 각각 『오만과 편견』 『맨스필드 파크』 『설득』 『이성과 감성』의 주인공.

는지 지켜보고, 피곤해 죽겠다고 불평하는 마리아의 말을 참을성 있게 들었다. 그 주에 마리아는 은퇴가 아직 너무 멀게만 느껴진다고 여러 번 투덜거렸다. 그러자 친구들은 웃으며 그녀를 바라보았다. 마리아가 마을에 하나밖에 없는 카페 주인으로서 살아온 지난날의 고생담을 늘어놓고 있는데, 앙헬, 자우메, 살보가 찬바람에 쫓기듯 황급히 들어왔다.

"이봐요, 우리 빼놓고 시작하지 말라고요." 앙헬이 경고했다. 그는 현관에서 부츠를 벗으려다 균형을 잃고 쓰러질 뻔했지만, 다행히도 그린치가 그의 팔꿈치를 잡아주었다.

한편 파르바티는 도서관과 정원의 요정이 대체 어떤 마법을 부렸기에 남편이 신발을 벗고 집안으로 들어왔는지 궁금했다. 그녀는 남편에게 제발 신발을 벗고 들어오라는 잔소리를 삼십 년 가까운 결혼생활 내내 귀에 못이 박히도록 했지만 집에 들어올 때 신발을 벗는 습관을 들이는 데 끝내 실패했다. 그녀는 말없이 고개를 절레절레 흔들며 마리아의 잔에 와인을 따라주고, 남자들에게 꾸물대지 말고 빨리 들어오라고 재촉했다.

"이제 그만 툴툴대고 이리 오라고요."

"내가 없는데 벌써 시작한 거예요?" 숨을 헐떡이며 뒤따라오는 울피와 함께 안으로 들어서며 알렉스가 볼멘소리를 했다. 그는 개를 문 옆에 두고 물그릇에 담긴 물을 마시게 한 다음, 부츠를 벗고 소파에 털썩 앉았다. 그 순간 소파 옆자리에 앉아 있던 아브릴은 몸이 흔들렸지만, 균형을 잃지 않은 덕분에 간신히 찻잔을 엎지르지 않았다.

"제인 오스틴에 대한 당신의 바이킹다운 열정은 고맙게 생각하지만, 만약 당신 때문에 이 얼그레이를 쏟는 날에는 당장 런던탑으로 돌려보낼 거예요."

"난 거기 한 번도 가본 적이 없는데요." 그는 웃으며 대답하더니, 마살라 도사는 뜨거울 때 먹어야 제맛이라는 파르바티의 말에 당장이라도 쟁반에 덤벼들 태세를 보였다.

"오스틴이 살던 시대에 런던탑은 아직 감옥이었어요." 아브릴이 정확히 짚어주었다.

파르바티가 서둘러 음식을 접시에 덜어 건네주자, 알렉스는 이제 모든 것이 해결되었다고 여긴 듯 흡족한 표정을 지으며 안락의자에 옮겨 앉았다. 최근 들어 그 두 사람은 수상하지만 매력적인 망명자 커플처럼 항상 붙어다녔다.

"이건 차 한 잔 마시면서 읽기 좋은 책이더군요." 알렉스가 만족스러운 듯이 말했다.

"마치 『프린세스 브라이드』는 그렇지 않다는 얘기처럼 들리네요." 그린치가 입에 음식을 가득 물고 반박했다.

알렉스는 파르바티에게 한쪽 눈을 찡긋하더니 냅킨과 마살라 도사를 또 한 접시 집어들었다. 그러고는 비아냥거리는 경찰관에게 대꾸했다.

"글쎄요. 내가 보기에 그 작품은 독이 묻은 와인잔이랑 목숨을 걸고 검으로 벌이는 결투와 더 잘 어울리는 것 같았거든요."

"아니죠. 차 한 잔과 어울리는 작품이라고요."

"그럼 『듄』은요?"

"우주에서 차 한 잔 마시면서 보기에 좋은 작품이죠."

"마살라 도사 두 조각만 더 주세요."

"『드라큘라』에 대해서는 안 묻는 게 낫겠어요."

"고급 도자기 찻잔에 묻은 피는 잘 지워지지 않는다고요." 마리아가 자신의 바리스타 경험을 바탕으로 매우 진지하게 두 사람의 대화에 끼어들었다.

시청에서 평소보다 긴 하루를 보낸 후, 레드와인 한 잔을 들고 휠체어에 기대어 앉은 로사는, 아브릴이 독서클럽을 시작하며 제인 오스틴과 '찻잔 속의 소설'*이라는 수식어가 붙은 오스틴의 소설에 대한 21세기 비평을 소개하자 말없이 고개를 끄덕였다.

"요즘은 내가 좋아하는 위대한 작가들에 대해 자기 의견을 늘어놓은 글을 더이상 읽지 않아요. 그런 글을 읽다보면 자꾸

---

* 감상적이고 낭만적인 이야기에 초점을 맞춘 소설을 이르는 말.

화가 치밀어올라서 말이죠." 로사가 속내를 털어놓았다. "오스틴이 남편감을 찾으러 다니는 여성에 대해서만 썼다거나, 『폭풍의 언덕』이 서로에게 독이 되고 마는 사랑을 그린 소설이라거나, 찰스 디킨스의 소설을 읽는 것은 감자를 바라보는 것만큼 지루하다고 말하는 비평가들의 글을 읽으면 기분이 언짢아지더라고요."

"죽은 작가들을 비평하는 것이 훨씬 쉽겠지. 뭐라고 해도 아무 대꾸도 못하니까." 파르바티가 어깨를 으쓱하며 말했다.

"그럼 편집자들은요?" 아브릴이 물었다.

"더 편하겠죠. 가령 당신이 고인이 된 어느 작가의 편집자인데, 작가가 자신의 마지막 걸작 원고 수정이나 판매 및 배본에 관해 잔소리하려고 저세상에서 회의를 열겠다고 하면 돈이 어마어마하게 들 거란 말이에요. 그런데 작가들은 보통 빈털터리예요."

"내 말은 그게 아니라, 자기 담당 작가에 대해 누가 그렇게 경멸적으로 이야기하면 편집자 입장에서 화가 나지 않겠냐는 뜻이에요."

"그런데 나는 왜 사람들이 소셜 미디어에서 소설에 대해 악의 찬 비난을 퍼붓고, 그 작가를 태그해서 세상에서 가장 비참한 기분을 느끼도록 만드는지 궁금해요."

파르바티는 질문을 던지고는 곁눈질로 그린치의 눈치를 살

폈다. 아무리 봐도 소셜 미디어를 하면서 귀중한 시간을 낭비할 사람 같지는 않았다. 하지만 혹시 소셜 미디어를 한다면, 현실에서 늘 그러듯 고약한 성격을 가진 트롤*처럼 구는 그의 모습이 어렵지 않게 상상되었다. 다른 이들이 어리둥절한 표정으로 바라보자, 그녀는 그 질문에 스스로 대답하기로 마음먹었다.

"어쩌면 그 작가가 영원히 글을 못 쓰게 만들려고 그러는 건지도 몰라요. 아니면 불안과 수치심에 시달리다 수명이 줄고 글 쓸 시간도 없게 만들려는 수작일 수도 있고요."

"우리는 장 볼 물건 목록조차 똑바로 적지도 못하면서 고전 작품을 비판할 자격이 있다고 생각한다는 말이군요." 아브릴이 곰곰이 생각하며 말했다.

"글쎄요. 요즘에는 사람들이 어떤 일에 관해서든 자기 의견을 밝히죠. 그런데 문제는 자기 의견에 동의하지 않으면 화를 버럭 내고 욕을 퍼붓는다는 거예요."

"예전부터 그랬던 것 같은데, 요즘 들어 더 시끄러워졌을 뿐이죠."

"그래서 나는 소셜 미디어가 싫어요." 자우메가 아주 진지한 표정으로 말했다.

---

* 북유럽의 신화나 전설 속 괴물같이 생긴 거인.

그러자 그의 아내는 눈을 동그랗게 뜨더니, 그에게 더이상 와인도 따라주지 않고 대꾸했다.

"당신은 소셜 미디어를 해본 적도 없잖아."

"싫어하니까."

"누구든 자기 의견을 말할 권리가 있어요." 앙헬이 방금 잠이 든 터라, 로사는 목소리를 낮추며 말했다. "마찬가지로 다른 사람의 의견, 특히 비열하고 악의적인 의견에 귀를 기울이지 않을 권리도 있고요."

"『에마』에 대해서 계속 이야기할 건가요?" 그린치가 투덜거렸다.

"당연하죠." 파르바티가 단호하게 말했다. "미스 베이츠의 경우를 생각해보세요. 박스힐에 피크닉을 갔을 때, 에마가 면전에서 그녀에 대해 이러쿵저러쿵 이야기하는 것이 얼마나 잔인한지 말이에요. 그녀는 그런 부당한 대우를 받을 이유가 전혀 없다고요. 그녀가 나이든 독신녀이자 가난한 하녀라고 해도, 그것이 꼭 본인에게만 책임이 있다고 할 수는 없잖아요." 그러면서 파르바티는 살보가 쌀쌀맞고 타인에게 불쾌감을 주는 것은 아마 고스란히 본인의 책임일 거라고 생각했다. 어쩌면 매일 아침 집을 나서기 전에 거울 앞에서 저런 레몬 씹은 표정을 연습하는지도 모를 일이었다.

"미스 베이츠를 보면 롤라 부인이 떠오르더라고요." 알렉스가 끼어들었다. "둘 다 시간이 없거나 급할 때 만나면 곤란한 사람들이죠."

그날 저녁은 다 함께 도란도란 이야기를 나누느라 시간이 가는 줄 몰랐다. 함께 있는 자리가 워낙 편안한데다, 서로를 지극히 아끼고 사랑하기 때문에 상대방의 말에 저의가 있는지 힘들게 따질 필요도 없었다. 파르바티는 그동안 제인 오스틴을 흠모해왔던 마음을 친구들과 나눌 수 있어서 무척이나 기뻤다. 그리고 그녀는 살보를 볼 때마다 성격이 모질고 편견이 심한 캐서린 드 버그 부인이 떠올랐지만, 정작 살보 본인은 나이틀리 씨에게 강한 동질감을 느끼는 것 같았다. 파르바티는 친구들에게 그 이야기를 해주고 싶었지만, 다들 와인과 벽난로의 따스한 온기에 취해 편안한 표정을 짓고 있는 걸 보면 아무도 이를 알아차리지 못한 것 같았다. 심지어는 독서클럽에서 읽을 책을 잘못 고르지 않았는지 매주 마음을 졸이며 회원들의 토론에 집중하던 아브릴마저도 그날 저녁에는 자신만의 생각에 깊이 빠져 있었다. 다음에 읽을 소설을 발표할 순간이 되어 아브릴이 사라토가 트렁크 앞에 무릎을 꿇고서 두 권의 책을 놓고 망설이다가 결국 세번째 책을 선택하는 모습이 파르바티의 눈에 들어왔다. 그리고 아브릴이 『멋진 징조들』*

---

* 테리 프래쳇과 닐 게이먼이 쓴 판타지 소설.

을 읽자고 발표하는 순간, 도서관 문이 벌컥 열리면서 살을 에는 듯한 찬바람과 함께 애티커스 핀치를 연상케 하는 남자가 들어왔다.

"안녕하세요." 그는 엷은 미소를 띠고 코트 단추를 끄르며 말했다. 모자를 쓰고 있었다면 정중하게 모자를 들어올리며 인사했을 것 같은 분위기를 풍겼다. "여기가 독서클럽인 모양이군요."

"더이상 자리가 없어요." 그린치는 빅토리아시대의 보좌신부 같은 표정으로 그를 위아래로 훑어보며 서둘러 말했다.

"어, 아빠……" 아브릴이 한숨을 내쉬며 말했다.

파르바티는 아브릴이 아버지의 예상치 못한 방문에 놀라 떨어뜨린 책을 서둘러 주웠다. 무언가 이상한 낌새를 눈치챈 파르바티는 곁눈질로 알렉스의 기색을 살폈다. 알렉스는 아브릴을 보호하려는 듯 자리에서 벌떡 일어나 그녀에게 다가 갔다. 마치 조금 전 들이닥친 이에게서 남들은 느끼지 못한 위협을 감지하기라도 한 듯했다. 파르바티는 손가락 마디마디가 하얗게 변하도록 그가 주먹을 꽉 쥔 건 독서클럽의 토론을 방해한 가엾은 애티커스를 때리고 싶은 걷잡을 수 없는 충동이 일었기 때문일지 자문했다. 하지만 다시 생각해보니, 알렉스도 제인 오스틴의 열렬한 팬은 아닌 것 같았다. 떨어진 책을 모두 주워들고 일어나 그 장면을 똑바로 볼 수 있게 된 후에야

파르바티는 비로소 상황을 제대로 이해할 수 있었다. 그리고 변호사의 방문이 알렉스에게 무엇을 의미하는지는 며칠이 더 지나서야 알게 되었다. 그것은 트레비예스에서 보내던 휴가가 끝나고 사서와 멀리 떨어져야 하는 여행의 시작을 뜻했다. 큰아들 때문에 항상 조바심에 가슴을 태우며 살던 파르바티는 이미 잘 알고 있었다. 그 순간의 긴장감은 사서를 꼭 껴안고 모든 것이 잘될 거라고 확신시켜주고 싶은 지극하고 간절한 소망이었다는 것을 말이다.

15

아브릴은 제임스 헤리엇의 『이 세상의 모든 크고 작은 생물들』을 가슴에 꼭 안고서 자신의 부서진 마음 조각이 1층 도서관에 남아 있다는 사실을 상기하며 계단을 따라 침실로 올라갔다. 이미 익숙할 대로 익숙한 고통이 다시 찾아와 슬픔과 절망의 무게에 짓눌린 듯, 온몸의 살갗이 무겁게만 느껴졌다. 아버지는 알렉스의 상황에 대해 그에게 따로 알려줄 것이 있으니 그녀에게는 내일 이야기하자고 말했다. 아브릴은 자기가 더이상 그 자리에 있을 필요가 없다는 것을 깨달았다. 그리고 어떤 일에도 쉽게 흔들리지 않는 아버지의 눈이 잠시 흔들리는 것을 보고는 나쁜 소식임을 직감했다.

활짝 열린 문으로 바람에 날린 눈이 휘몰아쳐들어와 벌거벗은 내 등에 쌓이는 것을 느끼면서 나는 생각했다. 이런 건 책에도 안 나와 있는데.

아브릴은 소설의 첫 문장만 읽고 책을 이불 위에 내려놓았다. 그러자 머릿속에 맴돌던 많은 생각도 세상을 뒤덮은 침묵과 어둠 속으로 사라졌다. 마치 눈보라가 몰아치기 전날 밤처럼, 모든 것이 막 뒤바뀌려 하고 있었다. 제임스 헤리엇은 제2차세계대전을 겪은 지 한참 지난 1960년대 영국 북부 시골에서 수의사로 일한 경험을 바탕으로 처음 쓴 이야기를 책으로 펴냈다. 매력적인 이 영국인 수의사는 결혼한 지 몇 달 만에 징집되어 영국 왕립 공군에서 복무했다. 짤막한 작가 소개문에는 이에 대해 아무런 언급이 없었지만, 아브릴은 가장 완전한 행복에서 전쟁의 지옥으로 넘어가는 날짜에 항상 주목했다. 헤리엇의 소설들은 유쾌하고 재미있었으며, 약간 엉뚱하기도 하면서 때때로 슬프기도 했다. 마치 시간은 가장 무시무시한 심연의 잔해조차 잊게 만든다는 듯이, 그 이야기들 속에서, 심지어 영국 왕립 공군의 수의사에게서도 고통이나 두려움의 흔적은 전혀 찾을 수 없었다.

전쟁의 공포를 떠올리면서도 문학을 치료제로 생각하자, 아브릴은 자신이 처한 상황을 덜 비극적으로 바라볼 수 있었다. 예전에 어떤 친구한테 들은 말로는, 러디어드 키플링은 제 1차세계대전 때 아들 존을 잃은 충격에서 끝내 벗어나지 못했 다고 했다. 전쟁에 대한 아이러니와 분노로 가득찬 그의 글은 구설수에 올랐고, 그의 글은 마음처럼 점점 닫혀갔다. 그러다 그는 아내 캐리와 함께 전선에 소설책을 보내는 프로젝트를 시작했다. 전쟁의 공포로부터 단 몇 분간만이라도 벗어나게 하고, 마음이나마 참호에서 벗어나 집에 더 가까이 갈 수 있도 록 마음의 휴식을 주려는 의도로, 병사들이 늘 지니고 다니며 기분전환삼아 재밌게 읽을 만한 문고판 책을 보냈다. 키플링 은 자신의 책인 『킴』이 한 젊은 프랑스 병사의 목숨을 구하게 될 줄은 상상조차 하지 못했다. 실제로 그 병사는 왼쪽 주머니 에 넣어둔 키플링의 책이 치명적인 총알을 막아준 덕분에 적 군의 끔찍한 포격에서 살아남을 수 있었다. 얼마 후 그 병사가 자신에게 커다란 행운을 안겨다준 사건을 상세히 설명하기 위해 키플링에게 편지를 보냈고, 키플링은 그 병사가 키플링 의 아들 존을 기리기 위해 첫아들의 이름을 장*이라고 지었다 는 사실을 알게 되었다.

아브릴은 유럽이 전쟁으로 스스로 파멸할 생각에 이르기 한참 전, 러디어드와 캐리가 그들의 전 재산을 예치해둔 은행

---

* '장(Jean)'은 '존(John)'의 프랑스식 이름이다.

의 파산 소식을 듣고 신혼여행을 중단했던 사실을 떠올렸다. 경제적인 어려움에 처한 그들은 어쩔 수 없이 외딴 시골이나 다름없던 버몬트의 어느 임대주택으로 이사했다. 그들만의 트레비에스였던 그곳에서 러디어드는 뛰어난 작품을 썼을 뿐만 아니라, 추수감사절 동안 아서 코넌 도일을 초대하기도 했다. 도일은 키플링 부부의 친절에 보답하기 위해 그들에게 골프 레슨을 해주었고, 그후로 다시 만날 때마다 골프를 치며 즐거운 시간을 보냈다.

버몬트의 푸르른 숲에서 아들을 잃은 어둠으로, 또다른 잔인한 전쟁의 공포에서 동물들을 보살피기 위해 머문 아름다운 영국 시골의 고요함으로, 그들의 삶은 바뀌어갔다. 하지만 그들이 겪은 고통은 다른 시대, 다른 지역에서, 그리고 다른 언어로 일어난 일이기 때문에 아브릴에게 낯설게 느껴졌다. 마치 고통과 기쁨이 지구상의 모든 존재에게 공통적으로 주어지지 않는 것처럼, 서로 다른 시대와 위도에서 태어났기 때문에 그들의 마음이 그녀에게 그대로 와닿을 수 없었던 것처럼 말이다. 아브릴은 할머니가 무척 뿌듯해하던 선견지명을 여전히 갖고 있었기에 자신의 손으로 해결할 수 있는 것과 그렇지 않은 것을 구별할 수 있었다. 자신의 특권이 무엇인지 잘 알았고, 결국 자신을 움직이게 하는 것은 죄책감일 거라고 생각했다. 그녀는 전쟁을 몸소 겪어본 적도 없었고 그런 상실의 고통을 상상할 수도 없었지만, 책을 읽으며 마음을 진정시키고 상황을 객관적으로 바라보며 다시 세상으로 나갈 순간을 느긋하게 기다리는 치료법은 알고 있었다. 어쩌면 서서히 다가오는 사건들과, 그녀를 다시 절망의 늪에서 허우적거리게 만들 사건들을 바꿀 수는 없겠지만, 그것이 결코 세상의 종말이 아님을 이해할 수 있을 터였다. 물론 버몬트에서 아서 코넌 도일에게 골프를 배우거나, 제임스 헤리엇과 함께 대러비 마을의 농장을 방문하지는 못하더라도, 그녀에게는 산과 정적으로 둘러싸여 안전한 그 작은 골짜기가 있었다. 그녀는 과거의 자신과 끝내 화해하지 않았다. 다시는 그때의 모습으로 돌아가고 싶지 않았다. 아무리 깊은 절망이라도 영원히 지속되지는 않는 법이다. 이 세상 그 어떤 것도, 심지어 두려움도 영원히 계속되지 않으니까.

두려움은 항상 그녀와 함께했던 터라, 트레비예스까지 굳이 그녀를 찾아올 필요가 없었다. 하지만 지난 몇 주 동안 책을 읽고 그곳의 좋은 사람들과 어울리면서 배운 점이 있다면 실수나 실직, 자기모멸보다 더 나쁜 일이 있다는 것이었다. 외로움, 정원의 난쟁이 요정, 거대한 익룡, 달 없는 밤에 당신을 잡아먹으려고 사다리 아래에서 기다리고 있는 늑대보다 더 나쁜 것들. 성격은 급해도 믿을 만하고 유머러스하며, 지혜롭고 고상한 정원사의 삶의 일부가 된 듯했는데, 이제 곧 그를 영원히 잃게 되리라는 소식을 접하는 것보다 더 두렵고 고통스러운 일은 없었다. 그 사실을 그토록 명확하게 깨닫게 된 것이 어쩌면 전혀 예상 밖의 일은 아니었을지도 모른다. 어쩌면 오랫동안 단순한 의혹 이상이었을 수도 있다. 그렇지만 상실감은 그 어떤 가정이나 추측마저 모두 지워버릴 정도로 단호하고 무시무시했다. 잠이 그녀를 구하러 올 때까지, 그래서 모든 것이 자비로운 암흑 속에서 녹아내릴 때까지, 그녀는 상실감에 젖어 기나긴 밤을 뜬눈으로 지새워야 했다.

평소처럼 알렉스가 아침 조깅을 마치고 돌아와 화장실이 비었다고 알리며 문을 두드리는 소리에 아브릴은 잠에서 깨어났다. 그녀는 창문을 열어 작별인사를 거부하는 겨울의 차가운 공기를 맞으며 화장실로 향했고, 샤워기 아래에 서서 짜증스럽게도 눈에 샴푸가 들어가 따가워서라고 스스로를 속이며 참았던 눈물을 쏟기 시작했다. 그녀는 개구리 커밋* 양말과 좋아하는 회색 플란넬 바지, 흰색 레이스 장식이 달린 보드라운 파란색 모직 점퍼를 입고 아침식사를 하러 내려가 커피 두 잔을 준비했다. 아래층에서는 아버지가 그녀를 기다리고 있었다. 디지털 시대에 태어나지 않은 세대답게 노트북에 화풀이하듯 사납게 키보드를 두드리고 있는 그의 모습은 판사나

---

* 〈세서미 스트리트〉에서 뉴스 기자로 등장하는 개구리 캐릭터.

변호사라기보다 사형집행인 같아 보였다. 그는 고맙다는 말을 하면서 커피를 받아들었고, 아무도 속지 않을 억지 미소를 지으며 자연스럽게 이야기를 꺼낼 방법을 찾느라 고심했다.

"아빠가 왜 왔는지 알아." 아브릴이 먼저 말을 꺼냈다.

"내가 여기 온 두 가지 이유 말이니?"

아브릴은 얼굴이 약간 창백해졌지만, 입술을 꽉 다물고 고개를 끄덕였다. 그녀가 천천히 숨을 쉬며 마음을 가라앉히는 동안 코로 스며드는 커피 향이 위안이 되었다.

"알렉스에게 반가운 소식을 가져왔단다." 아버지가 말했다. "하지만 네게 전할 소식은 그다지 달갑지 않을 것 같구나."

"올리밴더앤폭스가 나를 고소하기로 했겠지."

"기업 이미지 실추와 영업비밀 침해를 이유로 고소한다는구나."

미겔은 딸이 볼 수 있도록 노트북을 돌려놓더니, 광고회사의 로펌 로고가 박힌 문서를 열어 손으로 가리켰다. 그는 아브릴의 법적 상황, 그리고 영원히 끝나지 않을 것처럼 지루하게 이어지는 소송의 이유와 따라야 할 절차 등을 설명해주었다. 설명이 끝났을 때, 커피는 이미 차갑게 식어 있었다. 그 시간 동안이라면 『전쟁과 평화』를 두 번 정도 읽을 수 있었을 것 같다는 생각이 들었다.

"네가 나를 변호인으로 선임할 수도 있을 거라고 생각해봤는데……"

"그거야 손무*는 이미 죽은 사람이니까." 그녀가 그의 말을 가로막고 나섰다.

"……그래서 이미 관련 절차를 시작했단다."

"이제 내가 계약 당사자 '갑'이 되는 거구나."

"내 말을 유머러스하게 받아넘겨주니 나도 기쁘구나. 난 예전부터 네 유머 감각을 좋아했지. 네가 떠나고 나서 오랫동안 너의 뛰어난 유머를 즐기지 못해 얼마나 아쉬웠는지 몰라."

"'적어도 몸에 갑옷을 걸치고 죽을 것이다.'"** 그녀는 항상 셰익스피어를 인용하고 싶어했는데, 그 기회가 이렇게 안 좋은 상황에 찾아온 것이 안타까울 뿐이었다.

"아무도 죽지 않을 거야, 아브릴. 상황이 그렇게 나쁘지는 않아. 나는 우선 소송이 기각되도록 할 거라서, 재판까지 가지 않을 가능성이 높아. 이미 말한 것처럼, 다음주에 그들이 증거로 제출한 문서를 검토하려고 약속을 잡을 거야."

"그들이 제시할 증거라면, 내가 잘못 보낸 이메일이겠지."

"하나씩 해결해나가자꾸나." 그가 고개를 끄덕이며 말했

---

* 『손자병법』을 편찬한 중국 춘추시대 병법가.
** 셰익스피어의 『맥베스』 5막 5장에 나오는 구절.

다. "이번 일이 끝나려면 오래 걸릴 거야. 나랑 꼭 같이 다닐 필요는 없지만, 할머니와 나는 네가 집으로 돌아오기를 바란단다."

"나한테 집이 어디 있어." 그녀는 유배당한 공주의 목소리로 말했다. "가능한 한 여기 오래 머물고 싶어. 도시의 소음은 더이상 못 견딜 것 같아."

"알렉스는 이제 너와 함께 지내지 않을 거야. 보름 후에 그를 데리러 올 거란다. 심사 진행 후에 사면될 테니까. 내 생각에 그는 앞으로……"

"외국에 나가 일할 생각인가보더라고. 그는 내가 아무것도 모르는 줄 알지만, 매일 아침 컴퓨터 앞에 앉아 토론토와 도쿄, 가운데땅*과 샹그릴라** 같은 곳의 근무 조건을 알아보고 있어. 가끔 마르셀로와 통화하는 소리가 들리는데, 민간 기업의 급여가 좋은지, 아니면 정부 기관의 급여가 좋은지 이야기하더라고."

"내가 그를 데리러 오면 그때 너도 우리와 같이 가면 좋겠구나. 너를 여기 혼자 남겨두고 싶지 않아. 더이상 혼자 떨어져 지내는 건 좋지 않을 것 같아."

---

*J. R. R. 톨킨의 소설 『호빗』과 『반지의 제왕』에 등장하는 허구의 공간.
** 영국 작가 제임스 힐턴의 판타지 소설 『잃어버린 지평선』에 등장하는 유토피아.

"그래도 예전보다 사람들과 활발하게 어울리고 있어. 독서 클럽, 목요일 뜨개질 모임, 오후 한시에 식전주 마시는 모임…… 게다가 그린치가 도서관에 찾아와 심술을 부려가며 책을 빌려가는 일도 빼놓을 수 없다고. 그 사람은 얼마 전에 필처 부인의 책을 다 읽고 나서, 패니 플래그* 작품을 새로 발견해서 빌려갔어. 그렇다고 매일 열정 넘치는 독서가들이 찾아와 야단법석을 떠는 건 아니지만, 도서관엔 늘 사람들이 드나들어. 그러니까 더이상 혼자가 아니라고."

"하지만 사람들 사이에 둘러싸여 있어도 여전히 고립된 채로 살 수 있어. 껍데기를 꽉 다문 채 속을 내보이지 않는 굴처럼 말이다. 아, 잠깐만. 전화가 왔구나." 그는 진동이 울리는 휴대전화 화면을 바라보며 말했다. "나중에 다시 얘기하자."

아브릴은 대화가 중단된 틈에 도서관을 나와 한숨을 돌렸다. 깊은 산속의 맑은 공기를 마시는 것만으로도 큰 위안이 될 것 같았다. 트레비예스에서의 삶은 세상과 동떨어져 자기만의 리듬과 습성을 지닌 작은 골짜기의 자연 속에서 연속으로 이어지는 계절에 지나지 않았다. 『멋진 징조들』의 아담 영이 사는 테드필드처럼 이 작은 마을 또한 세월이 지나도 거의 변하지 않은 채 옛 모습 그대로 남아 있었다. 그린치는 실제로도

---

* 미국 배우이자 작가로, 『프라이드 그린 토마토』를 썼다.

아담 영과 유사한 면이 있을 것 같았고, 앙헬은 아지라파엘 역
할을 비교적 잘 소화했지만, 파르바티가 크롤리 역할을 하려
면 반짝이는 재치와 선글라스, 그리고 낡은 벤틀리가 필요했
다. 픽션은 현실을 단지 극복하는 것을 넘어서, 현실을 훨씬
더 잘 견딜 수 있게 해주었다.

아브릴이 카페 창문 너머에 서 있는 마리아에게 고개를 까
딱이며 인사하고 파르바티의 집에 가기 위해 광장에 발을 딛
는 순간, 갑자기 마른 나무가 쩍 하고 쪼개지는 소리가 고요한
아침에 요란하게 울려퍼졌다. 그녀는 난데없는 소리에 걸음
을 멈추었다. 괴이한 소리가 나는 곳을 향해 천천히 걸음을 옮
겨 도서관 뒤편으로 가보니, 오리나무숲으로 이어지는 길가
에서 알렉스가 엄청나게 큰 그루터기 위에 장작을 놓고 도끼
로 패고 있었다. 모든 일이 잘 풀리는 그를 보면서 그녀는 불
공평하다는 생각에 괜히 짜증이 일었다. 하지만 그런 생각 덕
분에 입을 헤벌리고 그를 쳐다보지는 않았다. 적어도 너무 오
랫동안은 말이다.

"무슨 일이죠?" 인기척을 느낀 알렉스는 도끼를 내려놓고
셔츠 소매로 이마의 땀을 닦았다.

"장작을 패고 있는 줄 몰랐어요."

"밤에도 계속 벽난로에 불을 지피려면 누군가는 장작을 패
놓아야 하니까요."

"그런데 우리 래번클로에서는 그렇게 하지 않아요. 그러니까 내 말은, 당신이 장작 패는 방법을 어떻게 아는지 모르겠다는 거예요. 나는 당신이 롤라 부인의 슈퍼마켓에서 사오는 줄 알았거든요."

"물론 거기서도 장작을 팔지만, 웬만하면 거기는 가고 싶지 않아요. 아스피린이 다 떨어졌다면 모를까. 방법만 안다면 마카로니 만들 밀도 내가 재배하고 싶을 정도라고요."

"당신이 곧 떠난다는 거 알아요." 그녀는 그의 말을 가로막으며 나직이 속삭였다.

"보름 후에요." 그가 고개를 끄덕이며 대답했다.

그는 발밑에 널려 있는 장작을 모아 이미 패놓은 장작 더미 위에 가지런히 쌓아놓고, 다른 통나무를 그루터기 위에 올려놓았다. 그러고는 단번에 두 동강을 내더니 잠시 멈칫했다.

"굳이 여기서 혼자 지낼 필요는 없잖아요. 미겔 변호사님도 당신과 같이 집으로 돌아가고 싶다고 하시던데요."

"당신은요?"

"아마 사면될 것 같아요."

"그게 아니고, 당신이 무엇을 하고 싶은지 물어본 거예요."

그는 어깨를 으쓱하고 다시 등을 돌리더니, 도끼를 잡고 통나무 두 개를 더 쪼갰다. 장작 패는 소리가 두 사람과 숲 사이에 흐르던 정적을 메웠다. 도끼질을 할 때마다 그 소리가 아브릴의 울렁거리는 뱃속에 울려퍼지는 것 같았다. 안타깝게도 그때 그녀의 주머니에는 그녀를 지켜줄 책이 없었다.

"난 당신이 여기서 혼자 지내지 않으면 좋겠어요."

"하지만 그건 당신이 결정할 문제는 아니에요." 그녀는 그의 기분이 상하지 않도록 최대한 부드럽게 말했다.

"트레비예스가 당신에게 뭘 해줄 수 있죠?"

"나의 안식처가 되어주죠."

"언젠가는 다시 밖으로 나가서 새로운 삶을 살아야 하잖아요."

'어쩌면 내 삶은 바로 여기, 지금, 바로 이 순간일지도 몰라.' 그녀는 혼자만의 생각을 무심결에 입 밖에 꺼낼까봐 겁이 났다. 어쩌면 그녀의 우주라고 할 수 있는 것은, 파란 하늘과 초록으로 덮인 산 사이에 자리한 작은 국경 마을의 '빨간 모자의 길' 가장자리에서 자신이 금빛 눈을 가진 늑대와 사랑에 빠진 로빈 후드라고 믿는 컴퓨터 엔지니어이자, 훌륭한 정원사 겸 나무꾼이라는 자부심을 가지고 있는 선량한 남자가 전부였을지도 몰랐다. 어쩌면 그녀에게 남은 것은, 하고 싶은 말을 삼킬 때 미세하게 떨리던 그의 입술, 정확하게 움직이던 굳센 손, 그리고 고전이 위대하다는 사실 말고는 분명한 것은 아직 아무것도 없기에 더는 기다릴 수 없어도 계속 기다려보는 사람의 진심어린, 체념한 듯한 눈빛뿐이었는지도 모른다. 단 한 번의 실수로 도저히 감당할 수 없는 대가를 치러야만 하고, 함께 숲속을 거닐고 싶어진 단 한 사람이 이제 영원히 곁을 떠나려 하는데 어떻게 다시 인생을 시작하겠는가.

"자우메가 가르쳐줬어요." 그가 마침내 침묵을 깨고 말했다. 그리고 무슨 말을 꺼내려는 듯하다가 이내 도끼를 잡았다. 아마 하려던 말보다 도끼가 덜 날이 서 있다고 판단했는지도 모른다. "장작 패는 법을요. 그래서 당신이 잠든 이른아침에 그의 집 마당에서 함께 연습했죠. 이건 힘이 아니라 요령으로 하는 거예요. 도끼를 내리찍을 때는 다리를 좀 벌리고 무릎을 구부려야 해요. 그러면 설령 도끼를 놓쳐도 날이 정강이 대신 땅에 박히죠. 무슨 말인지 알겠어요? 자기가 주로 쓰는 손을 머리 쪽에 두면서 방향을 조절하고요, 다른 손은 도끼 자루 끝부분을 잡으면 돼요. 나무를 찍는 순간에 양손을 한데 모으고요. 이렇게요."

"생각보다 어려운 것 같네요." 절망에 빠진 아브릴은 힘없는 목소리로 말했다.

"그렇지 않아요." 그는 영원처럼 느껴지는 시간 동안 그녀의 눈을 바라보다가 다시 그루터기 위로 몸을 기울이며 그 고약한 도끼로 거리를 가늠했다. "정말 어려운 일은 힘들 때 남에게 도와달라고 하는 거예요."

16

　트레비예스에 재차 방문한 프레드릭 터너 박사는 로사가 카탈루냐 고고학 박물관과 문화재청에 유물 발견 사실을 새로 보고하고 정식 조사를 요청하는 데 필요한 서식을 작성하도록 도와주었다. 그들은 한때 영광스러운 시 청사였던 건물 2층의 유일한 사무 공간인 시장 집무실에 모여, 전문가들이 M. 포르치 크라테르와 로마 와인의 수송 경로 및 와인 저장 창고가 역사적으로 중요하다고 판단할 경우, 문화재 발견 사실을 널리 알리기 위해 앞으로의 작업 진행 지침서와 소형 안내 책자를 준비하도록 아브릴을 설득했다. 아브릴은 고고학자들이 현장에 올 때까지 최소한 몇 년이 걸릴 수도 있는데다 자신도 언젠가 이곳을 떠날 거라고 생각하던 터라, 회의 내용을 모두 기록으로 남겨달라고 요청할지 말지 확신이 서지 않았다. 차라리 아무 말도 하지 않는 편이 낫다고 생각한 아브릴은 로사와 터너 박사 단둘이서 트레비예스의 미래를 위한 꾀바른 술책을 세우도록 사무실을 나와 할머니에게 전화를 걸었다. 이 외딴 마을의 고요도 이제 끝이라는 느낌은 들지 않았지만, 예감이 들어맞은 적이 거의 없던 터라 자신의 예감에 대해서는 할머니에게 얘기하지 않기로 했다.

"할머니, 나 아무래도 바보인가봐." 소송에 관한 나쁜 소식을 접하고 괜찮으냐고 묻는 할머니에게 아브릴은 속마음을 모두 털어놓았다. "아빠는 의연하고 낙천적이고, 할머니는 정말 멋진 사람이라는 생각이 들어. 정원과 고대 유물, 은밀한 로맨스와 재스민차, 그리고 이렇게 멋진 도서관과 친절한 트레비예스 친구들까지 모두 다 할머니 것이잖아. 내 주변에는 온통 행복하게 살아가는 정말 굉장하고 멋진 사람들뿐이야. 물론 그 사람들한테서 아직 아무것도 배우지는 못했지만. 그들은 수천 유로나 들인 어느 기업의 광고 완성본을 경쟁사에 보내버리는 바람에 인생을 망치지도, 그렇다고 그런 일로 온종일 징징거리지도 않을 거야. 난 여기 오면 도시의 모든 소리와 분노, 정신 나간 사람들로부터 완전히 벗어날 수 있을 거라고 생각했어. 그런데 오히려 시간이 흐를수록 나 자신이 점점 더 유별나고 한심하게만 느껴져."

"유별나다는 건 독특하고 아름답다는 거야." 할머니가 말했다.

"내 경우는 허세나 부릴 줄 알고 멍청하다는 뜻이야. 나는 사서도 아니고, 고고학자도 아니고, 누구하고 잘 어울리지도 못하잖아. 이 사실을 깨닫느라 300킬로미터나 되는 먼길을 가로지르고, 높은 산길을 두 번이나 넘어야 했다고."

"잘했구나."

"잘한 게 없어, 할머니. 시청에 있다가 방금 나왔는데, 할머니가 잘 아는 터너 박사가 시장을 도와 문화유산 발굴 절차를 진행하러 왔다니까. 그러다 잘못하면 할머니 집이 사라질지도 몰라. 물론 정말 그렇게 되면 그건 순전히 내 덕분이겠지만 말이야."

속사포같이 모든 것을 털어놓고 깊은숨을 내쉬자, 아브릴은 지난번에 아버지가 갑자기 찾아와 독서클럽 토론이 중단되었던 날 이후 처음으로 마음이 홀가분해지는 것 같았다. 마치 테리 프래쳇과 닐 게이먼의 소설 『멋진 징조들』이 G. K. 체스터턴*과 마음이 통하는 영혼을 불러내는 힘이라도 가진

---

* 영국 판타지 추리 작가이자 기독교 변증론자. 주인공 브라운 신부가 신학적 사고를 통해 인간의 심리를 파헤치며 사건을 해결해나가는 '브라운 신부' 시리즈로 알려져 있다. 프래쳇과 게이먼은 『멋진 징조들』의 헌사에 소설을 체스터턴에게 바친다고 적었다.

것처럼 말이다.

"잘했구나." 할머니는 같은 말을 되풀이했다. "어떤 모습이 진정한 네가 아닌지 알게 되었다니 잘한 일이지. 이제부터 진정한 네 자신에 대해 생각해보렴. 아닌 것을 하나씩 지워나가면서라도 말이다."

"요즘은 뭐든 명확하게 생각하기가 힘들어. 뇌가 멈춰버린 것 같다고."

"하지만 벌써 봄이 왔잖니. 얼음도 녹기 시작했고."

"여긴 아직 겨울이야."

"거긴 고도가 높아서 그럴 거야." 할머니가 농담하듯 말했다. "내가 충고 하나 해줄게. 넌 용감하면서도 불평이 많고 혼자 끙끙대지만, 착하고 마음이 너그러운 아이란다. 무엇보다 넌 내 손녀야…… 그런데 자기연민과 피해의식에 사로잡혀 있는 모습을 보면 내 인내심도 슬슬 바닥이 나려고 하는구나. 네 뜻대로 일이 풀리지 않았을 수도 있겠지. 아무튼 넌 최우수 광고 부문 오스카상을 받은 저명한 광고인이 되지는 못할 테니까."

"사자야."

"맙소사! 나는 여태껏 네가 피레네 산골 마을에서 양이나 늑대들하고 마주치는 줄 알았어. 그럼 대체 어느 사파리에 있는 거니?"

"할머니, 내 말은, 칸 국제광고제에서 최고의 광고인에게 주는 상이 사자상이라고."

"자꾸 내 말 좀 끊지 마. 방금 무슨 말을 했는지 까먹었잖니."

"모든 일이 내 생각대로 풀리지는 않는다는 얘기까지 했어."

"네가 인생의 모든 일을 계획대로 해낸다면 인생이 너무너무 지루할 거야."

"할머니가 전화로 나를 꾸짖으려고 한다는 거 잘 알아. 자기연민에서 벗어나 내가 얼마나 운이 좋은 사람인지 깨닫게 하려는 거잖아."

"사실 네가 요즘 어떤 책을 읽고 있는지, 그리고 내 정원에 들장미가 아름답게 피었는지 물어보고 싶었어."

"이번주 독서클럽에서 토론할 책인『멋진 징조들』하고『이 세상의 모든 크고 작은 생물들』을 읽고 있어. 그런데 장미는 아직 안 피었네."

"언제 돌아올 거니?"

"잘 모르겠어, 할머니. 좀전에 뭐든 계획부터 세우지 말라고 해놓고선."

"내 말은 똑똑해지라는 뜻이야. 똑똑하다는 건 변화에 잘 적응하는 능력이니까. 융통성 있게 행동하고, 집으로 돌아와."

"할머니는 정말 융통성이 넘친다니까."

오후 한시, 마리아의 카페에 모여 앉아 식전주를 마시다 알렉스는 다음주에 트레비예스를 떠난다는 소식을 전했다. 그는 자신의 범죄 이력을 자세히 밝힌 적이 없었기 때문에, 그냥 도시에서 새로운 일자리를 얻었다고만 했다.

"그럼 사서가 한 명밖에 없는데, 도서관은 계속 운영될 수 있나요?" 항상 접시안테나를 켜놓은 듯 남의 말을 기가 막히게 잘 엿듣는 그린치가 공감 능력은 아틀란티스에 내팽개쳐 둔 채로 한 손에는 신문을, 다른 한 손에는 맥주병을 들고 문 쪽으로 걸어가며 물었다.

"이제 정리가 다 되어 있으니까, 아무 문제 없을 거예요."

"수사의문문이었어요." 그가 코웃음을 쳤다. "도서관 이용자는 나뿐이었으니까 압박감에 시달릴 일은 없겠죠."

슬픈 소식은 아무리 숨기려고 해도 항상 드러나는 법이다. 그래서 사람들은 그린치에게 들키지 않도록 그가 바깥 주랑 현관 아래 자리에 앉아 신문을 활짝 펼쳐들 때까지 기다리다가 대화를 재개했다.

"많이 보고 싶을 거예요, 알렉스." 앙헬은 그의 앞날에 행운이 깃들기를 기원하며 건배를 제안했다.

가슴이 찡해진 파르바티는 자리에서 일어나 알렉스를 꼭

안아주고 그의 볼에 가볍게 입을 맞추었다. 부활절 연휴가 채 한 달도 남지 않은 터라, 그녀는 곧 집으로 돌아올 아이들을 떠올리며 모처럼 환한 표정을 지었다. 하지만 친구들은 작은 기회도 놓치지 않고 탕자들의 귀향이라며 그녀를 놀려댔다.

"떠나더라도 주말이나 휴가 때 여기 다시 오면 좋겠어요."

알렉스는 아브릴과 잠깐 동안 눈빛을 주고받았지만, 아무 말도 하지 않았다. 트레비예스와 그의 새로운 삶이 펼쳐질 곳은 너무 멀리 떨어져 있어 트레비예스에 와서 주말을 보낼 순 없다는 것을 두 사람도 잘 알고 있었다. 알렉스는 다른 이들에게 심란한 표정을 들키지 않으려고 울피가 물그릇을 엎지르지 않았는지 확인한다는 핑계를 대며 테이블 아래로 몸을 숙였다.

"여러분 모두 보고 싶을 거예요. 특히 살보가요." 알렉스는 여전히 사람들의 눈을 마주치지 않으면서 농담을 던졌다.

"아무렴 트레비예스에서 즐거운 시간을 보냈지." 자우메가 분위기를 띄우려고 나서며 말했다.

"당신이 전기톱 사용법과 도끼질 방법을 가르쳐주었던 일, 파르바티의 사모사, 앙헬의 코 고는 소리, 그리고 자동차 50만 대에서 내뿜는 배기가스에 숨막힐 걱정 없이 매일 아침 조깅하러 나갈 수 있었던 것 모두 그리울 거예요. 한시의 식전주 모임과 금요일 독서클럽도 많이 생각나겠지만, 뜨개질 모임은 생각 안 날 것 같아요. 아직 목도리를 다 뜨지는 못했지만, 그걸 볼 때마다 뜨개질로 만든 프랑켄슈타인 같다는 생각이 들거든요."

아브릴은 입가에 미소를 머금고 알렉스를 바라보며 맥주병을 들어올렸다.

"모든 걸 다 잘하는 게 아니라서 그나마 마음이 놓이네요." 그녀가 건배를 제안하며 말했다.

"숄을 완성한 대단한 분의 말씀 잘 들었습니다."

"그럼 이제 뭘 뜰 생각이에요?" 파르바티가 호기심어린 눈빛으로 아브릴을 바라보며 물었다.

"아무것도요. 그냥 앉아서 여러분이 뜨개질하는 모습을 구경할 거예요."

"그건 말도 안 돼요. 손에 아무것도 안 들고 혼자서 피자를 다 먹으려는 속셈이 분명하다고요."

"이번주에는 피자를 먹을 건가요?"

알렉스는 다른 사람들에게 폐를 끼치지 않으려는 신조가 DNA에 새겨져 있는 사람인지라, 자신이 떠난다고 해도 슬퍼하거나 가슴 아파하는 이가 아무도 없다는 것을 확인하고 크게 안도했다. 어쩌면 사람들은 알렉스를 한 번도 트레비예스의 구성원으로 여기지 않았는지도 모른다. 그와 아브릴을 단지 잠시 스쳐지나가는 존재일 뿐이라고 생각했는지도. 마치

이 외지인들은 고요한 분위기, 맑디맑은 하늘, 숲과 골짜기, 굴뚝에서 연기가 피어오르는 검은 슬레이트 지붕, 눈 내리는 밤, 소나무와 가시금작화 향이 감도는 공기, 수평선에 늘어선 거대한 바위들과 사랑에 빠질 줄 모른다는 듯이 말이다. 알렉스는 자신이 잠시 왔다 떠나는 철새 같은 존재인 줄 알면서도, 인심 좋고 따뜻한 마음으로 자신을 품어준 좋은 사람들과 작별을 고하는 것이 못내 아쉬웠다. 하지만 그는 어떤 일이든 후회하지 않는 성격이라, 오후 한시의 식전주와 나무꾼의 마스터클래스, 그리고 뜨개질 모임과 독서클럽의 추억은 아브릴에 대한 잊을 수 없는 기억과 더불어 평생 그를 따라다닐 것 같았다.

　알렉스는 아브릴이 자기보다 먼저 떠나버린 것 같은, 그리고 작별인사도 잊은 채 자신을 홀로 남겨두고 아득히 멀어지는 것 같은 기분이 들었다. 그들은 정해진 시간에 도서관 문을 열었기에 아브릴은 아침 일찍 일어나야 했는데, 그래서 종종 저녁식사를 하지 않으려고 이리저리 핑계를 댔고, 대신 소파에 앉아 함께 책을 읽거나 어두워지기 전에 둘이서 산책을 나가곤 했다. 그와 산책을 나가서도 책이라는 안전한 세계에 들어갈 때를 제외하고는 대부분 침울한 침묵을 지켰다.

　"『멋진 징조들』다 읽었어요. 독서클럽에서 읽은 책 중에서 가장 마음에 드네요." 그 책은 가장 마음에 드는 책이자 마지막 책이기도 했지만, 알렉스는 그 말을 입 밖에 내지 않기로 했다.

　그들은 빨간 모자의 길을 따라 오리나무와 전나무 숲을 가로질러가고 있었다. 그사이 울피는 그들의 시야에서 사라질 때까지 앞서가다 다시 돌아와 재주를 넘으며 그들을 즐겁게 해주었다. 녀석은 단 몇 분 동안 그들과 떨어졌을 뿐인데도 다시 만나면 무척이나 신이 난 듯했다. 주변은 온통 초록빛으로 물들어 있었고, 길바닥의 진흙은 여전히 축축했다. 저멀리 보이는 아네토, 베시베리, 투크데콜로메르스의 가장 높은 봉우리는 여전히 하얀 눈으로 덮여 장관을 이루었다. 알렉스의 말은 3월의 어느 오후의 부드러운 석양빛 속에 홀로 떠 있었다.

　"당신은 프래쳇 쪽인가요, 아니면 게이먼 쪽인가요?" 아브릴이 마침내 침묵을 깨고 물었다.

　"이전에 그 두 사람의 책을 한 번도 읽은 적이 없어서, 뭐라고 말해야 좋을지 모르겠네요."

　"프래쳇의 팬들은 『멋진 징조들』에서 가장 지루한 부분을 게이먼이 썼다고 말하고, 게이먼 팬들은 그 반대라고 주장하죠."

　"지루한 부분이 있었다는 이야기로군요."

"어떻게 보든 그 소설은 처음부터 끝까지 훌륭해요." 아브
릴이 고개를 끄덕이며 말했다. "벤틀리가 오데그라 길을 달리
는 장면부터 '고것들'과 '개'까지 모두요. 물론 내가 가장 좋아
하는 인물은 아그네스 너터지만요."

"그녀가 쓴 『근사하고 정확한 예언집』 때문인가요? 내 생각
에는 미래에 무슨 일이 일어날지 아는 것은 저주일 것 같아요.
전 확실하지 않은 걸 더 좋아하는 편이거든요."

알렉스는 울피를 쓰다듬고는 나무막대기를 가능한 한 멀리
던져주느라 정신이 산만해진 채 별뜻 없이 말했다. 그는 아브
릴이 깊은 침묵에 잠겨 있다는 것을 알아차리고 돌아섰다. 그
순간 그녀의 회색 눈동자가 평소보다 조금 더 촉촉이 젖어 있
는 것을 보고 마음이 몹시 일렁였다.

"하지만 확실히 정해져 있는 것들도 있죠." 아름다운 사서
가 그에게 속삭였다.

알렉스는 불현듯 그녀에게 키스하고 싶은 마음이 일었다.
그는 그 욕망을 애써 억누르느라 말썽쟁이 울피가 다른 길로
샜다며 괜히 먼저 몇 발짝 앞서가며 휘파람을 불어댔다.

금요일 오후가 되어, 모두 자리를 잡고 독서클럽 토론을 시
작할 준비를 마쳤다. 요즘 알렉스는 매일 밤 네 시간밖에 못

자고 길 잃은 영혼처럼 정원을 배회했다. 노트북을 켜고 다시 예전의 좋지 못한 습관에 빠져들지 않기 위해 정원의 들장미에 매료되었다고 스스로를 속이고 있었던 것이다. 적법성, 도덕성, 지속 가능성과 지구환경, 개인과 직장생활의 조화와 균형을 존중하는 유연한 근무 시간을 두고 많은 고민을 한 끝에 마침내 한 회사와 계약했지만, 이 사실을 아브릴에게 털어놓지 않았다는 죄책감에 마음이 괴로웠다. 그는 그린치의 찡그린 얼굴에서 눈을 돌려 독서클럽 친구들의 다정하고 행복한 얼굴을 바라보며 그들이 하는 말에 집중하려고 노력했다.

"그런데 세상을 파멸시키기 위해 지옥에서 미국이라는 나라에 기대려고 했다는 게 참 웃기더라고요." 마리아가 말했다. 자기가 가장 좋아하는 올리브를 자우메가 다 먹어치우려 하자 짜증이 났는지 올리브가 담긴 그릇을 손에서 놓지 않은 채였다. "갓 태어난 적그리스도 아기를 미국인 부부가 데려가도록 악마들이 일을 꾸며놓았잖아요."

"미국이 핵무기를 가지고 있기 때문일 거예요." 파르바티가 대담하게 말했다.

"정말 독창적인 생각이네요." 그린치가 투덜거렸다. "마치 냉전이 처음 있는 일이라도 되는 것처럼 말이죠."

"이 소설의 초반부에서 크롤리가 한 말이 가장 서글프더군요. 인류가 이미 동족끼리 서로 고문하고 몰살시키고 있으니

악마가 굳이 필요 없다고 한 대목 말이에요. 심지어는 지구 종말 계획인 아마겟돈도 필요 없다는 거죠. 어차피 외부에서 개입하지 않아도 스스로 지구를 파괴하고 있으니까……”

“그렇다면 『멋진 징조들』은 희비극이라고 할 수 있을까요?”

“유머러스한 판타지 소설이라고 해야겠죠.”

“내가 볼 때는 신성모독 같아요.” 그린치는 빅토리아시대 화이트채플 지역의 묫자리 파는 인부처럼 기쁨을 감추지 못하고 말했다.

“당신이 신자인 줄 몰랐어요.”

“난 신자가 아니지만, 여러분을 놀라게 하는 걸 좋아하거든요.”

“보세요, 저 사람도 좋아하는 게 있네요.”

며칠 동안 잠을 제대로 못 잔 탓인지, 그날 밤 마신 화이트 와인 두 잔 때문인지, 아니면 그린치를 볼 날도 며칠 남지 않았다는 홀가분함 때문인지 알렉스는 평소와 달리 주저하지 않고 말했다.

“크롤리와 아지라파엘이 벌이고 있는 일에 대해서 어떻게 생각하세요?”

“그걸 왜 나한테 물어보는 거죠?” 살보가 그를 의심스러운 눈초리로 쳐다봤다.

"생각한 바가 있을 것 같아서요."

"전혀요."

"그럼 여러분은 소설의 메시지가 뭐라고 생각하세요?" 이번에는 아브릴이 나서며 물었다. 아마 그녀는 알렉스와 그린치가 왜 그런 말을 주고받는지 이해하지 못한 것 같았다. 하지만 아브릴에 대해 누구보다 잘 아는 알렉스는 그린치와 언쟁에 휘말리지 않게 하려고 그녀가 일부러 나섰다는 것을 직감했다. 사서는 사람들의 의견 대립에 과민 반응을 보였다.

"인간은 선하지도 악하지도 않은 그저 인간일 뿐이라는 메시지를 전하려고 했던 게 아닐까요?" 마리아가 대답했다.

"우리 모두가 악마 집단이라는 거겠죠. 물론 사서들은 제외하고요." 알렉스는 아브릴을 진정시키려고 농담하듯 말했다.

"물론이죠." 아브릴이 미소를 지었다.

하지만 그린치는 그들의 말을 들은 체도 하지 않고 다시 시비조로 말했다.

"그런데 왜 이 책을 읽게 한 거죠? 이 책을 읽고 얻는 게 뭔가요?"

"유머죠." 파르바티가 아브릴을 감싸기 위해 나섰다. "유머는 우리 삶에서 빠질 수 없는 요소니까요."

"네, 맞아요." 아브릴이 고개를 끄덕이며 말했다. "인간이 마지막으로 잃는 것은 희망이 아니라 유머예요. 우리가 자조

하는 능력을 잃어버리면, 우리에게는 더이상 희망이 남아 있지 않을 거예요."

"나는 카라마조프 형제들이 스스로를 웃음거리로 만드는 걸 본 적이 없어요." 그린치가 말했다.

"그들이 소설 속 인물이라는 건 알고 있죠?" 알렉스가 화를 내며 말했다.

옆에 앉은 앙헬이 알렉스의 팔을 툭툭 치면서 그린치를 그냥 내버려두라며 고개를 저었다. 아브릴은 알렉스의 말에서 힌트를 얻어 살보가 음흉하게 개입하지 못할 만한 새로운 질문을 던졌다.

"이 책에서 내가 얻고자 했던 것이 바로 그거예요. 소설은 우리에게 무엇을 주는가? 문학에는 어떤 의미가 있는가?"

"집에서 많은 공간을 차지하죠." 자우메가 분위기를 바꿔보려는 듯 우스갯소리를 했다.

"그리고 우리 머릿속에서도요." 마리아가 자우메에게 맞장구를 쳐주었다. "존 코널리의 책을 읽을 때마다 찰리 파커, 앙헬, 루이스* 생각을 안 할 수가 없어요. 비참하고 끔찍한 그들의 삶에 단 한 번만이라도 좀 좋은 일이 일어나기를 바라게 되죠."

---

* 아일랜드 소설가 존 코널리의 탐정소설 '찰리 파커 시리즈'의 주인공 및 조력자.

"무슨 말인지 알겠어요. 『니콜라스 니클비』를 읽을 때도 그래요. 책을 덮고 나면 화창한 어느 봄날 아침, 런던 배터시에서 니콜라스와 여동생 케이트가 가엾은 삼촌의 건강을 기원하며 아이스크림을 먹는 장면을 상상하게 되죠." 아브릴이 말했다. "우리는 그 질문에 대해 저마다 다른 대답을 가지고 있어요. 나는 개인적으로 문학이, 그러니까 서로에게 허구의 이야기를 들려주는 것이 우리를 인간답게 만든다고 생각하고 싶어요. 최초의 호모사피엔스들은 날이 어두워질 무렵이면 모닥불 주위에 앉아 있었겠죠. 내 생각에 그들은 하루 동안 일어난 일이나 신석기시대 최고의 열매를 어디서 딸 수 있는지 설명하는 것 외에도 이야기를 지어내 서로에게 들려주었을 것 같아요."

"왜요?" 지칠 줄 모르는 그린치가 다시 따져 물었다.

"살보 씨, 그럼 당신은 왜 책을 읽죠?" 아브릴이 차분하게 물었다.

"시간을 죽이려고요."

"'네가 나만큼 시간을 잘 안다면, 시간을 죽인다고 하면 안 돼.'" 사서는 『이상한 나라의 앨리스』 속 모자장수의 말을 인용하며 말했다. "'시간도 인격이 있거든!'"

"우리가 책을 읽는 건 여행을 하거나 현실에서 도피하기 위해, 아니면 무언가를 배우거나 다른 삶을 경험하기 위해서죠." 파르바티는 마치 혼잣말하듯 고개를 끄덕이며 말했다.

독서클럽의 토론이 끝날 무렵 골짜기는 완전히 어둠에 잠겨 있었다. 알렉스는 자신의 불만과 분노를 터뜨리기에는 도서관이 너무 좁다고 느꼈다. 바깥의 찬 공기를 쐬면 마음이 좀 진정될 거라고 생각하며 그는 그린치의 눈에서 뿜어져나오는 무시무시한 레이저 광선을 무시한 채, 앙헬과 울피를 집까지 데려다주기로 했다. 그들은 광장 주랑 현관 아래에서 사람들과 작별인사를 나누고, 약사가 살고 있는 마을 외곽의 2층집으로 향했다.

"오늘밤에 살보 때문에 거슬렸죠?" 자신의 목소리가 사람들에게 안 들릴 만큼 멀어졌을 때쯤 앙헬이 말했다.

"요 며칠 제가 좀 예민해져 있는데, 살보는 말하자면 영혼을 위한 닭고기 수프 같은 존재는 아니더군요."

"그 사람은 잘 다뤄야 해요. 좋은 점도 있으니까. 아, 그런 눈으로 보지 마요." 앙헬이 웃으며 말했다. "진심으로 하는 말이에요. 뭐랄까, 그는 좀……"

"까탈스럽다고요? 아둔하다고요? 소시오패스라고요? 잭 더 리퍼의 광팬이라고요?"

"사회성이 떨어진다고 말하려 했어요."

"당신에게 반한 것 같던데요." 알렉스가 불쑥 엉뚱한 말을 꺼냈다. "미안합니다. 이렇게 단도직입적으로 말하려던 건 아닌데, 우연히 그 사람이 당신을 바라보는 눈빛을 봤거든요."

"미안해할 것 없어요. 나도 알고 있으니까. 그리고 마음의 준비가 되면 그 사람과 이야기를 나눠볼 생각이에요. 하지만 그 사람하고 둘이서만 말이죠."

알렉스는 감탄하는 표정으로 그를 바라보았다.

"내 일이나 신경쓰라는 말을 아주 정중하게 하시는군요."

"기분 나쁘게 받아들이지 마요." 앙헬이 다시 웃었다. 그는 여느 때와 마찬가지로 피곤해 보이면서도 다정했다. "참, 저번에 로사와 함께 유기 동물 입양에 관한 지방자치단체의 조례를 찾아봤어요. 그런데 울피의 경우 어떤 규정에 적용되는지 명확하지 않아요. 몸에 칩도 없고, 녀석을 잃어버렸다고 신고한 사람도 없으니 말이에요. 하지만 의논 끝에 로사와 나는 울피가 신원 확인이 안 되는 유실견이나 유기견에 해당된다고 의견을 모았죠. 그 경우, 비에야 시의회 관보에 일주일 간격으로 공고문을 세 차례 게재해야 해요. 또한 최소 이십 일 동안 동물 보호소에 입소시켜 수의사 검진을 받은 다음, 적절한 입양자가 있는 경우 정식으로 중성화 수술을 하고 인계해야 합니다. 당신이 녀석을 발견했을 때 돌봐준 비에야의 수의사하고 이야기를 나눠봤는데, 우리는 조례에서 정한 이십 일을 초과해도 괜찮다는 데 동의했어요. 가장 가까운 보호소는 자리가 없고, 녀석이 구충 치료를 받을 때 내가 위탁 가정 관런 서류를 모두 처리해두었거든요. 그게 벌써 두 달 전 일이에요. 아무튼 비에야 관보에 공고문을 삼 주 연속 게재했는데 아무한테도 연락이 없더군요. 울피는 이미 중성화 수술을 마친 상태라서 이제 남은 일은 당신이 틈날 때 비에야에 가서 입양 서류를 작성하는 것뿐이에요."

"와!" 알렉스는 왜 그린치가 이 남자를 좋아하는지 이해할 수 있을 것 같았다. "그동안 엄청 바쁘게 돌아다니셨군요. 무슨 말을 해야 할지 모르겠어요."

"아무쪼록 녀석을 데리고 가서 행복하게 살면 좋겠네요."

"울피가 어떻게 생각할지 모르겠네요. 울피, 어때? 내가 정식으로 입양하면 좋겠니?"

울피는 화답하듯이 알렉스를 향해 신나게 짖어댔다. 그러고는 그가 미처 피할 틈도 없이 달려들더니 얼굴을 몇 번이고 핥았다.

"기왕 말이 나온 김에 이틀 후에 비에야에 가서 신청서를 작성합시다." 앙헬은 문을 열어 개를 안으로 들여보내고 미소 지으며 말했다. "그건 그렇고, 아브릴에게 물어봤어요?"

"내가 울피를 데려가도 괜찮은지요?"

"만약 그녀가 당신과 같이 가겠다면 어떻게 할 거예요?"

"그러지 않을 거예요. 자기는 트레비예스에 남겠다고 분명하게 말했거든요."

"물론 사서가 길을 잃었다거나 새 가족이 필요한 것은 아니지만, 당신이 울피와 새 삶을 시작하려는 곳에 동행해줄지 그녀에게 물어볼 필요도 없다고 넘겨짚는 건 주제넘은 일이라고 생각해요. 나는 아마 당신만큼 관찰력이 뛰어나지는 않겠지만, 지금 굳이 할 필요도 없는 일이 있다면, 당신에게 아브릴과 함께 떠나고 싶은지 물어보는 것이겠죠."

17

　알렉스는 아브릴에게 여기서 수천 킬로미터 떨어져 있는 다른 소파에서 그 두꺼운 디킨스 소설을 계속 읽을 마음이 있는지 어떻게 물어봐야 할지 몰랐지만, 그 질문을 어디서 해야 할지는 알고 있었다. 그는 아브릴에게 아직 해결하지 못한 문제가 있다는 것을 알고 있었고, 그녀도 아직 괜찮지 않다고 그에게 말했지만, 엄밀히 따지면 거절 의사를 밝힌 건 아니었다. 그리고 피레네산맥의 가장 외진 곳에서도 희망의 불꽃은 강렬하게 타오르는 법이니, 그녀가 상처를 회복하는 동안 함께 떠나자고 제안해봐도 잃을 건 없다고 생각했다. 어차피 그녀와 헤어질 날이 얼마 남지 않았으니까. 파르바티는 알렉스와 공모해 아브릴과 비에야로 장을 보러 갔다. 그 덕분에 알렉스는 해질 무렵까지 집을 독차지할 수 있었다. 마리아는 작은 테이블과 쿠션이 달린 고리버들 안락의자 두 개를 빌려주었고, 그는 그것을 정원의 한복판, 그러니까 들장미와 신비로운 투구꽃 화단 바로 옆에 놓았다. 로사는 이제 아득히 먼 옛날처럼 느껴지는 어느 날 밤 광장의 거대하고 위풍당당한 전나무에서 걷어내 시청에 보관해두었던 크리스마스트리 전구를 그가 몰래 가져가는 것을 보고도 눈감아주었다. 그 밤은 이제는 너무 먼 과거처럼 느껴졌다. 사서가 뒤에서 안고 있고 아래에서는 울피가 어서 내려오라고 신나게 짖어대던 중에 사다리 위에 선 채로 크리스마스트리 전구들을 걷어내기는 정말 쉬웠는데, 같은 전구를 정원에 있는 밤나무에 걸기는 너무 힘들었다. 비록 잠깐이었지만, 그에게 속도를 높여 힘차게 날아오르는 데 필요한 것을 모두 주었던 기묘하고 유례없는 순간이 이제 끝난 것 같았다.

알렉스는 천 식탁보나 냅킨을 찾지 못했지만, 대신 부엌 찬장의 깊숙한 곳에서 거미줄로 덮인 레드와인 한 병과 세상이 창조되던 시기, 즉 와이파이가 발명되던 시기에 만들어졌을 법한 분홍색 도자기 접시 두 개를 발견했다. 아브릴이 슈퍼마켓 봉지를 들고 도착하자, 그는 그녀와 함께 롤라 부인을 만나지 않고도 최소 삼 주 동안 버틸 수 있을 만큼의 생필품을 정리한 다음, 아래층으로 내려가자고 했다.

"아직 외투도 안 벗었다고요."

"벗을 필요 없어요. 갑시다."

알렉스는 아브릴을 위해 나니아의 문을 열어주었다. 그러고는 크리스마스트리 조명에 그녀의 회색 눈이 빛나고 입가에 엷은 미소가 천천히 번지는 순간을 놓치지 않기 위해 그녀의 얼굴을 유심히 쳐다보았다. 그는 두 어머니가 특별한 것을 준비하면서 농담 반 진담 반으로 했던 말을 떠올려보며 비로소 그 말의 참뜻을 이해할 수 있었다. '우리는 지금 함께 추억을 만들고 있는 거야. 우리가 함께한 하나의 이야기, 오랜 세월이 지난 후 가장 암담한 순간에도 너를 지탱해줄 소중하고 특별한 기억을.'

"도서관의 야생 정원을 보면서 이런 말을 하게 될 줄은 몰랐는데, 정말 아름다워요."

"오늘밤 밖에서 저녁을 먹기에는 너무 추운가요?"

아브릴은 돌아서서 그의 눈을 바라보며 다시 미소 지었다.

"문제없을 것 같아요, 고마워요."

"침낭처럼 생긴 그 아노락만 빼고요."

"걱정하지 마요. 마카로니와 치즈를 먹는 데는 전혀 문제없을 테니까요."

"등심 스테이크를 준비할까 했는데, 생각해보니까 침낭 같은 그 옷 때문에 고기를 썰 때 팔을 움직이기가 어려울 것 같더라고요."

"이 와인은 어디서 가져온 거죠?"

"나도 고고학자가 다 되었다고요. M. 포르치라는 글자는 너무 오래돼서 지워져버린 것 같네요. 물론 내가 상상으로 지어낸 말이지만, 당신도 나를 의심의 눈초리로 보고 있지 않잖아요. 내가 먼저 시음해보기를 원하면 그렇게 할게요. 나도 『프린세스 브라이드』를 읽어봐서 알아요."

그날 밤은 정원에 불어오던 북풍마저 잠잠해져, 온 세상이 평온하고 고요하고 완벽한 듯했다. 밤나무에 감겨 있는 조명의 은은한 불빛이 모든 것을 비현실적인 오라로 휘감고 있었다. 마치 정원의 초록빛과 사서가 더 행복하고 더 사랑스러운 다른 시간에 속해 있는 것만 같았다. 세상에는 이처럼 서로 대비되는 것이 기이한 방식으로 공존하는데, 그 안에 종종 아주 작은 보물이 숨겨져 있다.

"그런데 무슨 일로 건배를 하는 거죠?" 아브릴이 물었다.

"도로에 쌓여 있던 눈이 다 녹아서 앰뷸런스가 와인에 중독된 우리를 병원으로 이송하는 데 이십 분밖에 걸리지 않을 테니까요. 그걸 위해서 건배하는 거예요."

"조금 오래 걸리기는 하지만, 뭐 그럭저럭 괜찮네요."

"안녕하세요, 여러분!" 그 순간 파르바티가 평소와 같이 활기찬 모습으로, 여느 때처럼 음식이 담긴 접시를 들고 정원에 뛰어들어와 그들을 놀라게 했다. "어떻게 되어가고 있는지 보려고 들렀어요. 와! 정말 멋지네요!" 그녀는 감탄하는 표정으로 주위를 둘러보다가 작은 테이블에 접시를 놓을 자리가 없자 알렉스에게 불쑥 내밀었다. "여러분 주려고 디저트를 가져왔어요. 그런데 미처 몰랐네요……" 그녀는 테이블 위에 자리를 차지하고 있는 그릇에 무엇이 담겨 있는지 알아차리고 말을 멈췄다. "마카로니예요? 이렇게 멋지게 꾸며놓고 고작 마카로니를 만든 거예요?"

"감성적인 분위기가 나잖아요."

"나한테 미리 말했더라면 맛있는 걸 만들어주었을 텐데. 나는 괜찮으니까, 앞으로 이런 일이 있으면 알려줘요."

그때 체크무늬 셔츠를 입은 자우메가 지친 얼굴로 나니아의 문 앞에 모습을 드러냈다. 그로서는 아내를 따라잡는 것이 결코 쉽지 않았을 것이다.

"파르바티, 무슨 일인데?"

"정원이 얼마나 예쁜지 들어와서 보라고."

"맛있게 드세요." 자우메가 인사를 건네며 들어왔다. "와! 여기 구스베리나무 가지치기를 아주 잘해놓았네요. 열매를 맺기 시작하면 내 말이 무슨 뜻인지 알게 될 겁니다. 나중에 잼 만드는 법을 알려드릴게요."

알렉스는 뭐라고 해야 할지 몰라 고개만 끄덕였다. 사실 저

두 사람이 갑자기 들이닥치자 마음이 좀 불편했다. 아브릴과 의 오붓한 시간을 방해받는 느낌이 들었기 때문이었다. 마치 그의 마음을 읽기라도 한 듯, 파르바티는 서둘러 작별인사를 하고, 두 남녀의 사생활에 눈치 없이 자꾸 끼어든다고 남편을 조용히 나무라면서 그의 등을 떠밀며 현관으로 향했다.

"무슨 얘기를 했었죠?" 광장을 가로지르며 떠드는 파르바 티의 목소리가 더이상 들리지 않자, 알렉스는 엷은 미소를 띠 고 한숨을 내쉬었다.

"건배. 그리고 앰뷸런스를 부른다는 얘기요."

"머리빗을 든 여인을 위하여." 두 사람은 다시 잔을 높이 들었다. 그러고는 이내 자신들의 대담한 행동을 후회했다. "으웩."

그들은 끔찍한 와인 맛에 목이 막혀 기침을 하고 웃음을 터 뜨렸다. 어쩌면 그것은 정말 M. 포르치의 와인이었는지도 몰 랐다. 다만 시대를 잘못 만난 탓에 그런 맛으로 변했겠지만.

"당신이 마카로니를 미식의 걸작처럼 느껴지게 하려고 이 와인을 고른 거라면, 성공했네요."

알렉스가 와인병을 들어 밤나무에 걸린 희미한 조명 아래 에서 곰팡이가 핀 라벨을 읽으려고 했지만, 이내 포기했다. 아 브릴의 입가에 핀 미소는 그늘진 회색 눈동자까지 올라가지 못하고, 삐죽거리는 입술에 붙들린 채 그 자리에 머물러 있었다. 마침내 그 순간이 오고야 말았다. 와인은 시큼하고 그녀는 침울해진데다 마카로니는 이미 차갑게 식은 터라 이제 잃을 것도 거의 없었다.

"은행에서 컴퓨터 보안 책임자로 일하기로 했어요." 첫마디를 꺼내기가 너무 힘들었다. 그는 책을 읽듯 단숨에 말했다. 그다음부터는 더 차분하게 말이 나왔다. "'은행'이라는 말이 좋게 들리진 않는다는 거 알아요. 하지만 내가 그 은행에 가기로 한 건 공정 경제 모델에 기초한 혁신적 프로젝트에 끌렸기 때문이에요. 물론 그것이 가능하다면 말이죠. 내가 일하기로 한 은행은 환경 및 지속 가능한 소규모 기업의 재정을 세세한 점까지 관리하고, 별도의 수익이 발생하지 않아도 그와 유사한 프로젝트에 과감하게 투자하고 있어요. 이런 이유로 그들은 수시로 공격을 받아왔기 때문에, 외부의 침입에 대응할 수 있는 좋은 인프라가 필요해요."

아브릴은 방금 흡사 TED 강연 같은 알렉스의 설명을 듣고 약간 혼란스러운 듯 보였지만, 그가 이미 결심을 굳힌 것을 축하하면서 용기를 내어 미소를 지었다.

"가서 열심히 해봐요." 그녀는 다시 잔을 들었고, 잠시 생각에 잠기더니 조용히 잔을 내려놓았다.

"아주 흥미로운 프로젝트예요. 물론 그들이 부패하지만 않는다면 말이죠. 심지어 낙관적이라고도 할 수 있을 것 같아요.

지금 당신이 무슨 생각을 하는지 알아요.”

“이 와인이 생각보다 더 끔찍하다는 거요?”

“아뇨. 그게 아니라, 이 세상에는 좋은 은행이 없다는 거죠.”

“나는 당신을 뭐라 판단하지 않아요. 그 은행에서 세구르스마트의 부패와 비리를 폭로한 당신을 선택했다면, 그건 당신과 은행이 같은 편에, 둘 다 선한 편에 서 있다는 뜻이겠죠. 왜요? 의심이 들어요?”

“항상 그렇죠. 하지만 이 제안을 수락할 때는 그렇지 않았어요. 그리고 왠지 뉴질랜드가 나와 잘 맞을 것 같아요.”

“뉴질랜드요? 당신이 갈 회사가 뉴질랜드에 있다는 거예요?” 알렉스의 말에 아브릴은 화들짝 놀랐다.

“본사는 수도인 웰링턴에 있어요. 웰링턴은 북섬의 최남단, 북섬과 남섬 사이의 쿡해협 연안에 있는 도시고요.”

“오존 구멍과 아주 가까운 곳이군요.”

“그렇게나 긍정적인 생각을 하다니 참 감명깊네요.”

“당신이 떠나려 한다는 건 알았지만, 그렇게 멀리 갈 줄은 몰랐어요.”

“여러 군데에서 채용 제안을 받고 고민할 때 특정한 나라를 염두에 두지 않았어요. 그런데 트레비예스에서 한동안 지내고 나니까……”

"우리가 당신에게 깊은 인상을 남긴 거죠, 그렇죠?"

그때 울피가 신나게 짖으면서 정원으로 뛰어와 알렉스에게 달려들었다. 그리고 곧 녀석의 수호천사가 나타났다.

"방해해서 미안해요." 앙헬이 그들에게 인사를 건넸다. "파르바티의 말로는, 두 분이 로맨틱한 커플처럼 추위를 참아가며 정원에 있을 거라고 하더군요. 사실은 울피 입양 신청서를 드리려고 왔어요." 그가 알렉스에게 말했다. "서류는 현관 테이블에 놓아두었어요. 로사가 시청 우편행랑을 통해 신청서를 처리해주겠다고 하더라고요. 다행히 레이다까지 갈 필요가 없어졌어요."

"고마워요, 앙헬. 그럼 신청서를 작성하는 대로 로사에게 제출할게요."

그 순간, 책들이 무더기로 바닥에 떨어지는 듯한 둔탁한 소리가 나면서―그들이 곧 목격하게 되듯 바로 그 소리였다―그들의 대화가 중단되었다. 아브릴은 자기 보물이 망가질세라 조바심치며 가장 먼저 안으로 뛰어들어갔다. 안으로 들어가보니, 그린치가 책을 품에 한아름 안고 있었고, 발밑에도 대여섯 권이 떨어져 있었다.

"도서관은 벌써 닫았어요. 들어오면 안 된다고요." 아브릴은 단단히 화가 난 듯했다.

"당신이 뭔데요? 간달프*라도 돼요?" 살보가 평소 성미대로 대꾸했다.

알렉스는 저녁식사 시간에 남의 집에 몰래 들어오는 것이 얼마나 무분별한 짓인지 설명하려고 살보를 향해 몇 발짝 다가갔지만, 앙헬이 때마침 뒤따라와 그를 붙잡았다.

"여자 사서와 이야기하겠어요." 살보가 재빨리 덧붙여 말했다. 그는 무례하고 거칠게 대응할 수도 있었지만, 알렉스의 화난 표정을 놓치지는 않았다. "〈피키 블라인더스〉**에 나오는 사람처럼 생기지 않은 사서하고요."

"도서관 운영 시간 외에는 들어오면 안 돼요." 아브릴이 차분하게 반복했다.

"그냥 지나가는 길에 책 몇 권 반납하고, 다른 책을 대출하려던 것뿐이에요."

"그럴 수 없어요. 내일 다시 오시면 대출 시스템에 등록해 드릴게요."

"하지만 전산 담당 사서가 가버리잖아요!"

살보는 그 사실을 받아들이는 것보다 차라리 마우스를 클릭할 때 사용하는 검지와 약지를 잘리는 편이 낫다고 생각했지만, 결국 그동안 자신이 간과하고 있었던 사실을 깨달았다.

---

* J. R. R. 톨킨의 『반지의 제왕』 『호빗』 등에 등장하는 마법사.

** 동명의 범죄 조직과 이 조직을 이끄는 가문의 이야기를 담은 영국 드라마.

즉, 도서관의 컴퓨터 장비가 모두 알렉스의 것이라서 이곳을 떠날 때 장비들을 가져가버리면 아브릴은 도서 대출 시스템 없이 수많은 책과 함께 남겨질 터였다. 어쩌면 그린치가 앞으로 계속 도서관을 이용하는 유일한 사람일지도 몰랐다. 그렇다면 책이 나가고 들어오는 대출 이력을 연필과 종이를 이용해 엄청난 인내심을 보이며 일일이 손으로 기록해야 할 터였다. 하지만 그는 자기가 좋아하는 도서관 사서를 쐐기문자 시대와 다를 바 없는 환경에 남게 할 수는 없었다.

"살보, 그러지 말고 가자고. 시간이 너무 늦었어." 앙헬은 야수들을 얌전하게 길들이고 롤라 부인을 조용하게 만들고도 남을 듯한 톤으로 끼어들었다. "그럼 가볼게요, 친구들. 방해해서 미안해요."

하지만 친절한 약사의 힘만으로는 그린치가 그들에게 기꺼이 작별인사를 하고 떠나게 만들 수 없었다. 그런 일이 일어나려면 아마도 세 번의 행성 정렬, 두 번의 일식, 마야 달력의 종말, 그리고 전 세계적인 정전이 필요할 것 같았다. 알렉스는 두 사람을 뒤따라가 그들이 문 밖으로 나서자마자 곧장 문을 잠그는 데 만족해야 했다. 그는 잠시 나무문에 등을 기대고 숨을 고른 뒤, 자신의 의지가 어떤 의심에 사로잡히기 전에, 또 어떤 이가 불쑥 도서관에 들러 서류나 디저트, 덕담이나 저주를 전하기 전에, 서둘러 아브릴에게 다가가 입을 맞췄다.

　그토록 오랫동안 기다려온 항구에 닿으면 곧장 흥분이 가라앉듯 너무 조급하고 서툴기만 한 키스였다. 쭈뼛쭈뼛 망설이다 잠깐 동안 입을 맞추었고, 놀란 마음을 진정시키고 나서 이번엔 아브릴이 먼저 알렉스에게 입을 맞추었다. 키스는 점점 자라나 결국 믿음의 선언이 되고, 약속이 되었으며, 여정의 끝이 되었다. 알렉스는 어떤 일이 있어도 그녀를 놓치지 않을 거라고, 그녀의 품에서 멀어지는 순간 세상이 끝날 거라고 생각했다.

　"나랑 같이 가요." 그는 나직한 목소리로 속삭였다.

　"지구 반대편으로요?"

　한 걸음 뒤로 물러나 그와 거리를 두면서 세상의 모든 시계를 다시 살아나게 한 것은 바로 그녀였다. 마치 그가 자기에게 무엇을 요구할지, 그리고 그 이후에는 아무것도 변하지 않으리라는 사실도 미리 알고 있다는 듯, 그녀의 눈은 고요한 절망감으로 가득차 있었다.

　"이기적인 생각이라는 건 알지만, 그렇게 멀리 떨어진 곳에서 어떻게 새로운 삶을 시작할 수 있을지, 그리고 찰스 디킨스, 에밀리 브론테, 테리 프래쳇, 재스퍼 포드의 책을 읽는 당신이 내 곁에 없다면 어떻게 살아갈지 상상할 수도 없어요."

　"내가 당신한테 이야기했던 작가들을 모두 기억하고 있어요?" 그녀가 감동받은 표정으로 물었다.

"우선 구글에서 그 작가들이 죽었는지 살아 있는지, 그리고 혹시 오세아니아에 살고 있는 이는 없는지 검색해봤어요. 내가 쓸 줄 아는 건 프로그래밍언어밖에 없어요. 그런 내가 굳이 문학까지 손대고 싶은 생각은 없어요."

"난 여기를 떠날 수 없다는 걸 알잖아요. 내가 저질러놓은 일을 아버지한테 떠넘기고 나 몰라라 할 수는 없어요."

"그리고 당신은 여기서 꼼짝 않고 세상으로부터 숨어 지내면 문제가 다 해결될 거라고 생각하겠죠."

"알렉스, 난 당신과 함께 갈 수 없어요. 그렇게는 안 돼요. 당신은 해결되지 않은 문제를 떠안고 있지도 않고 마음속에 해묵은 슬픔도 없는, 맑고 깨끗하고 현재를 만끽하며 사는 사람을 만나야 해요."

"그럼 나도 여기 남을게요." 그가 진지하게 말했다.

"그건 내가 용납할 수 없어요. 가요. 당신은 이미 당신 빚을 다 갚았고, 이젠 내 차례예요."

"당신을 어떻게 도울 수 있죠?"

"이미 충분히 도와줬어요."

이번에 먼저 다가가 키스한 사람은 아브릴이었고, 이제 더 이상 붙잡을 희망도 없었다. 그건 사다리 위에서 비틀거리며 껴안다시피 했을 때에도, 서로 끌어안고 어루만지며 키스할 때에도, 침실로 올라가며 독서용 소파처럼 둘이 함께 쓰는 계단에서 마주쳤을 때에도, 언덕 중턱에서 포옹을 했을 때나 인조 떡갈고무나무 옆에서 음악 없이 춤을 출 때에도 마찬가지였다.

그로부터 닷새 후에 미겔 브라보가 의뢰인을 데려가려고 도서관에 왔다. 그는 아브릴과 알렉스 사이에 흐르는 침묵에 놀랐지만, 이에 대해 아무 말도 하지 않기로 했다. 그리고 알렉스가 차에 짐을 다 실을 때까지 참고 기다렸고, 자신의 딸과 이 컴퓨터 엔지니어가 마치 세상이 끝나기라도 할 것처럼, 아침에 면도한 얼굴에 다시 수염이 자라는 느낌이 들 만큼 오랫동안 포옹하는 모습을 애써 외면했다. 멋진 세 여인, 나무꾼, 깨끗이 세탁한 흰색 가운을 입고 창백한 얼굴에 안경을 쓴 약사, 모두에게 무시당하는 듯한 핑크 머리 부인이 한구석에서 눈물을 글썽이며 손을 흔들고, 시베리아허스키 한 마리가 뛰어들어 은퇴하는 날까지 청소해도 모자랄 만큼 하얀 털로 차 안을 수북이 장식하려 해도 그는 한 마디도 하지 않았다. 그저 트렁크를 닫은 다음 차에 올라 운전대를 잡고는 이 마을과 도서관에 가장 소중한 이를 남겨둔 사람이 자신만이 아닐지도 모른다는 엄청난 생각을 하며 트레비예스를 떠났다.

18

피레네산맥에 수년 만에 전례없이 추운 봄날이 이어졌다. 산자락에도 여전히 눈이 하얗게 덮여 있었고, 6월 초까지 해빙기가 오지 않았다. 마침내 눈이 녹기 시작하자 골짜기의 모든 급류, 시내, 개울, 도랑, 그리고 이런저런 작은 물줄기들이 넘쳐흘렀고, 어디에서나 물과 돌이 내는 소리, 그리고 첫 수확의 소리가 한데 어우러지면서 멋진 음악을 만들어냈다. 꼼짝 않던 얼음에서 깨어나 산 곳곳을 흘러내리며 잠든 숲을 깨우고 더러운 것을 씻어내며, 가는 길마다 푸르른 숨결을 불어넣는 물줄기의 거친 리듬에 따라 풍경이 서서히 되살아났다. 트레비예스의 삼총사는 뜨개질 모임이나 독서클럽뿐만 아니라 자기들만의 특별한 모임에 아브릴을 데리고 그 지역에서 가장 아름다운 폭포인 사우트데스피스로 소풍을 떠날 때가 되었다고 생각했다. 그들은 자우메에게서 차를 빌려 트렁크에 피크닉 바구니와 매트, 담요 등을 가득 싣고 좁고 구불구불한 숲길과 보기만 해도 어질어질한 오르막길과 내리막길을 따라 20킬로미터를 달린 끝에 플라다르티게테산 정상에 도착했다. 멀미가 나는데다, 반대 방향에서 전속력으로 내리막길을 내려오는 자전거 탄 사람들을 피하다 절벽 아래로 추락할 것만 같아 오금이 저렸지만, 바라도스호수와 시에소숲의 아름다운 풍경을 감상할 수 있다면 그 정도의 불편은 충분히 감수할 만했다.

그들은 작은 평지에 주차하고 짐을 모두 챙겨 호수로 올라갔다. 세 친구들이 호숫가에 자리를 잡고, 샐러드와 샌드위치, 이례적이라고 할 정도로 오랫동안 기다려온 봄에 대해 수다를 떠는 동안 아브릴은 잠시 자리를 떴다. 흰구름이 비치는 호수, 저멀리 프랑스 국경 쪽 산맥 사이에서 피어오르는 안개, 조금 더 높은 곳에서 한가로이 풀을 뜯는 야생마 등 금세 그곳의 매력에 사로잡힌 아브릴은 사우트데스피스 폭포가 내려다보이는 다리에 올라 엄청나게 세차게 떨어지는 폭포의 물보라에 휩싸였다. 그토록 오랜 침묵 끝에 폭포의 포효 소리를 듣고, 물방울이 얼굴에 튀어 머리카락에 작은 진주가 대롱대롱 매달리며 영혼이 정화되는 느낌이 들자, 아브릴도 때늦은 해빙기를 맞아 깨어나는 것 같았다.

트레비예스에 홀로 남겨진 후로 아브릴은 마치 자신의 생존이 걸리기라도 한 것처럼 철저하고 세밀하게 일정을 세웠다. 정해진 시간에 맞춰 잠을 자고, 도서관에서 근무하고, 저녁 산책과 한시 식전주 모임도 빼먹지 않았다. 앙헬은 치과에서 환자를 돌보거나 시청에서 로사의 비서 혹은 마르틴 박사의 보조로 일하고 나서, 약국 문을 열기 전에 잠시 도서관에 들러 이야기를 나누었다. 그는 살보와 사귀기 시작한 후로 확실히 덜 피곤해 보였다. 이따금 눈부신 미소를 지으며 빨간 모자의 길에서 딴 들꽃다발이나 화이트와인 한 병을 도서관으로 가져와 사서에게 고마운 마음을 전했다. 심술궂은데다 항상 불평불만만 늘어놓는 그 경찰관의 어떤 점이 좋아서 만나느냐고 묻지 않은 사람은 트레비예스에서 그녀뿐이었기 때문이다.

"겉으로 드러나 보이는 것은 단지 껍데기에 불과해요." 그런 질문을 받을 때마다 앙헬은 늘 이렇게 대답했다. "실제로 그가 어떤 사람인지 알면 놀랄 거예요."

"무례하고 음침한가요?"

"음울하고 불쌍해요?"

"재미없고 괴팍한가요?"

"여러분의 풍부한 어휘력에 감탄했어요. 하지만 그의 본모습과는 조금도 어울리지 않는 말들이군요."

"그럼 왜 그에 대해 속시원하게 말해주지 않는 거죠?" 파르바티가 그를 부추겼다.

"그러면 내가 여러분을 죽여야 되거든요."

그린치는 아주 오래전부터 마음에 품어온 사람과 마침내 사귀기 시작했는데도 성격이 조금도 부드러워지지 않았고, 로맨스 소설을 버리고 탐정소설을 읽었으며, 도서관에 보름에 한 번씩 들러 이미 읽은 애거사 크리스티의 책을 시시하다는 듯한 표정으로 던져버리고 대신 아서 코넌 도일, 도러시 L. 세이어스, 나이오 마시의 책을 빌려갔다. 아브릴은 예전에 그린치가 앙헬의 마음을 얻으려고 로자문드 필처와 패니 플래그의 작품을 읽었던 것처럼, 이번에는 완전 범죄를 저지르기 위해 셜록 홈스와 피터 윔지 경*을 연구하고 있는 것은 아닌지 불안했다. 그린치가 책을 반납하고 나면 혹시나 하는 마음에 특정 페이지에 밑줄이 그어져 있거나 책장 모서리가 접힌 곳이 있는지 확인한 다음 아브릴은 『서재의 시체』를 마저 읽었다.

뜨개질 모임이나 독서클럽 모임이 없는 날 저녁이면 마리아와 로사는 로사네 집 거실에 앉아 팝콘을 먹으며 한국 드라마를 봤다. 〈로맨스는 별책부록〉 〈사랑의 불시착〉 〈갯마을 차

---

* 도러시 L. 세이어스의 추리소설에 등장하는 탐정.

차차〉, 또는 〈사내 맞선〉을 보면서 매회 섬세하게 전개되는 로맨스 스토리, 배우들의 믿을 수 없을 정도로 깨끗한 피부, 맛있는 음식을 즐기며 먹는 장면, 그리고 다음 봄에 서울로 여행을 갈 가능성에 대해 이야기를 나누었다. 파르바티는 아브릴이 19세기 그럽 스트리트*의 작가가 아니라 평범한 사람답게 점심을 먹을 수 있도록 도서관에 도시락을 가져다주었다. 그러다 결국 아브릴이 파르바티의 집에 와서 점심을 먹는 것이 더 간편할 것이라는 결론에 도달했다. 물론 식사 후에 함께 차를 마시고, 독서클럽에서 정한 소설을 읽기도 하면서.

부활절 방학이 되자 집에 온 파르바티의 아들들이 친구들과 어울려 젊은이다운 활기를 뽐내고 떠들썩하게 웃으며 온 트레비예스를 뒤흔들어놓았다. 나이 차가 적지 않았지만 그들은 아브릴과 잘 어울렸고, 종종 도서관에 들러 당장 읽지도 않을 책을 추천받았다. 오랜 세월이 지나 일과 삶에 지칠 때, 그들은 어느 봄날 부모님의 고향에서 회색 눈을 가진 친절한 사서가 러디어드 키플링, 앤서니 호프, D. E. 스티븐슨의 작품들과 함께라면 단 몇 시간 동안만이라도 편안하게 쉴 수 있을 거라고 장담하던 말이 아련히 떠오를 것이다. 오후가 되면 그들은 광장을 독차지하고 끝없이 축구 경기를 벌였다. 아브

---

* 런던의 가난한 문인들과 출판업자들이 모여 살던 거리.

릴은 마을 노인들이 단 한 경기도 놓치지 않으려고 카페 테라스에 앉아 있는 모습을 처음 보았다. 마리아는 노인들을 위해 가장 편안한 고리버들 안락의자를 꺼내왔을 뿐 아니라, 무릎 담요와 영혼을 위한 사보이아르디 쿠키와 핫초콜릿도 가져다주었다. 노인들은 거기서 둘씩 혹은 삼삼오오 모여 겨울의 끝을 기뻐했고, 앙헬과 연인이 된 마을의 유일한 경찰 이야기가 나오면 서로 눈짓을 해가며 수다를 떨면서 오후를 보냈다. 약사는 누가 봐도 정말 좋은 남편감이었다. 그는 훨씬 더 좋은 사람을 만날 수도 있었지만, 어쩔 도리가 없었다. 요즘은 이웃 마을 사람들과 마음을 나누기 어려워서, 여행 온 어느 프랑스인이 그를 산 너머로 데려가거나 도시에서 온 도보 여행자와 눈이 맞기를 기다리느니, 차라리 심술궂은 시청 직원이 나을지도 몰랐다. 노인들이 사보이아르디 쿠키를 즐겁게 먹으며 핫초콜릿을 마지막 한 방울까지 다 핥아먹는 동안, 트레비예스에서 멸종 위기인 젊은이들은 공을 차고 소리치며 떠들썩하게 웃었다. 그들의 기쁨이 검은 지붕 위로 울려퍼졌다. 그들이 학기를 마치러 도시로 돌아가자, 트레비예스는 그 어느 때보다 더 허전해졌다. 마을 사람들은 파르바티와 함께 여름방학까지는 며칠이 남았는지 헤아리며 쓸쓸한 마음을 달랬다.

일주일에 두어 번은 자우메나 앙헬이 차를 빌려주어 아브릴은 비에야에 가서 장을 보고 이웃들의 심부름을 해주었다.

그녀는 롤라 부인의 슈퍼마켓에 가지 않는 데에 대해 죄책감을 느끼기도 했지만, 그 슈퍼마켓은 자신이 마을에 오기 전에도 장사가 잘되었고, 언젠가 이곳을 떠나도 여전히 잘될 거라는 로사의 말을 듣고 다소 마음이 놓였다. 주말과 휴일에는 스키어, 하이커, 그리고 시대를 잘못 타고난 빅토리아시대의 낭만적인 탐험가들로 바글바글하지만, 비에야는 내전으로 폭격당한 이후 재건된 산트미케우성당, 작은 다리 아래로 마을을 가로질러 흐르다 가론강과 만나는 네레강, 포석이 깔린 거리, 동화에나 나올 법한 지붕, 그리고 하얀 눈으로 덮인 풍경이 있어 여전히 산책하기 좋은 곳이었다. 아브릴은 언젠가 비에야에 갔다가, 하필 우연히 심리상담실 바로 앞에 차를 잘못 세우게 되었다. 그리고 그곳에 들어간 건 무심결의 충동적인 행동이었을 수도 있고, 아니면 어떤 예감에 이끌렸기 때문일 수도, 또 어쩌면 올리밴더앤푹스에서 커다란 실수를 저지르고 눈앞이 암담해진 이후로 자신을 줄곧 괴롭혀온 모든 분노, 불안, 좌절감을 앞으로 계속 통제해나갈 자신이 없다는 사실을 마침내 스스로 인정했기 때문이었는지도 모른다. 아니면 어느 달 없는 밤, 알렉스가 자신을 집으로 데려오면서 그 누구도 혼자만의 힘으로 스스로를 구원할 순 없다고 조용히 해준 말이 떠올라 마르티네스 박사의 상담실로 들어가 도움을 요청할 용기를 냈던 건지도 모른다.

아브릴은 상담실에 가서 매주 한 번 한 시간 반씩, 그리고
나중에는 보름마다 한 번씩, 자비롭고 지혜로우며 결코 자신
을 평가하지 않는 마르티네스 박사 앞에서 수많은 어리석은
생각과 두려움을 털어놓았다. 전쟁, 기아, 질병, 유기 등 세상
의 온갖 거대한 괴물로부터 안전한 자신이 무슨 자격으로 일
때문에 그런 감정을 느끼는지 이해할 수 없었던 아브릴은 스
스로를 감싸고 있는 물속에서 슬픔의 빙산이 떠오를 때까지
자신의 죄책감에 대해 조용히 설명했다. 아브릴은 광고회사
에서 경력을 쌓으려고 고군분투하느라 자기 감정들을 너무
무시해왔고, 그 감정들이 표출되지 않게 마음 한구석에 꾹꾹
눌러넣으며 때때로 마치 승리한 듯한 기분이 들기도 했다. 그
러다 결국 불안감이 마음속 빈공간을 모두 차지해버렸다. 트
레비예스의 고요함 덕분에 그녀는 평온한 마음을 되찾았지
만, 그 지극한 고요 속에서 오히려 마음속 깊은 곳에 숨겨진
나지막한 슬픔의 소리마저 아주 오랜만에 크고 또렷하게 들
을 수 있었다.

"당신을 기분좋게 만든 책 세 권만 말해보세요." 문학 세계
에서 가장 행복하다는 아브릴의 고백에 마르티네스 박사가
물었다. "그러니까 물속에서도 편안하게 숨을 쉴 수 있게 해
준 책 말이에요."

"『비토리아 시골집』『휘파람의 계절』*, 그리고 『산딸기』**예

요." 아브릴은 오래 고민하지 않고 대답했다. "그것 말고 다른 책들도 있어요."

"그 책들에 어떤 공통점이 있다고 생각하죠?"

"글쎄요……" 아브릴은 잠시 머뭇거리다 대답했다. "모두 해럴드 블룸의 『서구 문학 정전』에는 등장하지 않는 작가들이 쓴 글이네요. 그러니까, 그런 작가들은 위대한 문학가나 지식인으로 여겨지지는 않지만, 독자들을 즐겁게 하고, 특히 세상이 모두 무너져내리는 것처럼 암담할 때 더 낙관적이고 더 나은 곳으로 독자들을 이끌어줘요."

"마치 구명조끼 같군요."

"어쩌면 그들이 좀 순진했는지도 모르죠. 하지만 전 문학에 대한 그들의 견해가 단순하고 일상적이어서 제가 하루하루 자그마한 행복을 찾는 데 도움이 될 수 있을 거라고 생각했어요. 그들은 전쟁이나 엄청난 경제 위기 같은 아주 암울한 상황에서도 일상의 가장 단순한 사건들 속에 희망의 작은 불빛이 반짝거린다는 것을 보여주거든요. 그들이 독자들 위에 드리운 어둠을 직접 걷어내주는 건 아니지만, 소중한 휴식의 시간과 소소한 행복의 순간을 듬뿍 선사했죠. 어쩌면 책을 덮고 나

---

* 미국 작가 이반 도이그의 소설. 원제는 'The whistling season'.
** 영국 작가 앤절라 서켈의 소설. 원제는 'Wild strawberry'.

서도 주변의 모든 것이 여전히 어두웠는지도 모르지만, 책을 읽는 동안 저는 세상을 보는 시선이 달라졌고, 그 덕분에 어두운 밤에 날아다니는 반딧불이를 구별할 수 있게 되었어요.”

마르티네스 박사는 독서 치료라는 것에 대해 의구심이 들었지만, 얼음이 녹아 거센 물살에 휩쓸린 환자들이 물속 깊이 빠지지 않게 해주는 구명조끼가 있다고 믿었다. 그녀는 자신의 환자들, 그중에 아주 심각하게 길을 잃은 이들조차도 고통과 슬픔을 말로 표현하고 다시 길을 찾을 수 있는 능력이 있다고 믿었다. 일단 짐승의 이름을 소리 내어 말하면, 그것을 이해하고 포용할 뿐만 아니라, 깨달음에 감사하며, 마음에서 쫓아내기가 더 쉬워지기 마련이다. 브램 스토커가 잘 보여주었듯이, 이 세상에서 가장 무서운 것은 칠흑 같은 어둠 속에 숨어 있는 괴물이니까.

6월이 골짜기에서 가장 아름다운 폭포에 목소리를 되돌려주고, 따뜻한 손길로 눈 덮인 산을 녹여 초록빛과 어두운 빛깔로 물든 땅을 드러내자, 넋 나간 표정으로 풍경을 바라보던 아브릴은 자기를 괴롭히던 것들과도 이제 잘 지낼 수 있을 것만 같은 기분이 들었다. 앞으로 다가올 법적 소송은 지평선에 드리운 짙은 먹구름과 같았고, 곁을 떠난 알렉스와 그의 늑대개는 어떤 기억이든 섬세하고 부드러운 손길로 어루만지는 안개 같았다. 트레비예스를 떠나고 얼마 후 전화를 걸어온 알렉스와 딱 한 번 통화했는데, 그 모든 상황이 너무 이상하고 불편했고, 너무 슬프고 부자연스럽게 느껴졌다. 그래서 아브릴은 트레비예스에서 함께했던 그를 추억으로 간직하고 저멀리 뉴질랜드를 이루는 두 섬 사이 쿡해협의 절벽을 따라 걷고 있는 그의 모습을 상상으로만 그려보는 편이 더 좋았다. 아브릴은 도서관의 모퉁이를 돌 때마다, 나니아의 문을 열고 정원에 앉아 햇빛을 받으며 책을 읽을 때마다, 그리고 아름다운 나무 서가와 형형색색의 책등을 바라보며, 디킨스의 D, 샌더슨의 S, 골드먼의 G, 아니면 그리움을 몰고 오는 그 어떤 글자 앞에 멈춰 설 때마다 그가 너무도 그리웠다. 그에 대한 기억은 단 한 순간도 그녀를 떠나지 않았다. 하지만 그 기억은 그녀에게 고통스러운 이별의 상실감이 아니라, 죄책감과 두려움의 무게를 그 어떤 행복감으로도 견딜 수 없기에 그를 떠나보내는 것이 옳은 선택이었다는 확신에서 오는 평온함이 되어 남아 있었다. 그녀는 휴대전화를 투구꽃 아래 파묻고 싶은 충동이 일기도 했지만 그러는 대신 벨소리를 꺼두기로 했다. 괜히 통화를 하며 어색한 침묵과 비난 속에서 괴로워하기보다, 하염없이 흐르는 시간을 멈추고 제정신이 들게 해준 작별 키스로 관계의 마지막을 기억하고 싶었다. 그후로 알렉스는 대여섯 번 더 연락을 했지만 그녀는 전화를 받지 않았다. 도서관에는 정적과 매 순간 발길에 부딪치는 수많은 기억의 편린들만 남게 되었다.

트레비예스의 삼총사가 한동안 소리쳐 불러도 폭포의 엄청난 굉음 때문인지 별 반응이 없던 아브릴이 양치기였던 아버지와 형제에게서 전수받은 파르바티의 휘파람 소리를 듣고 마침내 고개를 돌렸다. 아브릴은 몇 분 동안 자신과 한몸이 되었던 풍요로운 대자연을 향해 마지막으로 우수에 젖은 눈길을 던지고 머리와 얼굴에 묻은 물방울을 털어낸 후 바라도스 호숫가에 있는 친구들 쪽으로 달려갔다.

"『앵무새 죽이기』에 대해 이야기하고 있었어요." 파르바티는 오레가노를 곁들인 토마토 샐러드가 담긴 작은 그릇과 레모네이드를 건네며 말했다.

네 사람은 축축한 땅에서 스며올라오는 습기를 막기 위해 매트를 깔고, 과일, 빵, 치즈와 피클이 담긴 작은 쟁반, 보온병과 냅킨 등을 한가득 차려놓은 식탁보 주위에 둘러앉았다. 얼음이 녹고 최근에 내린 비로 인해 물이 불어난 바라도스호수의 수면에 소용돌이치는 파란 하늘이 비치고, 잔잔한 바람이 불어 잔물결이 올랑촐랑 연안에 부딪쳤다.

"금요일 독서클럽에서 말할 거리는 좀 남겨두세요." 아브릴이 웃으며 말했다.

"소설의 배경이 1936년인데, 하퍼 리는 이미 자기 나라의 공교육 시스템을 비판하고 있어." 로사가 아랑곳없이 대화를 이어갔다.

로사는 전에 비해 머리가 조금 더 길었고 화장을 하지 않았지만 여전히 예뻤다. 휴일에 잘 어울리는 차림이었다. 마리아는 카페에서 멀리 떨어진 낙원으로 놀러가더라도 편히 쉬지 못할 사람이었지만, 사방을 병풍처럼 에워싼 산들과 숲으로 뒤덮인 언덕이 보이는 호숫가에서는 평온해 보였다. 예전부터 함께 봄나들이를 가자고 노래를 부르던 파르바티는 햄 샌드위치를 한입 크게 베물기 전에 로사의 말을 받아 맞장구쳤다.

"주요한 문제는 아니지만, 스카웃의 선생님이 학교 예산을 책이 아니라 컬러링 카드를 구입하는 데 쓰고, 그것도 모자라 독서를 못하게 하는 대목을 읽는데, 가슴이 아프더라니까."

"그 작품이 남부 고딕소설로 평가되는 것도 아마 그 때문일 거야." 마리아의 말에 친구들은 깜짝 놀랐다. "그런 눈으로 쳐다보지 마. 위키피디아에 나온 말이야. 위키피디아에 그렇게 나와 있다면 절대적 진리니까."

"내 생각에 사람들이 『앵무새 죽이기』가 고딕소설이라고 하는 건 부 래들리, 그리고 그가 아버지와 형에 의해 수년 동안 집안에 갇혀 지낸다는 소문에 병적으로 빠져 있던 아이들 때문인 것 같아." 로사가 대답했다.

아브릴은 북쪽의 밝게 빛나는 풍경 속에서 남부 고딕소설에 대해 토론하는 묘한 대비감을 놓치지 않고 레모네이드를 마시면서 잠시 생각에 잠겼다.

"그런데요," 아브릴이 마침내 입을 열었다. "만약 그렇다면, 『위대한 유산』도 고딕소설로 간주할 수 있을 거예요. 미스 하비샴과 썰렁하게 남은 그녀의 웨딩 케이크, 그리고 꼭꼭 닫힌 집안에 쌓인 음산한 먼지."

"나는 예전부터 『위대한 유산』을 읽어보고 싶었어요." 마리아가 말했다. "그런데 집안에 쌓인 먼지가 음산하다고 할 수 있을지 모르겠네요."

"대학 시절의 내 남자친구를 봤다면 그런 말을 못할 텐데."

"그럼 다음주 우리 독서클럽 도서는 『위대한 유산』으로 정할게요." 아브릴이 말했다. 그 순간 친구들은 일제히 웃음을 멈추고, 샌드위치를 먹다 목에 걸려 얼굴이 파랗게 질린 파르바티에게 달려들었는데, 그녀가 너무 웃다가 눈물을 흘리는 건지, 아니면 기침을 심하게 토해내다 눈물을 흘리는 건지 종잡을 수 없었다. "하지만 할머니의 사라토가 트렁크 안에서 그 책을 본 적이 없어요. 비에야의 서점에서 주문해야겠네요."

"어젯밤에 그레고리 펙*에 관한 다큐멘터리를 찾았어요."

---

* 『앵무새 죽이기』를 원작으로 한 영화 〈알라바마 이야기〉에서 정의로운 변호사 애티커스 핀치 역을 맡았던 미국 영화배우.

로사는 사과를 꺼내 점퍼에 문질러 닦으며 말했다. "2003년, 그가 사망한 직후 텔레비전에서 방영했던 거예요. 한 인터뷰에서 영화배우로 활동하며 평생 잊지 못할 역할이 무엇이었는지 묻는 질문에 그는 조금도 망설이지 않고 애티커스 핀치 역을 꼽더군요. 그 배역 덕분에 오스카상을 받아서가 아니라, 애티커스 핀치는 언제나 신사에 대한 가장 정확한 정의를 보여주는 인물인 동시에 정직한 사람이 가장 닮고 싶어하는 남자였기 때문이라면서요."

"독자들에게 애티커스 핀치는 영원히 그레고리 펙의 모습으로 기억될 거야." 마리아가 한숨을 쉬었다.

도서관으로 돌아온 아브릴은 피곤했지만 그래도 마음이 뿌듯하고 흐뭇했다. 그녀는 우선 따뜻한 물로 샤워를 하고, 부드러운 면 소재의 파란색 바지와 트레이닝복 상의를 입고 양말을 신은 다음, 한 손에는 화이트와인 한 잔을, 그리고 다른 손에는 대니얼 오맬리*의 『더 루크』를 들고 거실로 내려갔다. 23장을 펼쳐들던 순간, 그녀는 인조 떡갈고무나무를 의심스러운 눈초리로 바라보았다. 초능력을 가진 미파니 토머스가

―――――――――――――――
* 호주 과학소설 작가.

흥미진진한 모험을 떠나는 대목을 읽자마자 휴대전화에서 배터리 부족 경고음이 울리기 시작했다. 휴대전화를 충전기에 연결하다가 그녀는 할머니에게서 부재중 전화 세 통이 와 있는 것을 보았다.

"할머니, 무슨 일로 전화했어?"

"아마겟돈이 펼쳐질지도 모르는데, 넌 태평스럽게 휴대전화를 무음으로 해놓았구나. 분명히 말하지만, 너한테 미리 알려주려고 했는데 네가 전화를 안 받은 거야."

"뭐를 알린다는 거야? 아마겟돈에 대해서? 하늘에서 불이 비처럼 내리고, 바다가 피로 물들고, 자연재해가 연이어 발생하고, 묵시록의 네 기사들이 다시 말을 타고 나타난다는 것쯤은 나도 알 것 같은데."

"어떻게 될지는 나도 모르지. 그건 네가 『폭풍의 언덕』의 어느 챕터에 있는지에 달렸지. 지금 네 아버지가 말을 타고 거기로 가고 있어."

"세상의 종말을 향해서?"

"대충 그런 셈이지. 아무튼 너한테 가는데, 무척 화가 나 있더구나."

"무슨 일 있었어?"

"글쎄, 대체 무슨 일인지 나도 정확히는 모르겠구나. 세기의 환술이니 맹목적인 정의니, 그리고 저녁으로 먹을 미트볼

이니 기가 막힐 해커니 뭐니 하면서 소리지르더니, 당장 너하고 이야기해봐야겠다고, 또 해도 너무했다고 투덜대면서 떠났어."

"정말 아마겟돈이 오겠는데."

"얘야, 그럼 이만 끊을게. 어떻게 됐는지 내일 이야기해주렴. 난 친구들이랑 저녁 먹고 빙고 게임이나 하려고 지금 나가는 길이야. 어차피 세상의 종말이 올 거라면, 스파클링와인을 마시고 '빙고'라고 외치고 싶구나."

야심한 밤이 되어 잔뜩 지친 모습으로 도서관에 들어온 미겔은 소파에 털썩 주저앉으며 재킷을 벗고 넥타이를 느슨하게 풀었다. 그는 인사하는 딸에게 몇 번이고 코웃음을 쳤지만, 화가 났다기보다 그저 아주 피곤해 보였다. 아브릴의 생각에 어쩌면 할머니가 과장했거나, 네 시간 동안 차를 몰고 오면서 아버지의 화가 좀 누그러진 듯했다. 아브릴은 아버지에게 와인 한 잔, 그리고 올리브유를 바르고 토마토를 얹은 커다란 빵 두 조각과 동네에서 만든 치즈, 푸에트, 롱가니사*를 접시에 담아 내놓았다. 그는 눈 깜짝할 사이에 와인을 거의 다 마셨다. 그리고 고마움과 감탄의 중간쯤 되는 눈빛으로 딸을 바라보며, 빵을 두어 입 베물고는 말을 꺼냈다.

---

* 푸에트와 롱가니사 모두 스페인 소시지.

"너무 늦은 시간에 와서 미안하다만, 이렇게라도 하지 않으면 사무실에서 분노로 온몸이 터져버릴 것만 같았다. 그러다 내 뇌수와 내장이 경비원한테 잔뜩 튀면 그는 무슨 봉변이니?"

"그 사람은 융통성이라고는 조금도 없잖아."

"『앵무새 죽이기』." 그는 아브릴이 『더 루크』 옆에 놓아둔 책 제목을 소리 내어 읽었다.

"아빠를 보면 항상 애티커스 핀치가 생각났거든." 아브릴이 부드럽게 말했다.

"내가 변호사라서?"

"아빠는 인내심이 강하고 선량한 사람이니까. 아빠는 반드시 큰 소리를 지르는 이들이나 다수파에 속하는 이들의 편에 설 필요가 없다는 것을 내게 가르쳐주었거든. 그리고 각자의 양심은 다수결의 원칙에 지배되지 않고, 국가의 교육 시스템이 아무리 불완전하더라도 오직 교육만이 나를 진정한 가난에서 구할 수 있다는 것도."

"내가 너한테 그런 말을 했었니?"

"그것보다 훨씬 더 좋은 말도 많이 했지. 아무튼 아빠는 오랜 세월 동안 내게 많은 걸 가르쳐주었어."

"네 말을 들으니 내가 아주 지혜로운 사람인 것 같구나."

"할머니만큼은 아니야."

"이 세상에서 할머니보다 현명한 사람은 없지."

"아까 할머니가 전화했어. 아빠가 무척 화가 나서 여기로 오고 있다고."

"너 때문에 화가 난 게 아니야." 그는 빵을 다 먹고 입술과 손가락에 묻은 기름을 닦은 다음, 잔에 조금 남은 와인을 마저 마시고서 소파에 편안히 기대앉았다. "올리밴더앤폭스가 소송을 취하했어."

아브릴은 혹시 잘못 들은 게 아닐까 하는 생각에 한동안 가만히 있었다. 만약 꿈을 꾸고 있는 거라면, 아직 깨어나고 싶지 않았다. 그녀는 헛기침을 했다.

"무슨 말인지 알겠어." 그 순간 그녀의 입술과 입안이 바싹 말라붙어 버스럭거리는 소리가 났다. "내가 아빠라도 굉장히 화가 났을 거야."

"그렇지 않아, 아브릴. 정말 잘됐어."

"아빠는 별로 안 기쁜 것 같은데." 아브릴은 잔에 든 와인을 홀짝여 마른 목을 축였다. 가슴이 두방망이질해서 아빠가 방금 한 말을 되풀이할 엄두도 나지 않았다. "그럼 올리밴더 건은 정말 영원히 끝난 거야?"

그녀는 거의 속삭이는 듯한 소리로 물었다. 안도감, 기쁨, 그리고 믿어지지 않는 마음이 한데 뒤엉키면서 참고 있던 눈물이 터져나오려 했다. 심리상담사와 마지막으로 만났을 때,

그녀는 광고회사와 소송중인 한 앞으로 한 발짝도 더 나아가기 어렵다는 사실을 인정했다. 그녀가 모든 악연을 끊고 앞으로 나아가기를 가로막는 유일한 장애물이 바로 그것이었다.

"이제 다 끝났어." 아버지가 대답했다. "이제 소송도, 재판도 없고, 피도 눈물도 없는 광고회사 사람들과 더이상 얽힐 일도 없을 거야."

"아빠, 믿어지지 않아."

"농담할 일이 따로 있지, 그런 걸 가지고 내가 농담하겠니? 이제 다 끝났어."

두 사람은 한참을 껴안고 있었다. 그동안 아브릴은 흐느끼고 횡설수설하며 안도감, 고마운 마음, 그리고 그 모든 것이 얼마나 이상했는지에 대해, 또 자기가 투구꽃을 먹고 죽어 연옥에 가더라도 꽤 좋은 곳이니 아빠가 차라리 자기를 거기에 남겨두기를 바랐을 거라는 이야기를 했다. 마침내 눈물이 조금씩 잦아들었고, 그녀는 정신을 차리고 스웨터 소매로 눈물을 훔친 다음, 이상할 정도로 여전히 말이 없는 아빠의 뺨에 입을 맞추었다.

"아빠는 역사상 최고의 변호사야. 물론 묵시록의 기사로서는 조금 아쉬운 점이 있지만. 휴, 정말 다행이야." 아브릴은 다시 흐느끼며 말했다. "정말 무서웠어. 법정에 서는 것도, 배상금도, 어떤 식으로든 아빠한테 피해를 주는 것도, 수치심과

불명예도. 이 모든 것이 해결되지 않은 채 한 발짝도 더 나아
갈 수 없을까봐 두려웠어. 그런데 이제는 마음이 너무 홀가분
해서 아빠가 나를 놓으면 날아갈까봐 무서워."

"그런데 내가 한 일이 아니야, 아브릴." 그는 매우 진지하
게 말했다.

"그럼 대체……"

"그들이 업무상 배임과 고객의 개인정보 유출 혐의로 너를
고소하기 위해 주요 증거로 삼았던 것은 너의 이메일이었어.
네가 실수로 찹스 유한회사의 CEO에게 보낸 칩스사 광고 파
일이 첨부된 이메일 말이야. 그런데 무슨 영문인지 그 이메일
이 사라져버렸단다. 해당 이메일은 물론, 그들이 보냈을 답장
도 흔적조차 없어."

"말도 안 돼!" 그녀는 생각에 잠겨 말했다. "내가 보낸 이메
일이 사라져버렸더라도, 찹스사 서버에 그대로 남아 있을 거
라고. 모든 메시지에는 발신자와 수신자가 있으니까. 이건 시
청각 커뮤니케이션 및 광고 수업 첫 시간에 배우는 거라고."

"거기도 없다더구나. 결국 올리밴더앤푹스사와 찹스사의
서버에서 모두 삭제되었다는 거지. 만약 두 회사 중 한 곳에서
만 그런 일이 발생했다면 사고나 우연, 아니면 운명의 자비로
운 개입이라고 생각할 여지도 있겠지. 하지만 서로 다른 두 회
사에서, 공간이나 관리자를 공유한 적이 없는 독립적인 두 정

보 시스템과 두 서버에서 파일이 모두 사라졌다면 말이다. 너는 어떤지 모르겠지만, 내 머릿속에는 이름 하나가 떠오르는구나. 해리 포터는 아니야."

"그 누구도 혼자만의 힘으로 스스로를 구원할 수는 없어." 아브릴은 혼잣말하듯 속삭였다. 그녀는 심장이 다시 두근대기 시작했고, 빅토리아시대 여성들이 코르셋이나 속치마를 입지 않고도, 단지 격렬한 감정에 사로잡혀 기절했던 상황을 충분히 이해할 수 있을 것 같았다.

"알렉스를 데리고 온 날 밤에 내가 해줬던 이야기 기억나니?"

"그 사람이 구글 검색 알고리즘에 손을 댔다는 이야기?"

"응, 그 사건으로 그는 서구 최고 해커의 반열에 오르게 되었지." 미겔 변호사가 구체적으로 짚어주었다. "그때 넌 그렇게 실력이 좋은 사람이라면 어쩌다 덜미가 잡혔느냐고 물었지. 해커들은 일반적으로 자존심 때문에 잡히는 경우가 많단다."

"자존감이 부족해서라는 말이야?"

"그들은 어디서든 자신의 흔적을 남기지 않고는 못 배기거든."

"알렉스가 그렇게 어리석은 줄 몰랐는걸." 어쨌든 그는 눈 깜짝할 사이에 장작 패는 법을 배우는가 하면, 그녀가 풀기를 포기한 자연의 미스터리, 즉 정원의 잡초와 투구꽃과 회양목

덤불을 구별할 줄 아는 사람이었다.

"그렇지 않아. 사실 그는 아무런 단서도 남기지 않았어. 경찰이 마르셀로의 집에 들이닥치자 스스로 경찰에 출두했지."

"맞아. 그때 아빠가 이야기해줬어. 그런데 왜 그가 모든 책임을 떠안은 거지?"

"마르셀로도 해킹에 가담했지만, 알렉스처럼 능숙하게 흔적을 지우지 못했지. 경찰이 그의 아이피 주소를 확인했을 때, 그의 아내는 임신중이었어."

아브릴이 먼 훗날 트레비예스에 머물던 시절을 떠올릴 때마다 무척 그리워하게 될 침묵이 도서관에 다시 자리잡았다. 밖은 짙은 어둠에 잠겨 있어 광장에 우뚝 서 있는 커다란 전나무의 실루엣만 희미하게 보일 뿐이었다.

"마르셀로가 감옥에 가 있는 동안 뱃속의 아기가 태어나게 할 수 없어서 결국 알렉스가 죄를 인정한 거구나." 그녀는 속이 울렁거리는 것을 느끼며 결론을 내렸다.

미겔은 고개를 끄덕이며 손으로 머리를 쓸어넘겼다.

"그래서 나는 알렉스가 영웅이라고 생각하게 됐어. 그의 의리에 너무 감동해서 그가 법을 위반했다는 사실조차 깜빡했었지. 그리고 이번에 그가 다시 전과 같은 일을 벌인 거고. 내가 보기에 그가 두 회사를 해킹해서 각 서버에서 사건과 관련된 민감한 정보를 삭제한 것 같아."

"알렉스랑 이야기해봤어? 내 생각에는 아빠가 너무 성급하게 판단한 것 같은데."

"물론 그를 고발할 수 있는 물증은 하나도 없어." 미곌의 뿔테 안경은 콧등으로 흘러내려왔고, 머리는 부스스하게 헝클어졌다. 턱에는 수염이 거뭇거뭇하게 돋았고, 화가 난 것 같아 보이지는 않았지만 쓴웃음을 짓는 표정에서 환멸 같은 것이 묻어났다. "그러니 그는 물론, 그 누구도 고발할 순 없겠지. 아무튼 그는 전혀 흔적을 남기지 않았어. 덕분에 올리밴더 앤푹스측 변호사들이 나를 사이버 범죄 혐의로 고소하기 직전까지 갔단다. 그 작자들은 내가 누군가를 고용해 파일을 삭제했다고 확신하고 있어. 아무 증거도 없이 동료를 함부로 비방하지 말라고 내가 경고하고 나서야 한발 물러서더구나. 정말이지 존 그리샴*의 소설 한 장면을 보는 것처럼 대단했지."

미곌이 익살맞은 표정을 지어 보이며 윙크했지만, 아브릴은 아버지의 얼굴에 언뜻 스쳐지나가는 씁쓸한 표정을 보았다. 아버지의 풍성한 갈색 머리카락 사이에 부쩍 늘어난 흰머리와 손을 잡았을 때 살갖에 점점이 박힌 검버섯이 처음으로 그녀의 눈에 들어왔다. 자신의 분야에 회색 지대가 존재한다는 걸 일찍이 간파했지만 어떤 일이 있어도 선과 악을 가르는

---

* 법정 스릴러물의 대가로 알려진 변호사 출신의 미국 소설가.

미세한 경계를 허물기를 거부했던 선량한 아버지의 환멸감이 느껴졌다. 자신을 걱정하는 아버지의 마음을 이해하면서도 전적으로 공감할 수는 없었다. 그녀는 나쁜 남자들을 좋아하지 않았고 동화 속 공주도 스스로 위기에서 벗어날 줄 알아야 한다고 생각했지만, 알렉스는 오로지 그녀를 구해내려고 그녀의 삶 속으로 뛰어들었던 것이기 때문이다.

"정말 미안해, 아빠." 그녀는 진심을 담아 말했다. "나 때문에 아빠가 그런 곤경에 빠졌잖아. 그리고 믿었던 의뢰인한테 배신당한 것도 유감이고, 나를 위해 동분서주 애쓰게 만들어서 미안해. 언젠가 법정에서 외동딸을 변호하게 되리라고는 상상도 못했을 테니까."

"너 때문에 화가 난 게 아니래도." 미겔은 이제 은퇴할 때가 되었다는 생각을 하는지 환멸과 피로에 지친 표정으로 더 차분하게 말했다. "너를 변호할 기회를 얻은 건 특권이지. 살면서 힘든 일을 겪을 때 사랑하는 이들을 위해 할 수 있는 일은 거의 없단다. 내가 그 빌어먹을 해커의 마음을 이해한다고 한 것도 바로 그 때문이지만, 다만 그의 도덕적 가치관이 의심스러워. 아주 의심스러워."

아브릴은 미소를 지으며 일어나 와인 한 병을 더 가져왔다.

"승리를 위해 건배할까?" 미겔은 미소를 머금고 잔을 채우며 딸에게 물었다.

"기분이 좀 씁쓸한데."

"어쨌거나 이겼잖니."

자신의 실수를 스스로 용서하기 위해 무려 육 개월의 시간, 스물일곱 권의 책, 보라색 양털 목도리, 정원에서 보낸 많은 날들, 낙엽송과 전나무 숲을 거닐던 산책, 때늦은 해빙기를 맞아 거대한 소리를 내며 쏟아지던 폭포, 친구들과 수없이 나눈 대화, 마르티네스 박사와 열다섯 번의 심리상담, 불길한 예감을 몰아내기 위한 수많은 호흡 훈련이 필요했다. 그리고 아직 마르티네스 박사와의 상담은 끝나지 않았지만, 그가 영상 통화를 이용한 상담을 거부할 리 없다는 생각이 들었다.

"그럼 내가 아빠와 같이 집에 돌아가기를 기원하며 건배하자." 아브릴은 드디어 때가 왔음을 확신하고 말했다.

"그런데 나는 왜 네가 나와 같이 가지 않을 것 같은 불길한 예감이 들지?"

"내가 갈 데가 어디 있다고 그런 말을 하는 거야?"

"한때 내가 믿었던 범죄자한테 고맙다는 인사를 하러." 미겔은 딸과 눈을 맞추지 않으려고 애써 외면하며 투덜거렸다.

"지금쯤 뉴질랜드에 있을 거야."

"아직 떠나지 않았어." 그가 다시 투덜거렸다. 미간을 찌푸리며 안경을 콧등 위로 치켜올리는 그의 모습은 그 어느 때보다 애티커스 핀치 같아 보였다. "그 사람의 변호사가 비자 문

제를 놓고 그가 들어갈 회사측에 계속 이의를 제기한다고 하
더구나.”
　“그 사람 변호사는 아빠잖아.”
　“이 무슨 불행한 우연이람.”

19

"혹시 당신이 아브릴인가요?"

아브릴은 바르셀로나 산안드레우의 조용한 거리 2층 발코니에서 자신에게 질문을 던진 여성의 목소리를 찾아 고개를 들었다. 귀가 먹먹할 정도로 시끄러운 도시의 소음과 고함소리, 공해와 교통체증, 마주치는 사람들의 바쁜 걸음걸이에 여전히 정신이 멍한 그녀는 중앙 현관 호출 벨을 눌렀지만, 당장 도망쳐 다시 산속으로 숨어들고 싶다는 생각이 들었다.

"알렉스는 여기 없어요." 발코니에 있는 금발 여자가 말했다.

잠시 후, 아기를 품에 안은 젊은 남자가 금발 여자 곁으로 다가왔다. 남자는 상기된 채 갈팡질팡하는 인간의 기이한 전형을 보는 듯한 눈초리로 그녀를 내려다보았다.

"저 사람이 그 사서래?" 남자가 금발 여자에게 물었다. "내 상상과는 전혀 다른데."

"왜? 어떤데?"

"너무 완벽하잖아."

여자가 팔꿈치로 남자의 옆구리를 쿡 찌르자, 아기가 기분이 좋은지 소리를 질렀다. 마치 주변에 아무도 없다는 듯 2층의 남녀가 자기들끼리 쑥덕대자 아브릴은 자기 존재가 사라져버린 건 아닌지, 자기 모습이 잘 보이는지 확인하려고 현관 유리에 자신을 비쳐 보았다. 아브릴은 긴 머리를 한껏 높이 올려 묶었고, 면으로 된 민소매 원피스 차림에 샌들을 신었지만, 그래도 더웠다.

"알렉스는 여기 없어요." 여자는 전보다 더 상냥한 말투로 말했다. "울피를 데리고 나갔어요. 옆 공원에 가면 만날 수 있을 거예요. 그 방향으로 두 블록 걸어가다가 오른쪽으로 가세요."

"고마워요." 그녀는 간신히 말을 이었다.

"다시는 그 친구를 버리지 않으면 좋겠어요." 아기를 품에 안은 남자의 목소리가 들렸다.

"여기 왔잖아." 여자가 그에게 말했다. "그건 뭔가가 있다는 뜻이야."

"알렉스의 여자친구가 아닐 수도 있잖아? 우린 당연히 그럴 거라고 생각하지만, 사실은 백과사전을 팔거나 전기 업체를 바꾸라고 온 영업 사원일 수도 있고, 부동산 중개인이나 뒷북치는 기자일 수도 있다고."

"기자들이 그 사건을 잊은 지 벌써 몇 달이 지났어. 우리가 아직 언론의 관심을 받고 있다면, 알렉스는 돌아오지 않았을 거야."

"아, 명성이란 얼마나 무상하고 덧없는 것인지……"

스트레스가 덜한 상황이었다면 아브릴은 아마 그 말을 듣고 웃음을 터뜨렸을 것이다. 모퉁이를 돌아 공원이 어렴풋하게 보이자 그들의 목소리는 더이상 들리지 않았다. 더운 날씨에 공기까지 습해서 불쾌지수가 높았다. 이른아침인데도 숨이 턱턱 막힐 지경이었고, 햇볕이 내리쬐는 벤치에는 아무도 없었다. 세 그루의 왜소한 나무 그늘에서 두 노인이 담소를 나누고, 그들이 데려온 개들은 주위에서 뛰놀고 있었다. 아브릴은 두근거리는 가슴을 안고 공원 외곽을 돌며 검은색 티셔츠와 헝클어진 갈색 머리, 그리고 진지하면서도 사랑스러운 눈빛을 찾아보려고 애를 썼다. 그녀가 화단과 가지만 남은 나무들—트레비예스의 숲과 도서관 정원을 떠난 이후로 모든 게 시들시들해 보였다—주위를 두번째 돌려던 순간, 우렁찬 개 짖는 소리가 그녀의 가슴속에 울려퍼졌다. 돌아서보니 덩치가 제법 큰 어린 늑대개 한 마리가 전속력으로 달려오고 있었다. 흥분을 주체하지 못하고 와락 달려들 거라는 예상과 달리, 녀석은 그녀 바로 앞에 멈춰 서더니 의젓하면서도 사랑스럽게 그녀의 발을 밟고 한쪽 앞발을 그녀의 무릎 위에 올려놓았다. 아브릴은 생각할 겨를도 없이 몸을 숙여 녀석의 튼실하고 아름다운 목을 꼭 안아주었다. 환영식이 끝나고 몸을 세우자 울피의 가장 친한 친구가 정면에 보였다. 그녀는 그를 찾으러 도시로 돌아가기로 결심한 이후 처음으로 아무 걱정 없이 평온한 마음으로 조용히 미소 지었다. 그는 꼼짝 않고 제자리에 선 채, 분노와 놀라움이 섞인 표정으로 그녀를 바라보았다.

"내 전화도 받지 않더니." 그가 불쾌한 표정으로 투덜거렸다.

"해결해야 할 문제가 있었어요."

"그건 무슨 책 제목인가요?"

"당신에게 그렇게 전화로 조금씩 작별을 고하기가 너무 슬프고 괴로웠다는 말을 돌려서 하는 거예요."

"그래서 이렇게 갑자기 직접 작별을 고하러 온 거군요."

"내가 여기 뭘 하러 왔는지 멋대로 추측하지 마요. 당신은 그런 거 잘 못 맞히잖아요."

"아브릴, 소파 맞은편 전등 밑에서 책을 읽고 있는 당신이 없으니 앞이 보이지 않아요. 내게 빛을 비춰줘요."

그의 말에 아브릴은 도서관에서의 밤으로 돌아간 듯했다. 하얀 겨울이 그녀의 따뜻한 스웨터와 독서용 숄, 벽난로, 그리고 책 냄새와 묘한 대조를 이루던 그 밤으로. 그녀는 그 밤에 한 손에 디킨스의 책을 들고, 눈에는 슬픈 회색빛이 감돌지만 가슴속에는 웃음이 충만한 채 대화를 나누었던 기억이 자꾸만 떠올랐다. 책을 읽는 그녀를 방해하고도 아무런 화를 입지 않을 수 있는 사람은 알렉스뿐이었다. 역사를 찾기 위해 쥐라기 정글같이 무성한 덤불을 다 베어내고, 벽난로에 장작을 넣으며 희망의 불꽃을 밝히고, 빨간 모자의 길을 탐험하며 늑대와 친구가 된 것도 그 사람이었으니까. 알렉스의 갈색 눈에 취해 있는 동안은 나쁜 일이 일어나지 않으리라 확신한 아브릴은 울피의 에스코트를 받으며 그에게 조금 더 가까이 다가갔다. 걸음을 옮기면서, 광고에 쓸 단어를 고심해 고를 때도 이렇게 힘들었던 적이 없었다는 생각이 들었다. 그건 아마 어떤 말도 그녀의 마음을 담기에는 너무 작게만 느껴졌기 때문이었을 것이다.

"당신이 어떤 일을 했는지 다 알고 있어요." 아브릴이 말했다. "그리고 우리 변호사가 그 일로 너무 실망하고 상심해서 더이상 우리를 고객으로 받아들이지 않는다고 해도, 나는 당신을 고맙게 생각하고 있어요."

"무슨 말인지 모르겠군요." 그는 보통 때보다 더 인상을 찌푸리며 대답했다.

"이 도시는 너무 시끄럽고 환경오염도 심한데다 끔찍할 정도로 덥다고 말하는 거예요. 구글에서 봤는데, 지금 뉴질랜드는 겨울이고, 웰링턴은 공기가 여기보다 백배는 더 깨끗하대요. 라이츠힐숲과 코항가테라호수가 근처에 있고요."

"뉴질랜드에 대해 조사해봤어요?"

"나는 다른 곳에서 새로운 삶을 시작한다는 말을 별로 믿지 않아요. 당신이 어디를 가든 당신은 그대로일 테니까요. 그런데 언젠가 한번은 어느 조급했던 컴퓨터 엔지니어가 나에게 함께 떠나자고 했었죠. 나는 그 제안이 여전히 유효하다고 생각하고 싶어요."

그러자 어색한 기분이 들었거나 긴장했는지, 알렉스는 체중을 한쪽 다리에서 다른 쪽으로 옮기고 등을 곧게 폈다. 어쩌면 그는 아브릴 곁을 영원히 떠나 도망치려던 참이었는지도 모른다. 아브릴은 사람의 마음보다 책을 훨씬 더 잘 읽었으니까.

"함께 가려면 비자가 필요해요." 그가 가볍게 헛기침을 하고 말했다. "게다가 밟아야 할 수속도 엄청 많고요. 그리고 우리 변호사가 사임했다면서요."

"그럼 아빠한테 부탁해볼게요." 아브릴은 타인에게 마음을 여는 데 서툴렀지만, 마음을 열어보려 노력해야 할 결정적인 순간이 있다면 바로 지금이라는 것을 직감했다. "알렉스, 나

좀 봐요. 난 이제 멀쩡해요. 이제 몸과 마음이 꽁꽁 얼어붙은 채 살지 않아요. 해빙기도 잘 지나갔어요. 더이상 힘든 길을 가지 않을 거예요. 피곤하기만 하지 전혀 쓸모도 없으니까요. 내 실수도 있는 그대로 받아들이려 해요. 아직 나 자신을 완전히 용서한 건 아니지만, 이제부터라도 내 삶을 살아갈 각오도 되어 있고요. 마음속으로 당신과 함께 있기를 원한다는 걸 나도 분명히 알아요. 스탠리가 탕가니카호수 근처 밀림에서 리빙스턴 박사를 만나듯 당신이 트레비예스의 볼썽사나운 떡갈고무나무 아래에 있던 나를 발견한 그날 밤에도 나는 이미 알고 있었죠. 하지만 그때는 당신에게 그 말을 꺼내기가 쉽지 않았어요. 설령 말했더라도 당신은 당시 나를 절반쯤 사로잡고 있던, 우울하고 움츠러들어 있던 면을 받아들이기가 힘들었을 거고요.

책은 옴짝달싹 못하는 사람에게 훨훨 날아갈 수 있는 날개를 달아주죠. 그래서 도서관은 내 슬픔의 도피처가 되었고, 당신이 떠나고 나서야 비로소 내가 앞으로 나아가고 싶고, 나를 가만히 붙박아두던 호박 화석에서 벗어나고 싶어한다는 걸 깨달았어요. 하지만 아직은 당신을 따라가야겠다기보다, 우선 온전해지고 싶은 마음이 일었어요."

알렉스는 귀기울이고 있었지만, 아브릴은 그가 정말로 자신의 말을 믿어주는지 자신할 수 없었다. 양자 이론 전체를 설명하는 키스를 나눈 뒤 아브릴은 그를 홀로 떠나보냈고, 그후로는 그의 전화도 받지 않았다. 사서 특유의 일시적 광기 때문이었다고 항변하려던 찰나, 그가 마침내 입을 열었다.

"그런데 뭐가 변했죠?"

"당신이 나를 도와주었고, 또 트레비예스와 도서관, 파르바티, 로사, 마리아, 모두가 나를 도와주었어요. 이제 더이상 두렵지 않아요. 진행중인 소송도 없고요. 그러니 더이상 숨고 싶지 않아요. 언젠가 전부 내던지고 싶어지는 순간이 오리라는 걸, 또 모든 것이 뒤엎혀 슬픔으로 괴로워하는 날이 오리라는 걸 알아요. 하지만 그 또한 지나갈 테고, 그렇게 끔찍하지 않으리라는 것을, 내가 좋은 씨앗을 뿌렸으니 모든 게 잘되리라는 것도 알아요." 아브릴은 입술에 진심을 담고 폭풍우가 몰려오는 하늘처럼 짙은 회색빛 눈으로 애원하며 그를 향해 몇 발짝 더 가까이 다가섰다. "나는 긴긴 시간 동안 절망의 늪에서 허우적거리다 최고의 독서클럽을 만났지만, 그래도 혼자 가야 할 길이 있더라고요. 그래서 여기 온 거예요. 그 길을 가는 동안, 혹시 울피와 당신이 내가 조금 더 함께해주기를 바랄지도 모른다고 생각했거든요."

"아브릴." 알렉스가 그녀의 말을 가로막고 나섰다. "한 발짝만 더 다가오면 키스할 거예요. 그리고 이번엔 절대 당신을 놓치지 않을 겁니다."

아브릴이 안도의 한숨을 내쉬기도 전에 그가 먼저 성큼 다가섰다.

"나에게 오려고 그렇게 아끼던 도서관을 떠나왔다고요?" 첫번째 키스를 나눈 후 그가 물었다.

"나를 후회하게 만들지 마요." 아브릴이 조금 낯설게 느껴지는 목소리로 말했다. 그에게 입술을 포개고 가쁜 숨을 몰아쉬면서, 오로지 계속 숨을 쉬며 그 순간을 즐기는 것 외에 아무 두려움도, 아무 근심도 없는 듯했다.

"당신을 트레비예스에 두고 온 걸 천 번도 넘게 후회했어요."

"당신이 거기 남았더라면 아무것도 얻지 못했을 거예요. 더구나 여기 중요한 일이 있었던 것 같은데요." 아브릴은 그가 자신의 말을 수긍하거나 부인할 때까지 기다렸다. 하지만 알렉스는 아직 그녀에게 묻고 싶은 말이 남아 있다는 것을 안다는 듯이 가만히 서 있었다. "당신은 목적이 수단을 정당화한다고 생각하나요?"

"아니에요, 아브릴. 하지만 나의 두 어머니들은 사랑하는 사람을 지켜주는 것이 그 어떤 원칙보다 더 중요하다고 가르치셨어요."

에필로그

웰링턴의 마운트 빅토리아 언덕 인근 엘리자베스 스트리트에 새로운 서점이 문을 열었다. 작고 아늑하며, 밝은 빛깔의 나무 바닥과 잘 어울리는 서가가 놓인 그 서점에서는 뉴질랜드의 추운 겨울날 고객들에게 차 한 잔과 초콜릿 쿠키를 내어줄 뿐 아니라, 어느 계절이든 따뜻한 미소로 맞아주었다. 고전문학과 지역 작가들의 책을 주로 다루는 그 서점은 좋은 책의 힘을 결코 과소평가하지 않는다는 신념을 가지고 있었다. 독서를 할 수 있는 공간에서는 작은 창문을 통해 마운트 빅토리아 언덕의 푸르른 숲이 보였다. 폐점 시간이 몇 분 지났지만, 아브릴은 알렉스와 함께 집으로 돌아가기 위해 그와 그의 늑대개가 자신을 데리러 올 때까지 조용히 기다리면서 노트북을 열고 기대하던 영상통화를 시도했다.

"파르바티!" 화면에 그리운 친구의 얼굴이 나타나자 아브릴은 기쁨의 환성을 질렀다. "거긴 지금 몇시예요? 항상 시간대가 헷갈려서 잠시 이야기를 나누기도 힘드네요. 너무 보고 싶어요."

"오전 여덟시 반이에요. 그건 우리도 마찬가지예요! 정말 너무 보고 싶네요!"

"반가워요. 아무튼 선량한 뉴질랜드 사람들은 책을 그리 많이 읽지 않지만, 아이들은 독서를 많이 해요. 나는 뉴질랜드의 미래 세대가 이다음 자기 아이들에게 올리버, 브론테, 애티커스, 제인, 도릿 같은 이름을 지어줄 거라는 상상을 해요. 전 요즘 뉴질랜드의 젊은 작가 엘리너 캐턴의 작품에 푹 빠져 있답니다. 다음주 독서클럽에서는 『루미너리스』를 읽고 이야기해요. 아니, 몇 주 후가 좋겠네요. 그 소설이 굉장히 길거든요."

트레비예스의 친구들과 헤어지기는 정말 힘들었다. 사서들이 자기들을 배신하고 도망갔다고 일 년이 지난 후에도 여전히 화가 나 있는 그린치를 제외하고는, 모두들 아브릴과 알렉스가 함께 떠난다는 사실을 알았을 때 놀라지 않은 척했다. 파르바티는 오랜 궁리 끝에 직접 도서관을 계속 운영하기로 했고, 금요일에 화상회의로 원격 독서클럽을 이어갈 수 있도록 발 벗고 나섰다.

"파르바티가 바통을 이어받을 줄은 전혀 몰랐네." 아브릴이 독서클럽을 계속하기로 결정했다는 소식을 전하자 그녀의 할머니가 말했다.

"할머니, 그런데 할머니가 파르바티한테 전화를 걸어 〈내셔널 지오그래픽〉에서 기사를 봤다면서 집밖에 나가 새로운 임무를 맡으면 빈 둥지 증후군이 완화된다고 알려줬다며. 심지어 도서관을 운영하는 예를 들어 설명했다면서? 그 말을 듣고 깜짝 놀랐어. 평소 할머니는 그렇게 대놓고 말하기보다, 아리송하게 말하는 스타일이니까."

"그래. 예나 지금이나 나한테 예언자 같은 면이 좀 있지." 바르바라는 손녀의 말을 듣고 웃었다. "네 아버지가 여기 왔던 날 밤이 떠오르는구나. 네 아버지는 어떤 컴퓨터 전문가 사건 이야기를 하면서, 당분간 조용히 지낼 곳이 필요하다고 했어. 그 말을 듣는 순간, 그 사람이 너와 딱 맞을 거라는 생각이 들었단다."

"정말 그래."

"둘 다 마찬가지야. 서로에게 완벽하게 잘 맞아. 다만 안타까운 건, 그렇게 잘 어울리는 두 사람이 나와 너무 멀리 떨어져 있다는 거야."

"할머니는 뉴질랜드에 와보고 싶지 않아? 친구들이랑 빙고 게임하느라 너무 바쁜 게 아니라면, 한 가지 부탁을 하려고.

우리 서점 뒤쪽에 자그마한 텃밭이 있는데, 땅을 파다가 혹시라도 고대 항아리가 나올까봐 아무것도 못 심겠어.”

“넉살맞기는!”

할머니와 더 자주 이야기를 나누려면 지구 반대편으로 이사하는 수밖에 없었다. 아무튼 아브릴은 할머니에게서 조만간 뉴질랜드에 오겠다는 약속을 받아냈지만, 12월에 자신이 바르셀로나로 가기 전에 할머니가 먼저 이곳에 올 리는 없을 것 같았다. 반면 그녀의 아버지는 알렉스가 혼자 출국하지 않을 거라는 사실을 확인하자마자 화가 난 듯 침묵을 지켰고, 그녀가 트레비예스를 떠나고 몇 달 동안 일부러 그녀를 멀리했다. 그는 양심의 가책과 고마운 마음 사이에서 갈등하며, 배신감과 안도감을 동시에 느끼고 있었다. 하지만 알렉스와는 더는 이야기하고 싶어하지 않았다. 그러다 11월의 어느 날 아침, 그는 아브릴에게 전화를 걸어 은퇴 소식을 전했다.

“너무 지쳐서 더는 무리일 것 같아. 이제 다른 일을 해보고 싶구나.”

“다른 일이라니, 어떤 일을 말하는 거야?”

“글쎄, 아직 잘 모르겠어. 정말로 하고 싶은 일을 찾을 때까지 하나씩 제외해나가볼 생각이야.”

“내 생각인데, 아빠는 고문변호사를 하면 잘 어울릴 것 같아.”

"고문변호사라면 마피아 2인자 말이니?"

"그거야 아빠가 결정할 문제지만, 어둠의 세계에 대한 도덕적 가치관을 다시 세우기에는 아빠 나이가 너무 많은 것 같은데."

"내가 너한테 확립해주지 못한 도덕적 가치관 말이구나."

"내가 가장 좋아하는 서점 주인이 있는데, 그 사람은 항상 내게 어두운 곳으로 가라고 해. 그런 곳에는 쿠키가 있기 마련이라면서."

"그럴 바에는 차라리 제빵사가 되는 게 낫겠어."

"그런데 왜 아빠는 은퇴를 제대로 못할 것 같다는 생각이 들까?"

"네 상상력이 부족해서 그래. 그러니까 앞으로 책을 더 많이 읽어."

파르바티, 마리아, 로사는 매주 금요일 자기들끼리 고른 책에 대해 토론하기 위해 화상회의 시스템으로 아브릴과 영상통화를 했을 뿐만 아니라, 뜨개질 모임이 있는 목요일 밤에도 항상 그녀에게 연락했다. 열 시간의 시차에도 불구하고 그녀들은 늘 함께 차를 마시며—트레비예스에서는 하루의 마지막 차였고, 웰링턴에서는 아침의 첫 차였다—일상의 소소한 것들, 마을과 친구들, 책과 희망에 대해, 결국 삶에 대해 이야기를 나누었다.

"지난주에 마리아가 드디어 은퇴하기로 결심했어요." 엘리너 캐턴의 책 제목을 받아 적으며 비에야의 서점에 주문할 거라던 파르바티가 새로운 소식을 전하고는 조금 더 자세히 자초지종을 설명했다. "창피해서 당신에게 직접 말 못한 거예요."

"왜요? 우리 아빠도 은퇴하신다던데. 마리아가 그 말을 못할 리 없잖아요."

"은퇴한다고 결심했지만 작심삼일로 끝났거든요." 파르바티가 웃으며 말했다. "사흘 동안 카페 문을 닫고 집에만 있더라고요. 그런데 나흘째 되던 날, 사회보장 관련 서류를 죄다 찢어버리더니 가게문을 다시 열지 뭐예요. 지난 몇 년 동안 은퇴하니 마니 하면서 수시로 우리를 들볶았지만, 우리는 단 한 순간도 그 말을 믿지 않았어요. 그럴 때마다 마리아는 그곳이 마을에 하나뿐인 카페인데, 혹시라도 앙헬이 카페에서 대신 일하다가 커피 머신 위에서 잠들어버릴까봐 걱정이 돼 문을 못 닫겠다고 변명했죠."

"어제 로사가 이메일을 보냈더라고요. 드디어 고고학자들이 처음으로 트레비예스에 조사차 방문했는데도 기분이 별로 안 좋은 것 같았어요. 그 사람들이 겨우 이십 분간 머물다가 서둘러 떠났다고 하던데, 그 때문인가봐요."

"맞아요. 로사가 자리를 비우는 바람에 그들을 맞이할 수가

없었죠. 그 시간에 비에야에서 회의가 있었는데, 마치고 마을
에 돌아오니까 벌써 떠나고 없더래요."

"그럼 그 암포라에 역사적 가치가 없다는 건가요?" 아브릴
이 놀라며 물었다.

"지금부터 내가 하는 말은 비밀로 한다고 약속해줘요."

"뉴질랜드에서도 스캔들이 될 거라는 말인가요?"

"그건 아니에요. 알렉스와 울퍼에게는 이야기해도 되지만,
로사한테는 아무 말도 하지 마요. 로사가 로마시대 암포라 문
제로 너무 풀이 죽어 있어서 보기 안쓰러울 지경이에요. 그녀
에게 아무 말도 안 하는 편이 우리도 훨씬 편할 것 같아요."

"무슨 일이 있었나요?"

"고고학자들이 탄 차가 도착하자마자 롤라 부인과 살보가
당신 집 정원으로 달려가더군요. 채 오 분도 안 되는 시간 동
안 얼마나 수다를 떨어댔는지, 고고학자들이 혼이 나간 사람
들처럼 모두 멍한 표정을 짓고 있었죠. 롤라 부인은 자기 인생
이야기는 물론이고, 혹시 하드리아누스황제와 친족 관계일 수
도 있다면서 마을의 모든 가족의 내력을 사 대 전까지 거슬러
올라가 읊어댔고, 살보는 본격적인 조사를 하려면 당국에서
발급한 수도 없이 많은 허가서를 전부 내놓으라고 했어요."

"그런데 발굴 작업을 하려면 법률에 따라 허가가 필요하긴
해요."

"영리 추구 목적이나 훼손할 의도 없이 방사선 차폐 안경을 쓰고서 관찰만 하는데도 허가가 필요하다고요?"

"그건 아닐 거예요."

아브릴은 환하게 웃었다. 그녀는 그토록 그리워하던 정원에 다시 가 있는 자신의 모습을 상상할 수 있었다. 고민스러운 표정으로 로마시대 암포라 앞에 서 있는 두 고고학자, 속사포처럼 쉴 틈 없이 떠들어대는 핑크빛 머리의 롤라 부인, 그리고 짜증을 부리며 학자들을 밤나무 쪽으로 몰아가고 있는 살보의 모습도 눈앞에 어른거렸다. 나폴레옹의 이집트 원정을 꿈꾸고 하인리히 슐리만*의 트로이 발굴을 동경하는 가엾은 고고학자들.

"그들 생각도 마찬가지였어요. 아무튼 결국 그들은 맥이 풀린 것처럼 어깨를 축 늘어뜨리고 떠났어요. 너무 당황해서 암포라와 주변 지형 촬영이나 했을까 몰라요. 나는 로사에게 아무 이야기도 전하고 싶지 않았어요. 차라리 아무것도 모르는 게 더 나을지도 모르잖아요. 사실을 알았다가는 살보한테 무척 화가 날 거예요."

"따지고 보면 우리 모두 살보에게 화가 나 있는데, 차이가

---

* 독일 사업가 출신 고고학자. 트로이와 미케네 등을 발굴해 문명 연구에 공헌한 업적을 인정받는 한편, 유물 빼돌리기 이력, 파괴적인 발굴 방식 때문에 상반된 평가를 받는다.

뭔지 모르겠네요.”

“어쨌거나 나는 우리 시장의 심기를 건드리고 싶지 않아요. 더구나 앙헬이 마을에서 결혼식을 올리고 싶어한다는 소문이 있는데, 로사가 아니면 누가 그 행사를 주관하겠어요.”

“파르바티! 앙헬과 살보를 설득해서 이왕이면 크리스마스에 식을 올리라고 해요. 그러면 우리도 결혼식에 참석할 수 있을 테니까요. 장소는 크리스마스트리 조명으로 장식된 광장의 커다란 전나무 아래여야 해요. 알렉스와 제가 두 사람의 들러리를 설게요.”

“어서 돌아오기만 목이 빠지게 기다리고 있다고요!”

“누구를 기다린다는 거죠? 우리요, 아니면 아드님들이요?”

“모두 다요!”

“저도 여러분이 너무 보고 싶어요.” 아브릴은 입가에 미소를 지으며 말했다.

방금 서점 진열창 앞으로 울피가 번개처럼 휙 지나가는 모습이 아브릴의 눈에 띄었다. 녀석은 ‘트레비예스 책방’이라고 쓰인 나무 간판 아래에 멈춰 서더니, 인사를 대신해 한 번 짖은 뒤 앞발로 문을 긁었다. 아브릴은 파르바티에게 다음 금요일에 보자며 서둘러 작별인사를 했다. 헝클어진 갈색 머리를 하고 검은색 롱코트를 입은 키 큰 엔지니어는 무슨 말을 하려는 듯이 얼굴을 찡그린 채 유리창을 통해 안을 들여다보고 있었다.

“늦었네요.” 아브릴은 서점 문을 닫고 밖으로 나와 그에게 인사를 건넸다.

“엔지니어는 늦는 법이 없어요, 아브릴. 그렇다고 일찍 오는 법도 없죠.” 그가 간달프의 말을 패러디하며 말했다.

“정확히 원하는 시간에 나타나죠.”

감사의 말

　우선 이 작품의 씨앗을 뿌려준 클라라에게 감사의 뜻을 전하고 싶다. 내가 조금씩 의문을 품게 하고, 그 의문을 해결해주고, 탁월한 능력으로 내가 가야 할 길을 밝혀준 라우라 고마라에게 감사드린다. 법률적인 문제에 훌륭한 조언을 아끼지 않았고, 변호사에 대한 농담에도 싫은 내색 한 번 하지 않은 이시 오레하스에게도 감사의 말을 전한다. 전화로, 또는 서점에서 간식을 먹으며 나와 함께 문학에 대한 대화를 나누어준 내 친구들 로사, 마이테, 크리스티나, 라우라 R., 마리사, 얀에게도 고마움을 표하고 싶다. 해커를 사실적으로 그려낼 수 있게 도와주고 카르보나라 마카로니를 만들어준, 존재 자체가 고마운 나의 엔지니어에게 깊은 감사를 표한다. 당신이 없었

다면 나는 훨씬 더 형편없는 사람이 되었을 테니까. 철저한 전
문성, 친절한 품성, 흠잡을 데 없는 작업 능력을 보여준 에디
시오네스 B와 펭귄 랜덤 하우스 출판사의 모든 팀원들에게도
감사드린다. 그리고 무엇보다, 항상 나와 함께해주시는 독자
여러분께 깊은 감사를 드린다.

옮긴이 **엄지영**

한국외국어대학교 스페인어과를 졸업하고, 동 대학원과 스페인 콤플루텐세대학교에서 라틴아메리카 소설을 전공했다. 『영혼의 미로』『사랑 광기 그리고 죽음의 이야기』『말라 온다』『인공호흡』『7인의 미치광이』『느림의 중요성을 깨달은 달팽이』『아르헨티나 사람들의 언어』『우리가 불 속에서 잃어버린 것들』『신을 죽인 여자들』『바다를 말하는 하얀 고래』 등을 우리말로 옮겼다.

문학동네 세계문학

길 잃은 영혼들을 위한 독서클럽

초판 인쇄 2025년 6월 16일 | 초판 발행 2025년 6월 26일

지은이 모니카 구티에레스 아르테로 | 옮긴이 엄지영
책임편집 김미혜 | 편집 윤정민
디자인 이보람 유현아 | 저작권 박지영 형소진 오서영 조경은
마케팅 정민호 서지화 한민아 이민경 왕지경 정유진 정경주 김수인 김혜원 김예진
　　　 나현후 이서진
브랜딩 함유지 박민재 이송이 김희숙 박다솔 조다현 김하연 이준희
제작 강신은 김동욱 이순호 | 제작처 한영문화사

펴낸곳 (주)문학동네 | 펴낸이 김소영
출판등록 1993년 10월 22일 제2003-000045호
주소 10881 경기도 파주시 회동길 210
전자우편 editor@munhak.com | 대표전화 031)955-8888 | 팩스 031)955-8855
문학동네카페 http://cafe.naver.com/mhdn
인스타그램 @munhakdongne | 트위터 @munhakdongne
북클럽문학동네 http://bookclubmunhak.com

ISBN 979-11-416-0979-5　03870

잘못된 책은 구입하신 서점에서 교환해드립니다.
기타 교환 문의 031)955-2661, 3580

www.munhak.com